novum pocket

AF146697

Marie Lang

Das Wort, dich zu beschreiben

novum pocket

Bibliografische Information
der Deutschen Nationalbibliothek:

Die Deutsche Nationalbibliothek verzeichnet diese Publikation in der Deutschen Nationalbibliografie. Detaillierte bibliografische Daten sind im Internet über http://www.d-nb.de abrufbar.

Alle Rechte der Verbreitung, auch durch Film, Funk und Fernsehen, fotomechanische Wiedergabe, Tonträger, elektronische Datenträger und auszugsweisen Nachdruck, sind vorbehalten.

Gedruckt in der Europäischen Union auf umweltfreundlichem, chlor- und säurefrei gebleichtem Papier.

© 2023 novum Verlag

ISBN 978-3-903468-38-2
Umschlagfoto: xxxxxxxxxxxxxx
Umschlaggestaltung, Layout & Satz: novum Verlag
Autorenfoto: Simone Lang

www.novumverlag.com

An alle, die mir Kraft geben

Inhaltsverzeichnis

Kapitel 1 9
Kapitel 2 31
Kapitel 3 51
Kapitel 4 65
Kapitel 5 87
Kapitel 6 102
Kapitel 7 118
Kapitel 8 139
Kapitel 9 152
Kapitel 10 166
Kapitel 11 185
Kapitel 12 202
Kapitel 13 220
Kapitel 14 235
Kapitel 15 249

Kapitel 1

All unser Sein umgibt diese gewisse Schwerfälligkeit. In unseren einst so leuchtenden Kindergesichtern ist heute die schwere Unzufriedenheit unseres Daseins als Erwachsener abzulesen. Als Kind wollte ich immer schnell erwachsen werden. Doch ist man es mal, wünscht man sich in diese unbeschwerte Zeit zurück. Weit weg von Zukunftsplänen und Geldsorgen, politischen Nachrichten, die einem teilweise den Weltuntergang offenbaren wollen. Die ständigen Fragen des Umfeldes, auf die für mich belanglosesten Dinge. Genau wie ich sie einst hatte, verlor ich sie einst.

Meine Welt ist wie eine Schallplatte, die hakt. Wie ein Zahnrad, was klemmt. Meine Zeit ist stehengeblieben. Große Geschichten über Helden in den Büchern, die ich mit meinen Studenten analysiere, sind nur Geschichten. Meine Tage waren gekennzeichnet von Melancholie, meiner Arbeit, die nie ein Ende zu haben schien und Gleichgültigkeit. Doch das änderte sich an dem Tag, wo ich sie zum ersten Mal sah...

Frühling, die Sonne schien, Vögel zwitscherten und begrüßten die immer wärmeren Temperaturen des Aprils. Der Himmel leuchtete tiefblau unter den Sonnenstrahlen, die die Stadt mit Leben füllten. Der typische Morgenstrom an Menschen begann sich zu bilden. Wie sie einander trafen und verloren, kollidierten und sich ballten – die Resonanz einer Stadt am Morgen. Lange Warteschlangen an den Ampeln, überfüllte Kreuzungen, hupende Autos, Stau. Bald schon, würde der undynamische Strom die gesamte Stadtgestalt für ein paar Momente verändern.

Nicht weit von diesen großen Straßen entfernt, lag ein Haus. Es war nicht sehr auffällig und reihte sich brav Fassade an Fassade an das nächste an. Ein Café öffnete seine Türen und verteilte den Geruch von frisch gemahlenen Kaffee in der Straße. So als würde es die auf sich wartenden, müden Kunden, die sich in der Eile des Morgens noch schnell ein warmes Getränk und ihr Frühstück kaufen wollten, anlocken wollen. Das kleine Schaufenster stellte die leckeren Brote aus, die den Kaffeegeruch ergänzten.

Nicht weit davon entfernt, lag eines der Zimmer, wie sie es zu zehntausenden gab. Durch die halb geschlossenen Jalousien erreichten einzelne Strahlen auch dieses Zimmer. Füllten es mit Licht und warfen ein gestreiftes Muster in das kleine Schlafzimmer hinein. Es war nicht groß. Ein dunkles Türkis, mit dem die Wände bestrichen waren, bildete einen interessanten Kontrast zu dem hellen Laminatboden, der an vielen Stellen mit kleinen Macken und Kratzern vieler Umzüge übersehet war. In dem großen Bett lag ein Mann. Gleichmäßig hob und senkte sich sein Brustkorb. Leises Schnarchen hallte durchs Zimmer. In einem Aschenbecher tummelten sich halbgerauchte Zigaretten. Die Asche und der angekokelte Tabak verbreiteten in der ganzen Wohnung einen stechenden Geruch. Bücher, Papierbündel und Schreibmaterial bildeten ein ungleichmäßiges Mosaik. Die Tür zum Wohnbereich der Wohnung stand offen. Sie verriet, dass sich das Mosaik der Papierberge, sich genau wie der Tabakgeruch durch die gesamte Wohnung weiterzog.

Mit einer ohrenbetäubenden Lautstärke begann der Wecker auf dem Handy des Mannes, auf sich aufmerksam zu machen. Erschrocken riss dieser die Augen auf. Blind tastete er seinen Nachtschrank nach der Quelle ab. Dabei fiel ein Buch herunter, was bereits gefährlich auf der Kante gethront hatte. Endlich wurde seine Hand fündig und tippte so lange auf dem Display herum, bis seine Finger den Schlummer Bottom erwischten. Der Lärm verstummte. Müde richtete er sich auf. Durch die Bewegung fielen ein paar Schreibmaterialen zu Boden. Herzhaft gähnend rieb er sich mit seinen rauen Händen übers Gesicht. Deutlich war dem Mann anzusehen, dass seine Nacht kurz gewesen war. Tiefe Schatten umrahmten seine Augen und wurden durch seine blasse Gesichtshaut noch intensiver hervorgehoben. Ein unangenehmer Geschmack im Mund ließen den Professor, der auf seine 65er zusteuerte, wesentlich älter wirken. Seine Augen waren matt. Blind, mit Schlaf in den Augen, tastete er seinen vollgestopften Nachtschrank nach seiner Brille ab. Das laute Geräusch hatte ihm einen riesigen Schrecken eingejagt. Noch immer raste sein Herz. Sein Körper war angespannt, wie der einer Katze, die sich erschrocken hatte. Mit hängenden Schultern saß er da. Wartete ab, bis sich sein Puls gesenkt hatte. Währenddessen nahm er sich ein Ende seines Schlafanzuges und putzte geduldig die schmierigen Gläser seiner Brille.

Schnell griff der Professor erneut zum Handy, als er sich erinnerte, dass der Wecker in wenigen Momenten erneut laut losschallen würde. Mit ein paar Fingerbewegungen schaltet er den Wecker endgültig aus, bevor er ihm ein weiteres mal Herzrasen bereiten konnte. Das grelle Licht des Displays betonte erneut die dunklen Schatten auf seinem Gesicht, seine alters- und stressbedingten Falten und die tiefen Ringe unter den Augen. In seinem ganzen Körper merkte er die Folgen des Schlafmangels. Seine Glieder fühlten sich schwer an. Der Kopf dröhnte und er sehnte sich nach Schlaf.

„Viel zu früh", murmelte er und erhob sich schwerfällig. Vom gestrigen Abend war seine Decke mit Schreibmaterialen und Klausuren bedeckt. Als der Professor die Decke beiseite schlug, fielen sie zu Boden und ergänzten das asymmetrische Mosaik auf dem Boden. Sein müder Blick wanderte für einen Moment über die Unordnung in seinem Zimmer, hin zu den Umzugskartons, die eingestaubt sich an der Wand stapelten. Eine schwungvolle Schrift verriet ihren Inhalt, der nicht immer stimmte. Ein paar von ihnen waren geöffnet worden. Aus ihnen sprudelten Kleidungstücke wie Wasser aus einer Fontäne am höchsten Punkt eines Brunnens heraus. Sein Gesicht bekam einen schrägen Ausdruck. Schnell wandte er sich von der Unordnung in seinem Zimmer ab und schleppte sich träge ans Fenster. Vorsichtig zog er an dem vergilbten Band der Jalousien. Die Bänder hatten ihre besten Jahre bereits hinter sich. Sie waren so dünn, als würde eine weitere Bewegung ausreichen, damit sie reißen. Der in der stickigen Zimmerluft liegende Hauch von Tabakqualm ergänzte den bitteren Geschmack, der ihm, vom Rauchen bei Nacht, auf der Zunge lag. Schnell kippte er das Fenster.

Draußen schien die Sonne. Schäfchenwolken zogen gemächlich am blauen Frühlingshimmel ihre Bahnen. Durch das gekippte Fenster trug ein sanfter Windhauch Vogelgezwitscher hinein. Seine Hände lagen auf der Fensterbank. Die Platte aus Stein füllte seine Handflächen mit Kälte, bis sie sich fast taub anfühlten. Unbeeindruckt von dem schönen Morgen wandte der Professor sich vom Fenster ab.

Die grelle Beleuchtung des Badezimmers jagte jeden fast wieder in die warmen Fänge des Bettes zurück. Die Lüftung pfiff leise vor sich hin. Das kalte Wasser kam aus dem Duschkopf und überfloss die vom Bett gewärmten Glieder. Noch immer im Halbschlaf stand er da. Ohne jegliche Reaktion und mit aufgequollenen Augen, starrte er sich selbst durch die Glasscheibe der Dusche im Spiegel an. Dies fiel ihm offensichtlich schwer. Das viele Sitzen in seinen zwei Jobs unterstützte den kleinen Bierbauch, der sich bei dem Professor gebildet hatte. Durch das Rauchen war sein Gesicht bereits etwas eingefallen und er wirkte wesentlicher älter, als er war. Fast beschämt senkte er seinen Kopf und beobachtete einen Wassertropfen, der über seinen Unterarm entlangfloss. Über die Innenseite seiner Hand hinunter und von seinem Finger auf die Fliesen der Dusche tropfte und sich dort, mit dem anderen Wasser vermischte.

Die Umzugskartons, die sich wie die Berge an Papier und Bücherstapeln durch die ganze Wohnung zogen, standen auch zahlreich im Wohnbereich der kleinen Wohnung. Aufeinandergestapelt nahmen sie den Räumen das heimische und gemütliche und ließen sie eher an eine Abstellkammer erinnern. Sie standen teilweise so schräg aufeinander, als hätte ein kleines Kind mit Bauklötzen einen Turm gebaut, den ein Windhauch vermochte, einstürzen zu lassen. Möbel gab es kaum. Eine alte, durchgesessene Ledercouch, die deutlich ihre besten Jahre hinter sich hatte und an manchen Stellen schon das Innenleben offenbarte, stand unter einem dreiteiligen Fenster. Ein alter, ausgefranster Teppich und ein zerkratzter kleiner Glastisch waren die einzigen Indizien, dass es sich hierbei um das Wohnzimmer handelte. Zusammen mit einem alten Fernseher und einer kompliziert wirkenden Technik, die sich in einem klapprigen kleinen Regal offenbarte.

Auf dem Boden hatte sich eine zarte Staubschicht angelagert. In den Ecken versammelten sich Wollmäuseeinheiten wie Menschen zum Sonntagsbrunch. An der Wand hingen in ein paar hässlichen, alten Bilderrahmen seine Diplome und Abschlüsse der Universität. Noch immer verschlafen ließ er seinen Blick über seine Urkunde als Lektor und die Bilder, die den Mann in seiner Tätigkeit als Literaturprofessor zeigten, streifen. Mit seinen matten Augen betrachtete er jedes einzelne Diplom und Bild aufmerksam. Als er dies sah, änderte sich für einen Moment sein Gesichtsausdruck zu einem weicheren. So schnell, wie er sich offenbarte, verschwand der Ausdruck wieder hinter seiner Maske. Mit gesenktem Kopf und einem beinahe grimmigen Ausdruck setzte der Professor seinen Weg in die Küche fort.

Die Küchenschränke waren cremefarben und hatten hässliche Griffe aus schwarzem Plastik. Die L-förmige Küchenzeile war deutlich gebraucht. Auch hier sammelte sich in Ecken und hinter Küchengeräten, wie dem Wasserkocher, der Staub an. In die benutzten Herdplatten hatten sich schwarze Ringe eingebrannt. Der Wasserhahn war übersät mit Kalkflecken. Auf der Küchenzeile hatte sich eine Krümelkolonie gebildet. An sich hatte die Wohnung viel Potential. Doch es war die Art und Weise, wie der Mann sie nutzte, die ihr das einladende und gemütliche raubte. Der Kühlschrank war so gut wie leer. Nur ein paar wenige Lebensmittel standen neben Bierflaschen und ein paar Einmachgläsern. Im Eisfach tummelten sich Fertigprodukte wie Pizza oder Ofenfrikadellen.

Die Sonne schien durch die vielen Fenster in die Wohnung hinein und durchflutete sie mit Licht. Der Professor nahm an seinem Arbeitstisch Platz. Der Schreibtisch stand inmitten des Raumes an der Stelle, der ursprünglich für einen Esstisch gedacht war. Wie die anderen Möbelstücke war auch er einer dieser Möbelstücke, die einfach dastanden, wo Platz war und keiner wirklichen Ordnung oder einem durchdachten Konzept folgten.

Sein Frühstück war einfach beinah unspektakulär. Eine trockene Scheibe Brot mit Käse und einem angebissenen Riegel von letzter Nacht. Von den Bergen an Papierstapeln, die sich seiner ganzen Wohnung verteilten, schaute der Professor ein paar durch, bis er fündig wurde. Das Brotstück zwischen den Kiemen, stopfte er den Stapel an beschriebenen Klausurbögen in seine Ledertasche. Die Tasche sah genau wie seine Möbel, abgewetzt und stark benutzt aus. Die Uhrzeit verriet ihm, dass es Zeit war, aufzubrechen. Einen Moment hielt er inne und überlegte, ob er alles hatte. Sein matter Blick streifte dabei erneut durch den Wohnraum. Er verzog das Gesicht. Er war selbst nicht mit dem unvollständigen Zustand seiner Wohnung zufrieden und wenn er ganz ehrlich war, fühlte sich das hier nicht an wie ein Zuhause. Die Arbeit kam ständig dazwischen. War dann doch mal Zeit, fehlte es ihm an Motivation. Er schüttelte sich und eilte schnell zur Haustür.

Als seine Finger bereits die Türklinke umschlossen hatte, stockte der Mann in seiner Bewegung. Ein Checken seiner Taschen verrieten ihm, dass etwas fehlte – sein Handy. Auf vorsichtigen Sohlen ging er in sein Schlafzimmer zurück, schnappte sich sein Handy vom Nachtschrank und entdeckte seine Brille, die daneben lag.

Schnell setzte er sich diese auf die Nase und machte auf der Stelle kehrt. Mit eiligen Schritten verließ er seine Wohnung. Träge stieg er die Stufen im Treppenhaus hinab. Eine Nachbarin grüßte ihn.

Mit grimmiger Miene trat der Professor aus dem Haus, hinein in den frühlingshaften Morgen. Sein Weg zur Arbeit führte ihn wie jeden Morgen vorbei an einem Bäcker, einem Drogeriemarkt und einem Café, hin zur U-Bahn-Station. Der Geruch von frisch geröstetem Kaffee, der in seine Nase stieg, ließ ihm das Wasser im Mund zusammenlaufen. Der Entschluss lieber den schlechten, aber kostenlosen Kaffee aus der Maschine in der Küche des Fakultätsgebäudes zu nehmen, als für einen zu bezahlen, für den er sich anstellen muss, gewann die stille Debatte in seinem Kopf. Schnell setzte der Professor seinen morgendlichen Arbeitsweg fort.

Die Treppen der U-Bahnstation führten in das unterirdische System aus Tunneln, Gleisen, Kilometern an Kabeln, Schläuchen und Zügen, die sich durch das Labyrinth bewegten. Der Bahnhof war alt. Die einst weißen Kacheln an den Wänden, hatten sich mit der Zeit durch den Staub und Schmutz gräulich gefärbt. Auf den Reklamen der Bahnsteige stritten sich Arztpraxen, Fahrschulen und weitere Läden um die meiste Aufmerksamkeit. Ihre bunten Bilder, kleine Zeichnungen und neonfarbenen Schriften waren fast wie eine Schelle an Reizen, die einem Kopfschmerzen machte.

Gerade, als der Mann seinen Fuß auf den Bahnsteig setzte, schlossen sich die Türen seiner Bahn. Er hoffte sich vielleicht noch hineinschmuggeln zu können. Er hielt inne. Geschafft hätte er es eh nicht. Der Blamage eines gescheiterten Versuches in seinen Augen, zu entkommen, lief er mit einem grimmigen Brummen den Bahnsteig entlang. Seine Laune war durch den Stress und Schlafmangel bereits nicht die beste. Auch wurde sie nicht besser, als eine Gruppe von Schulkindern die Treppen hinunterstürmte. Die Gruppe, hauptsächlich bestehend aus ein paar Jungs im fortgeschrittenen Grundschulalter pöbelten lautstark über den Bahnsteig ihre Meinung, als seien sie auf dem Fischmarkt in Hamburg am frühen Morgen und preisten ihre Waren an. Ihre Diskussion drehte sich um ein Videospiel, was der Professor nicht kannte und ihn dazu veranlasste, schnurstracks, ans andere Ende des Bahnsteiges zu marschieren.

„Diese hormongesteuerten Rotzlöffel." Die Frau, an der er gerade vorbeiging, kicherte amüsiert über seine Wortwahl. Mit seinem ganzen Auftreten, der Ledertasche, der Brille mit den runden Gläsern und dem Bierbauch, verkörperte er ein sehr klischeehaftes Bild eines grummeligen Professors. Dessen Laune genauso stümperhaft waren, wie seine Wortwahl. Um nun schlussendlich diese für ihn komplett Intellekt freie Unterhaltung auszublenden, holte er seine Airpods hervor und suchte auf seinem Handy ein Lied heraus.

Einen Moment später fuhr auf surrenden Gleisen die Bahn ein. Auf heißem Eisen kam sie quietschend zum Stehen. Die Türen sprangen auf. Menschen quellten heraus. Der Professor stellte sich zusammen mit der Gruppe der lauten Jungen an, die auf einmal neben ihm stand. Die Jungen waren weiterhin in ihre Debatte vertieft. Er verdrehte die Augen und quetschte sich geschickt an ihnen vorbei.

In der Bahn herrschte eine bedrückende Stimmung. Es roch nach warmem Schulbrot, ungewaschenen Sportsachen, die in Taschen vor sich hinmüffelten und alle möglichen Arten von Parfüm. Eine dieser Quellen war eine Frau, die direkt vor ihm stand. Einer der Jungen presste ihm unsanft seinen Schulranzen in die Seite. Der Professor wollte sich beschweren, doch auf eine unnötige Diskussion und die Blicke seiner Mitfahrer hatte er keine Lust. Vor allem war er überzeugt, dass ihm der kleine Junge kein Verständnis entgegenbringen würde. Grummelig fuhr der Mann sich mit seiner freien Hand über sein silbernes Haar. Die Haltung, die er im Gedrängel eingenommen hatte, war sichtlich ungemütlich. Zudem bestand das Risiko für ihn, bei einer Vollbremsung der Bahn einer derer zu sein, die im hohen Bogen durch den Waggon flogen. Doch das Parfüm der Frau, was sich mit einem Hauch von Haarspray mischte, stach ihm so unangenehm in die Nase, dass er bereit war, dieses Risiko auf sich zu nehmen.

Das laute Klingeln seines Handys riss ihn aus seinem Sekundenschlaf. Vorsichtig kramte er es, in der eingeschränkten Bewegungsfreiheit aus seiner Tasche heraus und nahm den Anruf entgegen. „Hallo?", fragte er mit kratziger Stimme. Wie als Antwort bemerkte der Professor ein paar genervte Blicke, die sich auf ihn richteten. Es waren die Blicke übermüdeter Angestellter, die die Zeit ihres Arbeitsweges nutzen wollten, einen Nap zu machen, in der Hoffnung so die fehlenden Stunden an Schlaf der letzten Nacht nachzuholen. Er senkte seine Stimme und rückte das Mikrofon näher an seinen Mund heran. Was er auch musste, da die Diskussion der Jungen andauerte und sich immer weiter aufheizte.

An der nächsten Haltestelle stand eine Frau auf. Flink ließ er sich auf dem freien Platz nieder. Das warme Leder, mit dem die Bänke bezogen waren, spürte er durch den

Stoff seiner Jeans hindurch. Etwas angeekelt verzog er das Gesicht. Bevor sich sein Kopfkino einschalten konnte, antwortete der Anrufer auf die Frage des Mannes.

An der U-Bahn-Station der Universität stieg er aus und reihte sich auf der Rolltreppe rechts ein. Ein herzliches Gähnen erinnerte ihn dran, dass auch seine letzte Nacht kurz gewesen war. Tief atmete er durch. Nach den 15 Minuten, in denen er hat so flach atmen müssen aus der Angst, durch schlechte Gerüche eine Vergiftung zu erlangen war es beinahe wie die Erlösung nun seine Lunge wieder mit genügend Sauerstoff zu füllen. „Wie ich das hasse.", murrte er und verließ den Bahnhof über die Straße hin zu seinem Arbeitsplatz.

Das Universitätsgelände war weitläufig. Die Station lag im Herzen des Campus. Das Fakultätsgebäude, was ihn wie jeden Morgen mit seiner grauen Steinfassade, den kleinen Steinfiguren und den Fenstern begrüßte, erinnerte ihn an den Notre Dame in Paris. Vor dem Haus blühten ein paar japanische Kirschblütenbäume. Der Wind strich zart über die rosafarbenen Blüten und trug ein paar bereits lose Blütenblätter tanzend zu Boden.

Der Professor blickte nach rechts. Auf der Bank, zu der er blickte, war niemand. Nur eine Rauchfahne einer gerade ausgelöschten Zigarette stieg zum Himmel und wurde vom Wind weggetragen. Da er früh dran war, gönnte er sich für den versäumten Kaffee eine Zigarette. Im Schatten auf der Bank nahm er Platz. Stöhnend stellte er die schwere Ledertasche neben sich ab. Sofort beschwerte seine Schulter sich mit einem stechenden Schmerz, über das schwere einseitige Gewicht. Er dehnte die Muskeln und zog scharf die Luft ein vor Schmerzen. Wie als Antwort auf die halbherzige Versuchung seinem Körper was Gutes zu tun, wanderten die Schmerzen weiter in Rücken und Nacken. Der Mann schloss einen Moment die Augen und seufzte. Er hatte keine Motivation zum Arbeiten und die Müdigkeit raubte ihm jegliche Konzentration. Er zog erneut an seiner Zigarette. Das pelzige Gefühl legte sich auf seine Zunge. In seinem erneuten Sekundenschlaf atmete er den Rauch aus und betrachtete die kleine Rauchfahne, die der Wind wegtrug. Sein Kopf war leer, er dachte an nichts, als habe jemand ein einst buntes Bild, mit weißer Farbe übermahlt.

„Professor Bin. Guten Morgen", hallte auf einmal eine Stimme zu ihm herüber. Müde blickte der Professor sich nach der Quelle um. Sein Ausdruck änderte sich schlagartig, als der Fakultätsleiter auf ihn zukam. Schnell löschte er die Zigarette aus und begrüßte den gut gelaunten Mann mit seinem, wie er es nannte: *Lächeln eines Idioten*.

Sein Chef war ein immer gut gelaunter Mann, den alle mochten. Chales von Hild war sein Name. Er hatte ein breites Kreuz und einen beschwingten Gang. Dr. von Hild war das komplette Gegenteil von ihm. Daher kam er nicht gut mit seiner guten Laune klar. Die beiden Männer führten etwas Smalltalk. Auf die Frage, wie die letzte Prüfung lief, meinte er: „…gut." Sie unterhielten sich weiter, tauschten Formalitäten aus. Kaum hatte der Professor sich versehen, begleitete er den Fakultätsleiter zu seinem Büro. Auf den Gängen grüßte der Mann seine Kollegen, sowie seine Studenten mit einem breiten Lächeln. Der Professor bemühte sich, den Blicken auszuweichen und so schnell wie möglich das Büro seines Chefs zu erreichen.

Aus dem Augenwinkel betrachtete er seinen Vorgesetzten. Sie waren im gleichen Alter, doch konnten nicht verschiedener sein. Jeder Außenstehende hätte den Fakultätsleiter, für den jüngeren der beiden gehalten, so auf sechzig, oder ende fünfzig vielleicht. Deutlich war zu erkennen, dass der Mann sich sehr pflegte und auf ein jüngeres Auftreten achtete. Seine beschwingte Art half ihm ebenfalls dabei. Er war 66 und würde bald in den Ruhestand gehen. Sein silbernes Haar glänzte und verdeckte die kahlen Stellen. Der dunkelblaue Anzug war sorgfältig gebügelt und stand ihm gut. Seine Stupsnase war wie eine Manifestation seiner natürlichen Neugierde. Die helle Haut schmeichelte ihm und seinem fröhlichen Gesichtsausdruck.

„Wie ich hörte, mussten sie umziehen, da ihre Wohnung einen Wasserschaden hatte. Haben sie sich denn gut eingelebt?" Es war nicht unüblich, dass er als Fakultätsleiter auch über solche Dinge informiert war, dennoch erstaunte es den Professor. Er wusste, wie wichtig dem älteren Mann seine Kollegen waren. Vielleicht war das der Grund, dass er sich nicht sicher war, ob er ihn mochte oder nicht ausstehen konnte. Es war wie ein Zwiespalt zwischen zwei extremen Seiten. Der Mann verkörperte eine typische Charakterrolle eines Professors, die einfach war, einzuordnen und zu durchblicken. Damit sympathisierte der Mann. Er wusste, worauf es bei seinem Vorgesetzten zu achten gab und wie er sich verhalten musste, um seinen gewünschten Eindruck nach außen hin zu vermitteln. Der Umzug in seine neue Wohnung war 3 Monate her. Er hatte kaum etwas ausgepackt. Er dachte an die Kistenstapel, die er unordentlich aufeinanderreiht, hatte. Die ständige Kramerei in den Tiefen der Umzugskartons nervte ihn, doch war nicht groß genug, um ihm den Ansporn zu geben, sie auszupacken.

„Ja. Ich habe mich gut eingelebt", log er mit seinem aufgesetzten Lächeln. Sie erreichten das Büro des Fakultätsleiters. Der Mann wünschte einen erfolgreichen Tag und trat beschwingt in sein Büro ein. Kaum trennten die beiden Männer eine geschlossene Tür, fiel das Lächeln von eben, dem Professor aus dem Gesicht. Schnell ging er weiter.

Seine Schritte führten ihn in den Aufenthaltsraum des Fakultätsgebäudes. Dieser befand sich im dritten Stock und war nur über eine sehr alte Treppe aus Holz zu erreichen, die bei jeder Stufe leise knarzte. Der Raum wurde von zwei Fakultäten genutzt, die durch einen Anbau vor einigen Jahren miteinander verbunden worden waren. Die beide gehörten zu den kleinen Fakultäten an der Universität und teilten sich dadurch viele der Räume und Hörsäle. „Noch zwei Minuten länger und meine Gesichtsmuskeln wären verkrampft.", entspannte er mit komischen Grimassen sein Gesicht, bevor er in den Raum trat.

Der Aufenthaltsraum war etwas altmodisch mit vielen Holzmöbeln eingerichtet, wie er sie aus älteren Filmen kannte. Viele von ihnen erinnerten den Professor an die Möbel, die früher bei seinen Großeltern gestanden haben. Doch da auch das Gebäude ein altes war, passten diese Möbel hier viel besser hinein als eine moderne und minimalistische Einrichtung.

Die Professoren saßen in Grüppchen zusammen. Sie hielten bei einer dampfenden Tasse des schlechten Filterkaffees, der hier aus dem Automaten kam, einen oberflächlichen Plausch über dieselben alltäglichen Dinge. Der Professor rollte kaum merkbar, genervt die Augen. Er ließ sich an einem freien Tisch abseits nieder. Schlecht gelaunt schlürfte er die braune Plörre herunter, die nicht mal durch Zucker genießbarer wurde, und warf sich danach ein Kaugummi ein. Aus seiner Tasche holte er seinen Laptop heraus und klappte es auf. Mit halbem Ohr hörte er zu zwei seiner Kollegen herüber, die sich über die Klausuren unterhielten und seufzte leise. Auch bei ihm stand das Korrigieren der Prüfungsbögen auf seiner Liste. Er scheute sich davor. Lange Korrekturen waren anstrengend, gehörten aber als unterrichtender Professor einfach dazu.

„Halten sie durch. Bald ist es geschafft", stand auf einmal jemand hinter ihm. Der Professor hob seinen Blick, während er in seiner Tasche nach seinem Notizbuch kramte. „Guten Morgen", grüßte er die blonde Frau, die sich mit einem Lächeln neben ihm niederließ. Sie hieß Dr. An und unterrichtete Fremdsprachen. Ihren Vornamen kannte er nicht. Die Frau mit den chinesischen Wurzeln hatte sich ihre Haare blondiert. Der dunkle Ansatz zeichnete sich deutlich ab und ließ alles etwas unnatürlich wirken. Freundlich erkundigte sich seine Kollegin wie weit er mit dem Korrigieren war und verwickelte ihn in eine Unterhaltung über allgemeine Themen, wie sie sie zuvor mit ein paar anderen Kollegen geführt hatte. Der Mann nahm sich dieser Unterhaltung etwas widerwillig an. Er wollte sich nicht austauschen. Doch da er nicht unfreundlich wirken wollte oder einen schlechten Eindruck auf sie machen wollte, wartete er auf den richtigen Moment, das Gespräch zu beenden.

Das rettende Geräusch war sein Wecker, der ihn an den Beginn seiner ersten Vorlesung für den Tag erinnerte. Schnell packte der Professor seine Sachen zusammen. Beinahe fluchtartig erhob er sich und wünschte der Frau knapp über die Schulter einen schönen Tag. Hastend verließ er mit einem erleichterten Gesichtsausdruck aus dem Zimmer. Seine Kollegin saß etwas zurückgelassen da. Zur Hälfte überrascht, zur anderen amüsiert. Sie hätte die überstürzte Art, mit der ihr Kollege aufgebrochen war, als eine Beleidigung ansehen können, doch sie tat es nicht. „Dann wollen wir mal", erhob sie sich mit einem Lächeln schwungvoll.

Ein unruhiges Murmeln und einzelne Satzfetzen hallten an das Ohr des Mannes, als er den Hörsaal betrat. Hinter ihm schneiten kurz vor knapp die letzten zwei Studenten herein. Dem Letzten gab er die höfliche Aufforderung, die Türe hinter sich zu schließen. Langsam ging der Professor auf sein Pult zu. Er nahm sich einen Moment, um sich zu sortieren. Erneut setzte er sein falsches Lächeln auf und begann mit einem Gruß in den Hörsaal hinein, seine Vorlesung.

Die Sonne war kurz davor, mit dem Horizont zu verschmelzen, als er das Universitätsgebäude hinter sich ließ. Sein Weg führte ihn die Treppen zur U-Bahn-Station hinunter. Auf seinem Gesicht war seine Erschöpfung deutlich abzulesen. Seine Falten legten tiefe Schatten über sein Gesicht. Müde strich er sich die Haare zurück. Als eine Durchsage über den Bahnsteig hallte, dass für 2 Tage wegen Bauarbeiten die Strecke gesperrt sein würde, murrte der Professor leise. Sein Tag war anstrengend gewesen. Er fühlte sich erschöpft, beinahe ausgelaugt. Die Ansage, dass sich sein Arbeitsweg durch die Sperrung verlängern würde, verschlechterte seine Laune nur. Er machte sich seine Airpods in die Ohren und ging den Bahnsteig etwas hinunter, um den Menschenmengen an den Ausgängen zu weichen.

Genau wie am Morgen, war die Bahn voll. Die vielen unangenehmen Gerüche der verschiedenen Mitfahrer fielen ihm durch seine Müdigkeit nicht auf. Sein matter, grauer Blick ließ er halbherzig über ein paar Sitzreihen streifen und vertiefte sich dann in die Nachrichten auf seinem Handy. Seine Hände waren kalt. Alle seine Glieder fühlten sich schwer an. So als würde er das doppelte an Gewicht tragen müssen. Mit fast schlurfenden Schritten, gesenktem Kopf und geknickter Körperhaltung schleppte er sich zu seiner Wohnung. Die Schulter, auf der er immer seine schwere Ledertasche trug, schmerzte und er hatte das Gefühl, dass die Stufen bis zu seiner Wohnungstür, kein Ende nahmen.

Die Wohnung lag still, einsam und dunkel da, als er die Haustür aufschloss. Den Schlüssel legte er auf die kleine Ablage und schaltete das Licht ein. Eine einzige, alte Glühbirne, die ihre besten Jahre hinter sich hatte, baumelte von der Flurdecke und tauchte die paar Quadratmeter in ein ungemütliches Licht.

Mit letzter Kraft trug der Professor sich selbst zu der alten Ledercouch. Schwer, wie ein Sack von Mehl, ließ er sich fallen. Die Federn quietschten und federten leicht nach. Das Licht war aus und halbschlafend starrte er in die Dunkelheit hinein. Staub tanze im Licht, das durch die schmutzigen Fenster von den Lichtern der Stadt hineinfiel. So verharrte er für einen Moment und schloss seine Augen. Es war das lautstarke Knurren seines Magens, das ihn dran erinnerte, dass das Frühstück schon eine ganze Weile her war. Schwerfällig richtete er sich auf, nahm seine Ohrstöpsel heraus und zog den grauen Mantel aus.

Die Tasche wuchtete er auf den Glastisch. Ein leicht scheppderndes Geräusch erinnerte ihn dran, dass sich in der Tasche sein Laptop befand, was nun höchst wahrscheinlich eine Macke mehr hatte. In seinen Hausschuhen schlurfend machte er das Licht an und ging in die Küche, um seinen halb leeren Kühlschrank nach brauchbaren Materialen für ein Abendessen zu durchsuchen.

Bevor der Professor sich mit seinem Teller voll Nudeln auf das Sofa zurückfallen ließ, stolperte er leicht über eines der Bücher, die herumlagen. Seufzend stellte er den Teller ab und sammelte gebückt die Bücher auf. Sein matter, abgestumpfter, grauer Blick ließ er halbherzig über die Buchtitel schweifen, während er den Stapel zurück auf den Tisch stellte. Von seinem Arbeitstisch holte er sich ein Manuskript, einen roten Stift und ließ sich wieder im Wohnzimmer nieder. Die alten, durchgesessenen Sofakissen gaben unter seinem Gewicht nach. Er rutsche in die Mulde hinein, die sich mit der Zeit gebildet hatte.

Die Nudeln nebenbei verspeisend, nahm der Professor das Manuskript und begann zu korrigieren. Sein müder Blick streifte die Worte jeder Zeile und flog weiter zur nächsten. In der Wohnung breitete sich Stille erneut aus. Verschlafen wie er, klamm und unbewohnbar kam sie einem vor. Jeder andere hätte schon seine Kartons ausgepackt. Doch er nicht. Sie stapelte sich in jeder Nische und Ecke, die die Räume boten und ließen alles mehr wie eine Lagerhalle wirken als ein Zuhause. Sie raubten den Räumen jedes bisschen Gemütlichkeit. Es wirkte wie ein unvollkommener Zustand. Wie ein Baum, der sich nicht mit der Erde verwurzeln konnte, sondern orientierungslos wartete.

Auf einmal blinkte in dem halbdunklen Zimmer eine Mitteilung auf seinem Handy auf. Müde legte er das Manuskript auf seinem Schoß ab und griff nach dem Handy. Es war eine Erinnerung. Sein Blick bekam einen wehleidigen, fast quälenden Ausdruck, als er in seiner Galerie ein Bild heraussuchte. Er war darauf abgebildet, zusammen mit einem Mädchen, das in die Kamera lächelte und die Hand des Professors hielt. Tränen stiegen ihm in die Augen. Er lächelte gleichzeitig. Träge ließ er sich zur Seite fallen und starrte das Bild weiter an, bis der Bildschirmschoner einsetzte und sein Display sich schwarz färbte. Auf einmal sah er sich in der dunkeln Spieglung. Schlagartig fiel ihm das Lächeln aus dem Gesicht. Sein Gesichtsausdruck wurde wieder ernst. Grob trocknete er seine Tränen. Er räusperte sich, um an Fassung zu gewinnen und stand auf. „Zurück an die Arbeit." Sein Hals fühlte sich an, wie Sandpapier. Seine Stimme war belegt und deutlich war ein trauriger, einsamer Unterton in seiner Stimme zu hören.

Am nächsten Morgen eilte der Professor die Treppen hinunter zur U-Bahn-Station, um dann festzustellen, dass die U-Bahn auf Grund der Sperrung nicht fuhr. Schweiß stand ihm auf der Stirn. Unter Strom ließ er seinen Blick über den Bahnsteig streifen und suchte nach der Ausschilderung des Schienenersatzverkehrs. Als die Gruppe von Jungen, die er nun bereits vom Sehen her kannte, in die Richtung lautstark marschierten und sich dabei grölend in Richtung der Gleise schubsten, verzog der Professor das Gesicht. Auf seinem Handy suchte er nach einer anderen Möglichkeit. Wenige Minuten später stieg er aus dem Kachelmosaik der Station heraus in den Sonnenschein. Vom Fluss der Leute mitgerissen führte sein Weg ihn zu einer Tram Station. Etwas abseits stellte er sich hin und zündete sich eine Zigarette an. Missmutig blickte der Professor zwischen der Anzeige und seiner Armbanduhr hin und her. Die Bahn hätte vor zwei Minuten kommen sollen – gerade verpasst. Ungeduldig wankte er von einem auf den anderen Fuß.

Wenige Minuten später fuhr die nächste Bahn ein. Auf quietschenden Gleisen kam sie zum Stehen. Sie war nicht sehr voll, weshalb er viel Platz um sich hatte. Den Blick aufs Handy gerichtet, dröhnte aus seinen Airpods Musik. Ein sanfter Ruck ging durch den Zug und die Tram setzte sich gemächlich in Bewegung. „Ich komme noch zu spät", murrte er und ließ seinen Blick halbherzig über ein paar seiner Mitfahrer streifen. Sein Blick stockte. In der nächsten Tür stand ein Mädchen. Vielleicht um die 18 Jahre alt und las in einem Buch. Der Blick des Professors blieb auf ihr liegen. Das Mädchen hatte etwas an sich, das seine Aufmerksamkeit gepackt hatte und ihn in Faszination versetzte. Wie in Trance beobachtete er sie. In seinem Blick war etwas Neues abzulesen – Neugier. Er machte eine kleine Bewegung nach vorn. Wie ein zartes, kaum erkennbares Stolpern. So, als hätte ihm jemand einen leichten Ruck gegeben. Der Professor sah über seine Schulter hinter sich. Doch niemand stand hinter ihm. Er schaute um sich herum, nur um sich zu versichern. Nein, um ihm herum war keiner in Reichweite, der ihn hätte anrempeln können. Er schüttelte den Kopf und richtete seinen Blick wieder auf das Mädchen. Zum ersten Mal schien es in seinen Augen zu blitzen, wie ein Farbtropfen, der in klares Wasser tropfte.

Aufmerksam beobachtete er sie. Als sie die Seite umschlug hatte er die Möglichkeit auf den Titel des Buches einen Blick zu werfen. „In einem anderen Land, Hemingway", murmelte er. Zu seiner Überraschung erwischte er sich selbst dabei, wie er schmunzeln musste. Seine Augen funkelten und neugierig betrachtete er das Mädchen: *Sie war klein im Vergleich zu den anderen, die um sie herumstanden. Doch obwohl sie klein war und sich gut in der Menge verstecken konnte, fiel sie mir mehr auf als jeder Riese. Ihr ganzes Sein war in Licht getaucht. Es schien auf mich, als wären in ihrem Herzen, Liebe und Licht vereint worden. Ihre Augen leuchteten und glänzten im Sonnenlicht. Ihre Haare fielen wellig, lang über ihre Schultern. Mit einem zärtlichen Lächeln las sie in ihrem Buch. Sie trug Kopfhörer, welche von Sony und zaghaft, fast kaum wahrzunehmen, wippte sie von einer zur anderen Seite, als würde sie mit sich selbst einen Walzer tanzen. Mein Blick war wie gebannt. Es war der Anblick wie aus einem Buch. Ein solcher Moment, wie ich ihn immer las, doch nie erlebt habe. Sie hatte etwas an sich, das mir fehlte. Etwas, nach dem ich lange auf der Suche war. Sie war hübsch. Nicht auffallend hübsch, sondern natürlich und strahlte etwas Liebevolles und Warmes aus. Zart blätterte sie die dünnen Seiten um, als sei das Buch, was in ihren Händen lag, etwas Wertvolles, etwas Zerbrechliches oder etwas Kostbares. Ohne ihre Augen von der Zeile zu nehmen, trat sie zur Seite, um ihren Mitfahrern das Aus- & Einsteigen zu ermöglichen. So verharrten wir beide. Sie in die Geschichte gefesselt und ich in diesen Anblick. Schließlich blickte sie doch hoch. Ihr Blick ging durch die verkratzen, öligen Fenster nach draußen. Sie lächelte wunderschön. Sie schien etwas zu flüstern, doch ich verstand nicht was. Doch ich wollte es wissen. Für einen Moment schloss sie die Augen und schien das Sonnenlicht zu genießen, das warm auf sie herabschien. Ihre Augen funkelten. Es war, als sei sie der Mittelpunkt einer*

Szene. Wie ein Hauptcharakter in einem Buch. Wie die Heldin einer Geschichte. Als ihre Station kam, klappte sie schwungvoll das Buch zu und ließ es in ihrer Tasche verschwinden, die sie bei sich trug. Ruckartig kam die Straßenbahn zum Stehen. Doch sie hielt sich nicht mal fest. Fast schon geübt, balancierte sie den Ruck aus und ließ eine alte Dame, die sich erhoben hatte, rücksichtsvoll vor ihr aussteigen. Mein Blick folgte ihr durch die Fenster, bis sie aus meinem Blickfeld verschwand. Die Bahn setzte sich wieder in Bewegung, doch ich war wie in Trance. Ich erwischte mich dabei, wie ich lächelte. Doch es war nicht das Lächeln, was ich bei meiner Arbeit aufsetzte. Es war die Art eines Lächelns, die ich schon lange vergessen habe."

Kapitel 2

Die Bahn hielt. Das Mädchen stieg aus. Einen Moment schaute sie sich um, bevor sie den Bahnsteig verließ und die Straße hinunter bis zur Ampel lief. Das Buch zog sie aus ihrer Tasche heraus, ohne es zu öffnen. Aus ihren Kopfhörern dudelte leise, fast nicht hörbar Musik. Sie konnte beim Laufen nicht lesen. Aber sie mochte das Gefühl, das Buch in ihren Händen zu halten. Die dünnen Buchseiten, den festgebundenen Buchumschlag und den starken Buchrücken, der all seinen Inhalt zusammenhielt. Der gelbe, kleine Kasten mit den drei schwarzen Punkten, welcher sich an der Säule der Ampel befand, klickte munter vor sich hin. Neben ihr standen ein paar ihrer Mitschüler, die das Mädchen vom Sehen her kannte. Sie gingen auf dieselbe Schule. Die Autos fuhren mit hoher Geschwindigkeit an ihnen vorbei und das Mädchen rümpfte die Nase. Sie mochte den Hauch von Benzin nicht, der ihr in die Nase stach und ihr einen bitteren, beinahe ätzenden Geschmack auf die Zunge legte. Die Autos bremsten ab. Die Ampel für die Fußgänger sprang auf grün. Zwischen den paar andern Menschen mitgezogen, überquerte sie die Straße und schüttelte sich. Das Mädchen hatte die Blicke des Professors bemerkt, der sie seit seinem Einstieg beobachtet hatte. „Was für ein lauter Schrei", flüsterte sie leise mit einem wehleidigen Ton und schüttelte sich.

Ihre Schule lag ein paar Straßen weiter. Es war warm und sie trug ihr weißes Lieblingskleid. Ihre Haare waren leicht verstrubbelt. Sie hatte verschlafen und für die morgendliche Pflegeroutine war nicht viel Zeit gewesen. Ihre wachen Augen wanderten der Sonne entgegen, die ihr ins Gesicht schien. Das Mädchen blinzelte und lächelte zufrieden. Die Verlockung in ihrem Buch weiterzulesen, war hoch. Sie stellte die Musik ab. Vorsichtig öffnete sie das Buch. „Hope!", rief auf einmal eine Stimme ihren Namen und riss sie somit aus ihren Gedanken. Das Mädchen nahm ihre Kopfhörer ab. Sie sah sich um und lächelte, als sie Lina erkannte. Ihre Schulfreundin rannte durch die Schülerwelle auf sie zu. Das Mädchen mit den braunen Haaren klappte ihr Buch zu und begrüßte ihre Freundin. Lina kam mit einer Vollbremsung vor ihr zum Stehen. Sie beugte sich nach vorn, um nach Luft zu schnappen. Hope zog aus der Seitentasche von Linas Rucksack die Trinkflasche und reichte ihr diese. „Ich dachte schon ich sei zu spät. Kann ja keiner wissen, dass die U-Bahn Strecke gesperrt ist. Mein Work-out für die ganze Woche habe ich jetzt auch schon gemacht." Sie trank ein paar Schlucke und grinste frech übers ganze Gesicht. Hope kicherte und meinte, sie habe die Ankündigung mitbekommen, mehrmals. Ihre Freundin kratze sich verlegen am Kopf. Sie war wohl auf frischer Tat ertappt worden. „Ich muss dir unbedingt von der Serie erzählen, die ich gestern angefangen habe zu schauen. Der eine Schauspieler ist so heiß ..." Lina hakte sich bei ihrer Freundin ein. Zusammen spazierten die beiden in Richtung des Schulgebäudes. Es war ein Bau aus den 50er-Jahren und hatte schon lange mehr keinen neuen Anstrich bekommen. Die Fenster waren dreckig. Der helle Boden war voller Kratzer, Schlieren und sah nicht gerade einladend aus. Die Beete vor dem Gebäude wurden von den unteren Klassen gepflegt und zwischen ein paar kahlen Stellen blühten tatsächlich ein paar Frühlingsblumen wie Narzissen, Schneeglöckchen und Krokusse.

Während Lina euphorisch über die Serie erzählte, sah Hope sich unbemerkt um. Im Strom ihrer Schulkameraden mitgezogen bahnten die beiden sich ihren Weg. Einzelne Satzfetzen kamen dem Mädchen zu Ohr. Ihr Blick richtete sich zum Himmel. Die Sonne schien warm auf sie herab und nach den kalten Tagen freute sie sich über die ungewöhnlich frühe Wärme des Aprils. „Wie schön, endlich ist der Frühling da", dachte sie glücklich. Ihre Freundin blieb stehen und sah sie an. Hope wusste, was sie gefragt hatte, ohne ihr wirklich zugehört zu haben. Sie lachte als Antwort. „Komm, sonst sind wir wirklich spät dran."

Auf den Schulfluren war reges Treiben. Die beiden Mädchen bahnten sich ihren Weg zu ihrem Klassenzimmer. Das Gebäude war in 4 Stockwerke aufgeteilt und von unten nach oben waren die Stufen eingeteilt. Klar also, dass die Oberstufe im obersten Stockwerk ihre Räume hatte. Jeden Morgen mussten die Mädchen die vielen Stufen bis hoch in den vierten Stock erklimmen, bevor sie ihr Klassenzimmer erreichten.

„Und, welches Buch ist es heute?", fragte Lina, als sie in der offenen Tasche von ihrer Freundin zwischen Schulheften das Buch bei einem flüchtigen Blick erkannte. Still nahm Hope es heraus. „Hemingway? Ist das nicht einer dieser alten Säcke, die seit Jahren tot sind? Ernsthaft? Ist das nicht stinklangweilig?", verzog Lina das Gesicht. Hope lachte. Sie wusste, dass ihre Freundin nicht viel für das Lesen übrighatte, doch die verschiedenen Reaktionen, brachten sie jedes Mal aufs Neue zum Schmunzeln. Lina griff ihren Faden von eben wieder auf. Anstatt von Schwärmerei für den Schauspieler aus ihrer Serie war es nun eine Meckerparade über die letzte Schulaufgabe. Sie sprach so laut, dass jeder in ihrem Umkreis davon mitbekam, ob er es nun wollte oder nicht. Hope atmete tief durch. Wenn Lina eines gut konnte, dann ihre ganze Energie für solche Dinge zu verschwenden. Manchmal konnte sie damit sehr dominant sein, was Hope teilweise zu viel wurde.

Wieder einmal wanderte ihre Aufmerksamkeit zu anderen Dingen. Mit ihren braunen Augen beobachtete sie aufmerksam die Szene, in der sie sich befand: *„Morgen Chaos. Jeden Morgen die gleiche Resonanz, die das Gebäude mit Leben füllt. Stimmen. Gerüche. Zwei unterhalten sich über Sport. Ein Schließfach wird geschlossen. Bücher fallen zu Boden. Schritte schlurfen über den Boden. Trägheit und Müdigkeit. Eine kurze Nacht. Jemand ist erkältet und niest. Die Glocke bringt in das bunte Durcheinander einen Klang. Als sei eine Bewegung in Gang gesetzt worden, löst sich das Chaos langsam auf. Ich weiß meinen alltäglichen Weg. Er ist immer derselbe. Ich trete zum Klassenzimmer. Es riecht nach Kreide. Nach Deo und Parfüm. Nach Make-up und nach nasser Sportkleidung. Nach frisch gewaschenen Haaren, nach Essen und dem schmutzigen Parkett. Die Luft schmeckt schlecht. Es ist stickig. Jemand rückt einen Stuhl nach hinten. Große Fenster trennen innen und außen voneinander und erlauben mir, mein Buch weiter zu träumen. Ein unruhiges Murmeln erfasst den ganzen Raum. Stimmen, die durcheinanderreden und einzelne Satzfetzen, die mich rätseln lassen."*

„Hi", grüßt eine Klassenkameradin die beiden. Ihr Gruß hatte das Mädchen aus ihrem Gedankengang gerissen und zusammen kamen sie ihr entgegen. Ihre Plätze lagen nebeneinander. Sie plauderten. Tauschten sich über die neusten Gerüchte der Schule aus. Über die nervigen

Matheausaufgaben und den Test, der bevorstand. „Ich bin echt froh, wenn wir das alles hinter uns haben. Wenn ich das Zeugnis habe, werde ich Party machen, bis es kein Morgen mehr gibt", streckte Lina sich und blickte zu Hope. Ihrer Freundin war sichtlich anzusehen, wie es ihr in den Fingerspitzen kribbelte, ihr Buch weiterzulesen. Es war diese hibbelige Körpersprache, die dann von ihr ausgingen und ihr ganzes Sein zu übermannen schien.

Der Lehrer kam hinein. Schlecht gelaunt ließ er einen Stapel Bücher auf das Lehrerpult fallen. „Na der hat ja wieder eine Laune", murmelte das Mädchen. Sie hatte gehofft ein paar weitere Minuten lesen zu können. Nach und nach richtete sich die Aufmerksamkeit der Klasse auf die Lehrkraft, die erwartungsvoll am Pult stand und seine Klasse mit einer grimmigen Miene musterte. „Bestimmt wieder Eheprobleme", flüsterte Lina und die Mädchen kicherten. Schlagartig richtete sich der Blick des Mannes auf die drei. Sie verstummten und sahen ihn mit einem unschuldigen Lächeln an. „Guten Morgen. Packt eure Sachen weg. Wir fangen mit dem Test an", hallte die raue Stimme des Deutschlehrers durch den Raum. Eine Bewegung ging durch die Klasse. Die Wenigsten hatten ihre Sachen herausgeholt. Die Tische wurden auseinandergeschoben. Stifte zurechtgelegt. Taschen und Rucksäcke geschlossen. „Viel Erfolg", flüsterte Hope ihren Freundinnen zu.

Einen Moment später stand ihr Deutschlehrer vor ihr und reichte ihr still den Bogen. Dankend nahm sie ihren entgegen und ließ ihn umgeschlagen auf ihrem Tisch liegen. Es war wie ein immer gleiches Ritual. Ihre Stifte, die neben ihr lagen, das weiße Blatt vor ihr, was nur darauf wartete, beschrieben zu werden. Der zarte Anflug von Nervosität, der in der Luft lag und alle verstummen ließ.

Als der Lehrer den letzten Bogen ausgeteilt hatte und es sich vorne auf einen Stuhl bequem gemacht hatte, erteilte er den Startschuss. Wie auf Kommando zogen alle den Bogen zu sich und drehten ihn um. Er wurde aufgeschlagen und studiert. Die Aufgaben genau durchgelesen. Die Ersten begannen bereits zu schreiben. Im Klassenzimmer, wo sonst immer ein unruhiges Murmeln den Raum erfüllte, herrschte Stille. Hope atmete tief durch. Die Anspannung, die im Raum herrschte, war auf sie übergegangen und sie spannte sich an. „Ganz ruhig. Es ist alles okay", sprach sie zu sich selbst und begann die erste Aufgabe durchzulesen. Währenddessen hörte sie das leise Kratzen der Stifte auf den rauen Papierbögen, die durch den Holztisch verstärkt wurden und das Umschlagen der Bögen, wenn sie sich von der Tischplatte mit einem schleifenden Geräusch lösten und wieder abgelegt wurden.

Ihr Blick wanderte nach draußen. Ein Vogel flog am Himmel. In der Ferne spießte ein Flugzeug ein paar kleine Wölkchen auf. Sie konnte auf ihre Heimatstadt blicken und entdeckte ein Blütenblatt, was von dem sanften Wind in die Höhe gehoben wurde. Sich drehte, als würde es mit sich allein einen Tanz wagen. Das Mädchen lächelte. „Wie schön das Wetter heute ist. Und die Kirschblüten stehen in voller Schönheit." „Blick aufs Papier!", schallte die Stimme des Lehrers durch den Raum. Er sah sie streng an. Schnell senkte sie ihren Kopf und fokussierte sich.

Als der Nachmittag angebrochen war, verließen die drei Freundinnen das Schulgelände. In ein Gespräch verwickelt, hätten sie fast nicht den Jungen wahrgenommen, der Hopes Namen rief. Es war Elliot, ein gutaussehender, großer, breit gebauter Junge, der an sein Auto gelehnt, ihr entgegenblickte. Das Mädchen kam auf ihn zu. Er kam ihr mit einem zuckersüßen Lächeln entgegen. „Hey", lächelte Hope und die beiden umarmten sich. Er nahm ihr die Tasche von der Schulter und grüßte lässig ihre Schulfreundinnen, die kichernd näherkamen. Ihre Blicke waren voll Neugierde und Interesse für den Jungen. Doch auch ein Hauch Eifersucht mischte sich in die Stimmung. Hope bemerkte es. Ihr Blick schweifte zu ihm. Sie beobachtete, wie er ihre Tasche auf die Rückbank seines Wagens legte. Er trug eine Lederjacke, die ihm unfassbar gut stand. Seine dunklen Haare waren gestylt. Die Kette, die sie ihm letztes Jahr zum Geburtstag geschenkt hatte, rundete sein Outfit ab. Die breiten Schultern und die männliche Stimme, heimste ihr ab und zu Herzklopfen ein. Sein süßes Lächeln unterstrich dieses Bild beinahe perfekt. Hope lächelte liebevoll. Elliot hatte ihren Blick mitbekommen. Er erwiderte ihn und für einen Moment sahen sie sich in die Augen. Still fragte er lächelnd, was los sei. Sie schüttelte den Kopf. Amüsiert kam er zu den drei zurück. Wie ein Gentleman öffnete er Hope die Beifahrertür. „Fahren wir?" Sie nickte. „Wir sehen uns morgen. Bis dann", verabschiedete Hope sie beiden Mädchen. Ohne darauf zu antworten, kicherten sie und warfen dem Jungen einen weiteren Blick zu. Sie musste grinsen. Elliot ließ sie einsteigen und hielt seine Hand schützen über ihren Kopf, damit sie sich nicht am Türrahmen stießen. Lina und das andere Mädchen hatten die Geste mitbekommen und wurden neidisch. Er schloss sanft hinter ihr die Tür. Er verabschiedete sich von den Mädchen und stieg auf der anderen Seite ein. Hopes Freundinnen standen da und beobachteten das filmreife Spektakel.

„Danke, dass du mich abholst.", begrüßte sie ihn ein zweites Mal. Sie gähnte. Der Jungen lächelte und fragte, ohne seine Aufmerksamkeit von der Straße zu nehmen, wie ihr Tag war. Sie begann zu erzählen, von dem Test, der recht einfach war. Von dem Matheunterricht, bei dem sie selbst nach aller Übung es immer noch nicht verstanden hatte und dem schlechten Essen, was es heute in der Mensa gegeben hatte. Aufmerksam hörte er Hope zu und lächelte. Er mochte ihre Stimme und die Leichtigkeit, die sie beim Erzählen in ihrer Stimme hatte. Sie kam auf das Buch zu sprechen. Sie erzählte ihm detailgenau die Handlung. Elliot lachte. Er las mit Abstand nicht so viel wie sie. Doch die genauen Schilderungen, mit der Hope erzählte, gaben ihm das Gefühl, alle diese Bücher selbst auch gelesen zu haben. Voller Euphorie erzählte sie von den Stellen, die ihr gut gefielen. Von denen, wo sie sich über diesen einen Charakter oder den einen Handlungsstrang aufregte oder ihr eine Aussage oder Reaktion gut gefallen hatte. Zudem teilte sie mit dem Jungen ihre Gedanken, wie das Buch ausgehen könnte.

Langsam fuhren sie durch die Stadt. Elliot hörte ihr aufmerksam zu. Als sie an einer Ampel hielten, wanderte sein Blick zu ihr. Aufmerksam und mit einem nicht ganz definierbar zarten Ausdruck in seinen grünen Augen, betrachtete er sie. Ihre langen Haare. Die niedliche kleine Nase. Die braunen Augen. Die leicht rötlichen Haare. Das Kleid, was sie trug. Dieses Funkeln in den Augen, dass sie hatte und ihm ein gutes Gefühl gab. Er lächelte. Hope unterbrach sich selbst, als sie seinen Blick bemerkte und sah ihn an. „Langweilt dich das?" Er schüttelte den Kopf. „Ich weiß es ist sehr klischeehaft, aber irgendwie süß, findest du nicht?". Er nickte. Sie lächelte zufrieden und schaute nach draußen. Einen Moment kehrte Stille ein. Es war, als hätte für einen Moment, die Welt auf Pause gedrückt. Als seien sie für einen Moment in dieser großen weiten Welt, allein in ihrer Zweisamkeit.

„Hey, heute ist wirklich schönes Wetter. Findest du nicht?", fragte sie ihn auf einmal in die Stille hinein. Die Ampel sprang auf grün. Sie fuhren weiter. Die Stadt zog an ihr vorbei und ließ das Mädchen lächeln. „Wie war dein Tag? Erzähl mal", wandte sie sich nun zu ihm. Hope war nun diejenige von beiden, die mit einem Lächeln den Jungen aufmerksam beobachtete und seiner vertrauten Stimme lauschte. Sie fuhren zu Elliot nach Hause. Der Junge wohnte ganz in der Nähe von ihr. Er parkte in eine freie Parklücke vor dem Haus, so als hätte sie nur auf sie gewartet. Das Auto kam zum Stehen. Der Motor verstummte. „Hast du Hunger?", erkundigte er sich. Sie nickte.

Zusammen stiegen sie die Treppen bis in den 3. Stock. Elliot schloss auf und ließ das Mädchen vor sich hineintreten. Die Wohnung hatte zwei Zimmer. Sie war nicht groß, aber sehr gemütlich. Das Mädchen fühlte sich hier wie zuhause. Denn die Wohnung roch nach Elliot, nach Zuhause, nach Sicherheit und Geborgenheit. Der Junge ging an ihr vorbei und öffnete die Tür zu seinem Balkon. Die sich abkühlende Luft kam hinein und wecke das schläfrige Zimmer auf. Mit einem Lächeln betrachtete sie Elliots Statur, die vom Licht eingerahmt wurde. Seine Statur, sein Rücken, seine Hände, seine Haare, alles war vertraut und gab ihr ein Gefühl der Beständigkeit. Ihr Herz machte einen kleinen Sprung. Mit einem Lächeln kam sie zu ihm und stellte sich neben ihn an die Schwelle der Tür. Die spürte, wie die Luft hineinströmte. Genau wie er, war ihr Blick nach draußen gerichtet. Die Sonne schien auf die beiden. Hope spürte die Wärme, die von ihm ausging und auf sie übersprang. Er war ihr so nah, dass ihre Hände und Schultern sich beinah berührten. Eine elektrisierende Spannung entstand zwischen ihnen und machte sie auf eine angenehme Weise nervös. Keiner sprach ein Wort. Keiner sah den anderen an. Beide spürten einfach die Nähe zum anderen und gaben sich dem intensiven Moment hin.

Es war schließlich Elliot, der sich von ihr entfernte. Einen Moment brauchte der Junge, um sich zu ordnen, und meinte dann zu ihr, sie solle es sich bequem machen. „Wir haben Mathe Aufgaben bekommen. Kannst du mir dabei helfen?", fragte Hope. In ihrem Blick, der ihm gefolgt war, lag Sehnsucht. Erneut stand er mit dem Rücken zu ihr. Er wollte nicht, dass sie sieht, wie rot seinen Wangen waren und wie durcheinander ihn der Moment gebracht hatte. Im Flur stand noch ihre Tasche. Hope lief an der Küche vorbei und machte es sich auf dem Balkon gemütlich. Durch die offenen Terassentüren hallte das Klappern von Geschirr und das Brutzeln der Butter in der heißen Pfanne zu ihr heraus. Ein leichter Duft breitet sich bis auf den Balkon heraus und ließ dem Mädchen, die über ihren Matheaufgaben brütete, das Wasser im Mund zusammenlaufen.

Für einen Moment legte sie den Stift weg, stützte ihren Kopf auf ihren Handballen, schloss die Augen und atmete tief durch. Die Bäume rauschen leise im Wind, der nach Frühling duftete. Die Vögel zwitscherten munter, als wären sie in einem Konzert und würden sich gegenseitig etwas vorsingen. Der Wind erreichte das Mädchen, spielte mit den Blättern, ihres Heftes und ihren Haaren. Sie spürte die Sonne, die warm auf sie herabschien und lächelte. Ein tiefes Gefühl der Gelassenheit, Ruhe, Zufriedenheit und des Glücks, machte sich in ihr breit. Wie eine warme Welle, die von ihrem Herzen aus, bis in alle Glieder ihres Körpers reiste.

Elliot, der mit einem Tablett zu ihr kam, blieb stehen und beobachtete diesen Anblick. Seine Lippen umspielte ein sanftes Lächeln. Ein liebevoller Ausdruck verzierte seine Augen. Sein Blick wanderte über ihre schmale Körperstatur, ihre helle Haut, ihre langen Wimpern und dieses Lächeln. Dieser Anblick und das Fühlen ihrer Nähe, das genau wie für sie, Vertrautheit und Geborgenheit in ihm auslöste, ließ sein Herz schneller schlagen.

Hope hatte seine Anwesenheit bemerkt. Sie öffnete die Augen und lächelte ihm entgegen. Für einen Moment trafen sich ihre Blicke. In seinen Blick lag etwas, vor dem sie Angst hatte, es zu deuten. Schnell unterbrach sie ihren Blickkontakt und räumte ihre Schreibutensilien bei Seite. Er stellte das Tablett auf dem kleinen Tisch ab und sie ließ ihren Blick begeistert über den Teller wandern. „Wie köstlich das aussieht. Und wie das duftet." Hope nahm vorsichtig die Sets herunter und deckte mit ein paar schnellen Handgriffen den Tisch. Elliot stellte ihr einen der Teller hin. Freudestrahlend und hungrig bedankte sie sich bei ihm fürs Kochen. Er wünschte einen guten Appetit, nachdem er sich ihr gegenübergesetzt hatte. Still aßen sie. Genossen den Augenblick. Zwischen ihnen herrschte keine unbehagliche Stille. Es war einfach ein Moment, wo Worte nur stören würden. Wo jeder den Raum hatte, seinen Gedanken nachzugehen, den

Moment zu erleben oder einfach das Essen zu genießen. Es war eines der Dinge, die sie beide an aneinander wertschätzen. Auch die stillen Momente, den Raum, den sie einander geben können und die Ruhe, die sie gegenüber dem anderen ausstrahlen.

Nach dem Essen bestand Hope darauf, ihm beim Abwasch zu helfen. Nach einer Diskussion gab er sich lachend geschlagen. Sie spülte das Geschirr und er trocknete ab. Nach ein paar Tellern begann sie herumzualbern. Das Herumalbern war ansteckend und der Junge begann, sie liebevoll über ihre Art den Abwasch zu machen, aufzuziehen. Sie ließ sich von ihm provozieren. Hope formte mit ihren Händen eine Mulde und füllte die mit Wasser, was sie ihm ins Gesicht spritzte. „Na warte!" grinste Elliot, nahm das Mädchen an der Taille und rächte sich, bis sie beide nass waren. Sie lachten ausgelassen und er ließ sie nicht los, bis sie kapitulierte. Einen Moment länger hielt er sie noch fest. Beide atmeten tiefer und erneut entstand diese Spannung zwischen den beiden. Der Junge spürte, wie sein Herz begann schneller zu intensiver zu schlagen. Dies machte ihm auf unerklärliche Art Angst. Einen weiteren Moment noch hielt er sie fest, bevor er sie langsam herunterließ.

Sie lächelte. Zur Hälfte ausgelassen, zur anderen verwirrt von dem gerade entstanden Moment. Ihr Kleid klebte nass an ihrem Körper und da es weiß war, war es durch die Feuchtigkeit durchsichtig geworden. Als es Elliot klar wurde, drehte er mit hochrotem Kopf, den Blick weg. Er bat das Mädchen ins Badezimmer zu gehen und sich dort etwas anderes anzuziehen. Hope brauchte einen Moment länger, um seine Reaktion nachvollziehen zu können. Schnell verschränkte sie die Arme vor der Brust und huschte in Richtung des Badezimmers. Noch immer mit rotem Kopf räusperte der Junge sich, atmete tief durch und holte aus seinem Schrank etwas zum Anziehen heraus.

Sie saß auf dem Rand der Badewanne. In ihren Kopf spielte sich der Moment von eben wieder ab. Ihr war es nicht peinlich gewesen, dass er sie so gesehen hatte. Dafür war sie viel zu ausgelassen. Ihre Augen blitzen und ihre Wangen waren rot. Mit einem Haargummi band sie sich ihre Haare zu einem lockeren Knoten zusammen. Das Klopfen an der Tür, riss sie aus ihren Gedanken. Elliot öffnete die Tür einen Spalt und reichte ihr zusammen mit einem Handtuch, ein paar Sachen zum Anziehen. „Lass dir Zeit. Ich räume in der Küche den Rest weg." kam seine Stimme zu ihr hinein. Das Mädchen bedankte sich und nahm die Sachen entgegen. Der Junge machte einen Daumen hoch und schloss die Tür wieder. Sie musste kichern und sie konnte schwören, zu sehen, wie Elliot genau so breit grinste.

Draußen hatte die Dämmerung eingesetzt. Die beiden saßen zusammen auf seiner kleinen Couch. Sie trug seine Kleidung, die nicht nur gut nach ihm roch, sondern ihr auch um mindestens 2 Nummern zu groß war. Der Junge war sehr geduldiger Nachhilfelehrer und nahm sich alle Zeit, ihr die Themen und Durchführung der Aufgaben zu erklären. Hope hatte zwar mit seiner Hilfe die Hausaufgaben bereits gerechnet, doch es immer noch nicht verstanden. Mit einer bewundernswerten Geduld schrieb Elliot ihr alles herunter und erklärte es so ausführlich, bis sie es nach und nach verstand. Aus dem Augenwinkel beobachtete er sie dabei durch seine grünen Augen. Sichtlich rauchte ihr der Kopf. Mit seinem Pullover, den sie trug und den nicht ganz perfekt zusammengebunden Haaren, sah sie sehr süß aus, das raubte ihm den Fokus. „Und dann muss ich nur noch das zusammenschreiben und …", murmelte Hope, den Blick auf ihr Heft gerichtet und in den Rechenprozess vertieft. Vor lauter Konzentration begann sie auf ihre Lippe zu beißen und murmelte ihre Schritte leise mit, ohne es selbst mitzubekommen. Als sie ein Ergebnis hatte, hielt sie dem Jungen vorsichtig ihr Heft hin. Mit aller Ruhe ließ er seinen Blick über jeden Schritt der Aufgabe wandern und nickte schließlich. Zufrieden ließ sie sich erschöpft gegen ihn fallen und legte ihren Kopf auf seiner Schulter ab. „Ich kann nicht mehr. Mir brummt der Schädel", gähnte sie. Er lachte leise. „Du hast das gut gemacht. Wiederhole es noch ein paar Mal und du kannst das." Sie lächelte und meinte, was sie nur ohne ihn machen würde. Elliot zuckte mit den Schultern. Er spürte ihren Körper an seinem. Ihre gleichmäßige Atmung. Das schläfrige Gefühl, was sich in der Wohnung und auch in ihm breit machte.

„Heute war ein Mann in der Bahn. Er war leer. Sein Herz hat so laut geschrien und sein Blick war leblos wie des einen alten Menschen kurz vor seinem Übertritt", sagte sie auf einmal in die Stille hinein. Ihre Gedanken schweiften zu dem Mann, der einen Ausgang weiter stand in der Bahn und sie beobachtet hatte. In ihrem Körper machte sich bei dem Gedanken an denjenigen ein beklemmendes Gefühl breit. Es war so, als würde jemand versuchen, ihr Herz mit bloßer Hand zusammenzupressen. „Ich glaube er hat mich beobachtet. Vielleicht wegen dem Buch." Ihr Blick bekam einen traurigen Ausdruck.

„Er muss bestimmt unendlich leiden." Elliot hörte ihr aufmerksam zu. „Was hat sein Herz geschrien?", fragte er und strich ihr eine Strähne hinters Ohr. „Ich hatte Musik an, also habe ich es nicht deutlich gehört. Doch dieser Mann. Er scheint sich selbst aufzugeben zu haben. Zudem hatte ich den Geschmack von Alkohol und Tabak auf der Zunge. Eine ekelhafte Mischung." Das Mädchen schüttelte sich. Nachdenklich nickte er und spürte, wie sie sich etwas mehr an ihn schmiegte. Für einen Moment wünschte er sich, dass sie noch etwas länger so bleiben können. Dass ihm das Recht verliehen wurde Dinge zu sagen, die bisher nur als gestaltlose Strukturen in seinem Kopf herumwandelten. Er seufzte. Einen langen Moment verharrten sie aneinandergeschmiegt. Hope Gedanken waren nach wie vor bei dem Mann aus der Bahn.

„Ich bringe dich noch nach Hause. Bevor du hier einschläfst." knuffte er sie zart in die Seite. Gähnend nickte sie und richtete sich etwas schwerfällig wieder auf. Ihr Elternhaus lag nicht weit entfernt, weswegen sie zu Fuß gingen. Es war einer von vielen späten Spaziergängen, die Hope liebte. Die Ruhe, die über die Stadt kam. Elliot, der neben ihr ging. Die Wärme, die von ihm ausging und das gute Gefühl, was sie hatte, wenn er an ihrer Seite war. Wieder war es einer dieser Momente, wo Worte unnötig waren. Er trug ihre Tasche lässig auf der einen Schulter und ließ dem Mädchen genügend Freiraum, um ihren Gedanken nachzugehen.

„Erzähl mir was Schönes", sagte sie auf einmal in die Stille hinein. Er lächelte und brauchte nicht lange zu überlegen. Aufmerksam, mit einem Lächeln hörte Hope ihm zu, wie er mit seiner tiefen, rauen Stimme, die sie so liebte, erzählte. Kurz drauf erreichten sie die Straße, in der Hopes Haus lag. Die Straße war eine alte Allee mit hoch gewachsenen Bäumen und noch älteren Laternen, die zwischen den Baumkronen, für Licht bei Nacht sorgten. Der Gehweg bestand aus großen Betonplatten, die hintereinander ausgelegt waren. Über die Jahre hatten das starke Wurzelwerk der Bäume, die Platten angehoben und den Weg uneben gemacht. Als Kind war Hope hier einmal mit dem Fahrrad entlanggefahren und hatte sich verletzt, als sie mit dem Rad gegen die Kante einer erhoben Platte gebremst wurde. In der Straße standen nur Einfamilienhäuser. Sie liebte die Straße. Die alten Bäume, die teilweise so wuchsen, wie sie es wollten. Die noch schönen, verschnörkelten Straßenlaternen. Das Kopfsteinpflaster der Straße und die grünen Gärten der Häuser. Die liebevoll angelegten Vorgärten und die individuellen Häuser, die hier Gartenzaun an Gartenzaun standen. Ein Auto fuhr an ihnen vorbei. Seine Räder ratterten auf dem groben Kopfsteinpflaster. Es war der Firmenwagen ihres Vaters Finn, der einige Meter vor ihnen auf die Grundstückseinfahrt abbog. Das Garagentor öffnete sich klackernd in der Spule. Die Garage war älter und bei jedem Abschnitt des Tors, was sich auf die Spule legte, entstand ein klackerndes Geräusch.

Gerade als sie die Einfahrt erreichten, kam Finn zu ihnen getreten. Freundlich begrüßte er sie beiden. Der Mann, der Vollzeit in einer großen Firma arbeitete, war deutlich die Erschöpfung anzusehen. „Wieder hat er sich so viel eingefangen", murmelte Hope, als sie ihren Vater aufmerksam betrachtete. Ihr Vater hatte es nicht gehört – besser so. Elliot der neben ihr stand, schaute den Mann an. Hope sah ihren beiden Elternteilen sehr ähnlich. Von ihm hatte sie die braunen Augen und die braunen Haare, geerbt, von ihrer Mutter mehr die Statur und die Gesichtsproportionen. Elliot kannte ihn schon lange und wusste gut über sein strenges und sein teilweise sehr konservatives Denken Bescheid.

Finn erkundigte sich, wie es dem Jungen ging. Er lud Elliot ein, noch eine Weile mit hineinzukommen. Er lehnte dann dankend ab. Es war spät. Sie alle drei waren müde und geschafft vom Tag. Zudem wollte er nicht von den Fragen des Mannes durchlöchert werden. Hatte Finn sich mit seinen Fragen einmal in Fahrt gebracht, war er nur schwer zu bremsen. Dabei die Geduld zu bewahren, war der Junge heute Abend zu müde. Hope und er verabschiedeten sich und er reichte ihr ihre Tasche zurück. Unter dem wachen Blick von Finn umarmten sich zum Abschied kurz. Sie hatte nicht viel Zeit ihm in die Augen zu schauen, doch der kurze Augenblick hatte gereicht, um den Hauch von Traurigkeit in seinem Blick zu bemerken. Ihr Vater, der fragte wie die Schule war, riss sie aus ihren Gedanken. Der Mann ging vor, während sie stehen blieb und über die Schulter Elliot hinterherschaute. Als hätte er ihren Blick gespürt, drehte er sich um und wirkte ihr zu. Hope winkte zaghaft zurück, bevor sie ihrem Vater ins Haus folgte, der bereits an der Tür wartete.

Ihre Mutter, Lily, empfing die beiden im Hausflur. Hope streifte ihre Schuhe ab, während ihre Mutter fragte, was mit ihrem Kleid passiert sei. „Es ist nass geworden. Elliot hat mir Kleidung geliehen." Die Frau schüttelte den Kopf und wies ihre Tochter an, dass Kleid auf den Wäscheständer im Keller zu hängen. „Du musst besser aufpassen. Wasche dir die Hände. Es gibt gleich essen", fügte sie hinzu und wandte sich dann ihm Ehemann zu. Sie ließ ihre Eltern allein im Hausflur zurück. Ihr Kleid hängte sie im Keller auf. Als sie gerade den Flur in Esszimmer entlang ging, kam ihr Holly, ihre große Schwester entgegen. „Ihr beide seid spät dran. Mama ist seit einer halben Stunde mit Essen fertig." Der Ton ihrer großen Schwester erinnerte sehr an den ihrer Mutter. Sie kicherte. Holly sah sie prüfend an und folgte ihrer kleinen Schwester ins Esszimmer. Ihre Eltern saßen bereits. Mit seiner durchdringenden Stimme erzählte Finn von den heutigen Geschehnissen im Büro. Hopes Blick fiel auf ihre Familie. „Wie viel sie sich eingefangen haben", dachte sie und setzte sich. Leise rückte das Mädchen etwas zur Seite, was von den anderen am Tisch nicht unbeobachtet blieb. Ratlos sahen sie einander an. Das Mädchen ignorierte es, faltete ihre Hände zusammen und atmete tief durch. Es sah aus, als würde sie sich eine Art Schutzschild anlegen, um sich vor einer nonverbalen Attacke abzuschirmen. Finn fragte etwas ratlos, ob sie wieder verklebt waren. Sichtlich war dem Mann anzusehen, dass es ihm fast peinlich gewesen war, seine Tochter danach zu fragen. So, als hätte er Worte aussprechen müssen, die in seinen Augen keinen Sinn ergaben. So als sei ihre Reaktion unnormal und für ihn schwer einzuschätzen. Hope nickte und wünschte einen guten Appetit. Sie spürte die unangenehme Stille, die sich im Raum ausgebreitet hatte. Die ratlosen Blicke, die auf ihr lagen. In dem Moment wünschte sie sich Elliot dabei. Er war gekonnt darin, in solchen Momenten das Richtige zu sagen. Zudem gab es ihr die Kraft, alles abzuwehren, wenn er bei ihr war. Holly räusperte sich. Sie griff nach dem leeren Teller ihres Vaters und gab ihm eine reichliche Portion auf. Ihre kleine Schwester senkte derweil Wasser ein. Still widmete sie sich ihrem Essen. Finn erkundigte sich zwischen zwei vollen Gabeln nach der Uni bei Holly und bei seiner Frau, wie ihr Tag war. Hope hörte den Gesprächen ihrer Familie zu und war die Erste, die aufsprang, als der Letzte seine Gabel niedergelegt hatte. „Ich muss noch einiges an Hausaufgaben machen", erklärte sie ihr Aufspringen. Ihre Eltern nickten.

Hope hatte es eilig auf ihr Zimmer zu kommen. Schnell schloss sie ihre Zimmer zur hinter sich. Tief atmete sie durch und legte sich die Hand aufs Herz, bis sich das beklemmende Gefühl in ihrer Brust sich löste. Sie schaltete ihre Lichterketten über ihrem Bett ein und ließ sich müde darauf nieder. Hope hatte das kleinste der drei Schlafzimmer. Bei ihrem Einzug hatte Holly drauf bestanden, das größere der beiden Kinderzimmer zu erhalten. Sie selbst war damals noch zu klein gewesen, um zu protestieren. Zudem liebte Hope ihr kleines Zimmer. Das große Fenster, von dem aus sie in die Baumkronen der Gärten blicken konnte. Zudem mochte sie die kleine Ausstattung ihres Zimmers. Ihren kleinen Schreibtisch, den Kleiderschrank und ihr Bett unter dessen sich Kisten befanden, die ein weiteres Möbelstück ersetzten. An der Wand hing eine große Weltkarte mit vielen Stecknadeln auf all den Ländern und Städten, in die sie gerne einmal reisen wollte. Postkarten, Notizen und Bilder tummelten sich an der großen Pinnwand über ihrem Schreibtisch. Auf dem Boden lag ein Teppich mit einem schwungvollen Muster. Sie hatte ihn hier liegen, seit sie eingezogen waren. Die einst weißen Franzen waren bereits ausgefranst und hatten sich durch das Sonnenlicht und den vielen Gebrauch gräulich, gelb gefärbt. Über ihrem Bett hing ein Betthimmel in Weiß, den sie gerne zuzog, wenn sie im Sommer mit offenem Fenster schlief. Der Raum war einfach eingerichtet und war für sie ihre Höhle und ihr Rückzugsort. Sie mochte es nicht, wenn ihre Eltern einfach reinkamen, ohne ihre Erlaubnis oder sich über ihren leichten Hang zur Unordnung aufregten. Es war ihr Zimmer, das wollte sie für sich allein haben.

Hope erhob sich und ging ins Badezimmer, was sie sich mit ihrer Schwester teilte. Sie war müde und wollte nur lesen und sich ins Bett kuscheln. Umso dankbarer war sie, dass Elliot ihr vorhin mit ihren Aufgaben geholfen hatte. Allein wäre sie bis in die späte Nacht dran gesessen. Zurück in ihrem Zimmer kuschelte sie sich in ihr Bett und griff nach ihrem Buch. Es war ein guter Tag gewesen. Die kleine Wasserschlacht mit Elliot war schön gewesen und sein Essen hatte gut geschmeckt. Die Matheaufgaben waren nicht ihre neusten Freunde geworden und das Abendessen mit ihrer Familie war wie fast immer bedrückend für sie in Erinnerung geblieben. Sie schlug ihr Buch auf und las weiter. Es verging einiges an Zeit bevor sie über der Überschrift eines neuen Kapitels, erschöpft einschlief.

Kapitel 3

Der Professor lag wach in seinem Bett. Es war weit nach Mitternacht. Gerade erst hatte er sich, von einem Manuskript lösen können, bei dem er die Deadline ausgereizt hatte. Er drückte die Zigarette im Aschenbecher auf dem Nachtschrank aus. Erschöpft rollte sich auf den Rücken, nahm seine Brille ab, massierte sich die trockenen Augen. Dabei kam ihm das Mädchen von heute früh in den Sinn. Dieser Anblick hatte sich in sein Gedächtnis eingebrannt. Sie dort stehen zu sehen. Ganz in seiner Nähe, gleichzeitig so weit entfernt. Das zarte Lächeln, welches ihre Lippen umspielt hatte. Die wachen, leuchtenden Augen. Er erwischte sich dabei, wie er lächeln musste. Doch es war nicht sein benanntes: *Lächeln eines Idioten*. Nein, es war ein ehrliches und aufrichtiges Lächeln. Ein Impuls seines Herzens. „Benjamin, was soll das? Das ist nicht mehr normal" ermahnte er sich selbst streng. Das Bild von ihr war wie eines der Bilder, die er für immer bewahren wollte, doch er wusste, dass auch dieses Bild mit der Zeit verschwommener werden würden. Es kam ihm so vor, als sei sie für ihn unerreichbar. So, als würden in sie in zwei komplett gegensätzlichen Welten befinden. Sie im Licht und er in der Dunkelheit. Benjamin wunderte sich selbst über den innigen Wunsch, in dieses helle, leuchtende Licht zu treten. In diese bunte, leichte, farbenfrohe Welt, in der sie lebt. Er begann sich Fragen über sie zu stellen. Fuhr sie jeden Morgen mit dieser Bahn? War sie noch eine Schülerin? Was hatte sie gesagt? Was für ein Mensch ist sie wohl? Alles Fragen, auf die er sich selbst keine Antwort geben konnte.

In seinem Kopf ging er alle Stereotypen an Charakteren durch, die er für Charakteranalysen verwendete. Er schüttelte den Kopf. Es war unfair, anhand dem bisschen, was er gesehen hatte, über sie zu urteilen. Innerlich wurmte es ihn, dass er keines der Raster fand, in das sie passte. Zudem war da noch eine weitere Frage, die ihn beschäftige: War das Buch eine Schullektüre? Es war die einzige Frage, auf die er eine Antwort hatte. Denn er war sich sicher, dass keiner ein Buch so anlächeln würde, wenn derjenige es nicht freiwillig las.

„Sie stand inmitten von Licht", sagte der Professor in die Stille seines Schlafzimmers hinein. Immer mehr wunderte Benjamin sich selbst über sein für ihn untypisches Verhalten. Vom Boden griff er sich sein Notizbuch und überflog die Zeilen, die er sich notiert hatte. Als er die Worte erneut las, fiel ihm was ein. In seinen Fingern kribbelte es, vor lauter Ideen. Er zückte den Stift. Ins Schreiben vertieft, begann er Seite um Seite das Buch zu füllen, bis sein Handgelenk begann zu schmerzen und der Professor beim Schreiben in einen unruhigen Schlaf fiel.

Als er erwachte, war es erneut der schockierend laute Klingelton seines Handys, der ihn auf seinen wirren Träumen riss. Er brauchte einen Moment, um sich zu sammeln. Schnell schaltete er den Wecker aus und gähnte herzlichst. In sein Blickfeld kam sein Notizbuch, das auf seiner Decke lag. Die Seiten vollgeschrieben. Der Stift, der halb in der Stifthaltung hing. Er griff danach und überflog ein paar der Zeilen, die er letzte Nacht notiert hatte. Wieder huschte ein kleines Lächeln über seine Lippen und wieder wunderte der Professor sich selbst über sein Verhalten.

Noch verschlafen kämpfte er sich aus seinen Bettlaken und öffnete die Jalousien. Einen Moment nahm er sich durch die Fenster in den sonnigen, wolkenlosen Himmel zu blicken. Er merkte, wie erschöpft und ausgelaugt er sich fühlte. Die Arbeit war anstrengend. Die kurzen Nächte reichten nicht, um seine Kraftreserven wieder aufzufüllen. Während Benjamin sich sein Frühstück zubereitete, überlegte er, ob er dieselbe Straßenbahn wie gestern nehmen sollte. Er wollte sie wieder sehen. In seinem Kopf begann er zu rechnen, um welche Uhrzeit er gestern die Bahn nahm und je länger der grübelte, desto unsicherer wurde er sich mit seiner Antwort. Ins Rechnen vertieft, griff seine Hand nach seinem Notizbuch. Er blickte auf und stutzte. „Stimmt ja, ich brauche ein neues", stellte er fest. In ihm machte sich ein warmes Gefühl der Zufriedenheit breit. Schon seit Monaten versuchte er, ein Buch zu schreiben, oder nur irgendetwas. Es war eines dieser Projekte, die auf seiner nicht materiell vorhandenen Liste stand. Jedes Mal, wenn der Professor in der Vergangenheit versucht hatte zu schreiben oder nur einmal Ideen zu sammeln, war sein Kopf wie leergefegt oder die Arbeit funkte dazwischen. Über sein ganzes Verhalten war er selbst verwundert. Viel Zeit dazu blieb nicht, wenn er die Bahn nehmen wollte. Um sein Verhalten zu erklären, nannte er sich selbst Gründe, wie den Schlafmangel und den Stress der letzten Wochen. Es war keine sehr gute Erklärung. Doch sie war ausschlaggebend genug, dass er diesen Gedanken in einer Ecke seines Gedächtnisses platzierte, die er erst mal nicht verwenden würde. Benjamin holte aus dem Kühlschrank seine Wasserflasche. Diese war zusammen mit einer halb leeren Butter und ein paar wenigen anderen Lebensmitteln das einzige an essbarem Inhalt. Es sah trostlos aus – beinahe traurig. Doch es passte vom Bild perfekt in den Rest der Wohnung. „Ich muss wieder einkaufen gehen", sagte er sich selbst. Es war Zeit aufzubrechen. Schnell zog er sich Jacke und Schuhe an. Sein Haustürschlüssel lag wie immer auf der Ablage neben der Wohnungstür. Benjamin eilte die Treppen hinunter und begegnete einer seiner Nachbarn aus dem Erdgeschoss, die er flüchtig von Sehen kannte. Sie tauschten ein: „Guten Morgen", aus und der Professor trat aus dem dämmrigen Treppenhaus hinaus auf die Straße.

Wie jeden Morgen war auf den Straßen starkes Verkehrsaufkommen. Ein Auto hupte ein anderes an, da es an einer grünen Ampel stand. Ein Hund bellte eine Katze an, die auf einer Fensterbank in der Sonne thronte und provokativ ihren Schwanz peitschen ließ. Er kam an dem Café vorbei. Wieder ließ der leckere Geruch nach frischem Kaffee, ihm das Wasser im Mund zusammenfließen. Er blickte auf die Uhr. Er war früh dran. Mit seinen Augen zählte er die Menschen ab, die in der Schlange vor der Theke standen. Vier Stück. Der Professor war hin und her gerissen. Sollte er es probieren? Unruhig trat er von einem Fuß auf den anderen. Doch die Angst, das Mädchen zu verpassen, führte ihn weiter die Straße hinunter zur Station. Je näher er der Station kam, desto größer bereitete sich Nervosität in ihm aus. Eine Mischung aus Vorfreunde und Angst. Die stille Angst, dass seine Erwartung an ein erneutes Aufeinandertreffen mit ihr, nicht erfüllt wird. Obwohl er genügend Zeit hatte, bis die Straßenbahn kam, hatte er das Gefühl, zu spät zu sein. Sich beeilen zu müssen. Wie ein Bild, dem er hinterherjagt und egal wie sehr er bemühte, es nicht schaffte, es zu fassen zu bekommen. Er verzog das Gesicht und ärgerte sich über sich selbst. Über sein Leben, was er führte. Sein Gewicht. Seine Einsamkeit. Seinen Beruf. Seine Situation. Einfach alles, was ihm die Fläche bot, sich selbst zu denunzieren und alles an Schuld im außen zu suchen. Am Stress. Am Schlafmangel. An der vielen Arbeit. An seiner Wohnsituation. An den Bergen an Kartons, die er nicht ausgepackt hatte. An seiner Familie. An seiner Vergangenheit.

Immer weiter ritt er sich in seine depressiven Gedanken hinein. Immer mehr spannte er sich innerlich an. Es war wie ein Druck, der sich von seinem Herzen in jedes Körperteil ausbreitete und ihm Angst machte. Schnell griff er in seine Tasche und holte eine Zigarette hervor. Aus der Angst, seine Mitmenschen könnten sein Gefühlschaos bemerken, blieb er abseits, rauchend stehen. Tief stieß der Professor den Rauch aus. Dabei bemerkte er die alte Dame nicht, die ein paar Meter weiter auf einer Bank saß und sich leise über ihn beschwerte. Inmitten des Wirbelsturms an Gefühlen, der sich in ihm gebildet hatte, fiel das Bild von ihr hinein. Wie ein Lichtstrahl, der auch die tiefste und dunkelste Dunkelheit erreicht hatte. Benjamin atmete tief durch. Wie von einem auf den anderen Moment, verschwand das Druckgefühl aus seiner Brust. Er blickte auf die Uhr. Gleich war es so weit. Gleich würde die Bahn kommen. Immer wieder wanderte sein unruhiger Blick auf die Häuserreihe, hinter der die Straßenbahnschienen weiterführten. Die Airpods in den Ohren, die schwere Ledertasche auf der Schulter und die Sonne, die auf ihn herabschien, waren für ihn auf einmal nebensächlich. Fragen über Fragen häuften sich in seinem Kopf. Fragen, von denen es keine gab, die er für sich beantworten konnte. Wie auch? Er kannte das Mädchen nicht. Er wusste nichts über sie. Nicht einmal, ob er sie heute wieder sehen würde. „Das ist doch echt bescheuert. Du bist nicht in einem Roman, Benjamin", drückte er die zweite Zigarette am Mülleimer aus. Die alte Frau, die auf der Bank saß, hatte Selbstgespräche mitbekommen. Mit einem prüfenden Blick auf dem Gesicht rümpfte sie sich die Nase. Der Geruch von Tabak hatte eine große Wolke um die Station gebildet. Der Professor überlegte angestrengt, welches Buch sie wohl heute lesen würde. Vielleicht noch das von gestern? Oder ein neues?

Das Erspähen der Straßenbahn war für ihn wie Strafe und Erlösung zugleich. Der Moment von der letzten Straßenecke bis zum Bahnsteig fühlte sich für ihn wie eine halbe Ewigkeit an. Sobald er die Möglichkeit hatte, suchte sein unruhiger Blick hektisch nach dem Mädchen. Die Türen öffneten sich. Ein paar stiegen aus. Ein paar stiegen ein. Unter ihnen war er. Durch die Sperrung der U-Bahn war die Tram heute voller. Doch das war dem Professor egal. Er suchte unter den Fahrgästen nach ihr. Sein Herz pochte vor Aufregung, als er sie erblickte. Sie saß in einer der 4er Konstellation und las auch heute in einem Buch. Doch es war ein anderes als gestern. Das wusste er sofort, da die Farbe des Einbands eine andere war. Die Türen schlossen sich. Gemächlich setzte die Bahn sich in Bewegung. Wieder einmal war er von ihrem gesamten Auftreten beeindruckt und konnte kaum seinen Blick von ihr nehmen. Aufmerksam beobachtete der Professor, wie feinfühlig sie die dünnen Seiten umschlug und das Buch leicht kippte, wenn sie von einer zur anderen Seite sprang. Er erwischte sich dabei, wie er lächeln musste. Es machte ihm Freunde, sich über das Mädchen Fragen auszudenken. Zu rätseln, was für ein Buch sie wohl gerade liest, und über sie zu fantasisieren. In seinen Augen, die sonst immer, leer, grau und matt wirkten, war wieder dieses Funkeln zu sehen. Es war klein und schwach, doch deutlich wahrzunehmen. Es war, als sei das blasse Gesicht des Mannes, in Farbe getaucht worden. Als sei ihm ein bisschen Last von seinen Schultern genommen worden. Als sei in seine, alten, müden Glieder, ein bisschen Leben zurückgekehrt. Heute war es ein englischsprachiger Roman, den das Mädchen las. Einen, den Benjamin nicht kannte. Sobald er den Titel erblickt hatte, suchte er auf seinem Handy nach einer Zusammenfassung. Er stockte etwas und begann an dem Bild, was er von ihr hatte zu zweifeln. Hatte er falsch interpretiert? War das alles nur in seinem Kopf? Hatte er sich so getäuscht? Er sah sie an. Nein, das war nicht wahr. Oder? Tiefe Scham machte sich in ihm breit. Seine Wangen färbten sich rötlich und er senkte geknickt den Kopf. Das Funkeln verschwand aus seinen Augen. In seiner Jackentasche ballte er die Hand zu einer Faust. Er fühlte sich beschämt. Fast angeekelt von sich selbst und frustriert. Wie einen Schlag in die Magengrube fühlte sich seine Fehlinterpretation an. Ihm fiel es schwer zu schlucken und er schaltete die Musik auf seinem Handy aus. „Das hier, ist das wahre Leben. Kein Roman", wiederholte der Professor den Satz. Wie eine Ausrede und eine Entschuldigung, mit schweren Situationen klarzukommen oder sie zu rechtfertigen. Er schämte sich für sein Verhalten. Für die Art und Weise, wie er sich Fragen über sie gestellt hat. Er hatte sich ein Bild von dem geschaffen, was er kannte und es dann einfach nach seinen

Vorstellungen weitergeformt. Das war nicht fair. Das war kindisch und leichtgläubig. Er war beschränkt – so, wie er nicht sein wollte.

„Wollen sie sich setzten?", riss ihn eine zarte, wunderschöne Stimme aus seinen Gedanken. Vielleicht urteilte er schnell, doch das war ihre Stimme, oder? Der Professor blickte sich um. Das war sie. Das Mädchen hatte ihre Kopfhörer angenommen und der alten Dame vom Bahngleis ihren Sitzplatz angeboten. Benjamin verfolgte das Spektakel aufmerksam. Wie lieb sie die alte Dame anlächelte. Wie das Mädchen drauf achtete, dass die Dame beim Hinsetzen, nicht fiel, da die Bahn gerade abbremste. Die Aufmerksamkeit blieb bei der alten Dame, bis diese sicher saß und ihr Lächeln erwiderte. „So ein liebes Mädchen. Vielen Dank." Sein faszinierter Blick lag ihr. Auf diesem Moment. All seine düsteren Gedanken von eben, waren verstummt. Nun stand sie in seiner Nähe. Von ihr ging eine Ruhe und Gelassenheit aus, die sich auf ihn übertrug. Wie als würde sie ohne Worten zu ihm sagen: „Hey, es ist okay. Ich sehe dich in deinem ganzen Ausmaß. Es ist okay, also lass dich fallen." Genau wie ihr ganzes Sein, war es auch ihre Stimme, die warm war und einnehmend. Doch nicht auf eine aggressive Weise. Mehr eine, die einen vor Erstaunen in seinen Bann zog. Er wollte sie wieder hören. Es machte ihn glücklich zu sehen, dass sie ein genauso lieber Mensch war, wie er gedacht hatte. Er lächelte. Wie als Antwort, blickte sie von ihrem Buch hoch, in seine Richtung. Mit etwas rotem Kopf senkte er den Blick. Hatte sie ihn erwischt? Wenn ja, was nun? Was für einen Eindruck hatte sie dann von ihm? Ein Spanner? Ein Perverser? Er schüttelte sich, so als würde er es bereuen. Und nur vorsichtig, wanderte ihr Blick wieder zu ihr. Das Mädchen hatte wieder ihre Kopfhörer auf und hatte sich in die nächste Tür an die Seite gestellt. Nun stand sie mit dem Rücken zu ihm. Der Professor wusste, dass ihr Blick wieder in ihr Buch gerichtet war. Auch heute trug sie ihre Haare offen. Ihre Kopfhörer funktionieren als Haarband. Sie trug eine Jeans. Dazu einen Pullover, der ihr mindestens zwei Nummern zu groß war. Sofort begann der Professor zu grübeln, ob sie wohl einen Freund hat, und sich von ihm diesen Pullover ausgeliehen hatte. Oder von ihrem großen Bruder, vielleicht. Je mehr Fragen er sich stellte, desto mehr brummte sein Kopf. Je mehr von ihnen unbeantwortet blieben, desto mehr stieg sein Wunsch, sie zu beantworten. Je länger er sie ansah, desto faszinierter war er von ihr.

"Sie umgibt etwas, dass mich zur Ruhe kommen lässt. Ihre Stimme ist warm und wie eine Melodie eines Lieds. Ich bin wie gebannt. Andere würden es vielleicht auf die Midlife-Crisis schieben, aber das ist es nicht. Nein sie ist ... Was ist sie? Wie soll ich sie beschreiben? Mir fällt kein Wort ein." Benjamin ließ seinen Stift sinken. Angestrengt überlegte er. Ihm wollte es nicht gelingen, ein Wort zu finden, das ihr gerecht wurde. Ein Gähnen erinnerte ihn erneut dran, auch die letzte Nacht kurz gewesen war und er heute keine Zeit finden würde, den Schlafmangel ein bisschen auszugleichen. Da sein Notizbuch voll war, schrieb er auf einem Papier, dass er sich aus dem Drucker genommen hatte. Er saß in seinem privaten Arbeitszimmer in der Universität. Es war sehr altertümlich eingerichtet. Genau wie bei ihm in der Wohnung hatten sich auch hier Papier und Bücherstapel gebildet und alles war zerstreut und unkoordiniert.

Müde ließ er sich in die Stuhllehne sinken und nahm ein Schluck von dem schlechten Filterkaffee. Mit einem beinahe angeekelten Gesichtsausdruck schluckte er die braune Plärre herunter. „Selbst mit der Zeit wird es nicht genießbarer." Er schüttelte sich und platzierte den Becher am Tischrand. Wieder kam ihm die Bilder in den Sinn. Das von gestern mit dem von heute. Der Klang ihrer Stimme halte bis jetzt in seinem Kopf nach. Erneut erwischte der Professor sich dabei, wie er breit lächeln musste. Immer wieder streiften seine Gedanken ab. Entglitten ihm zu allen Seiten. Sein Verhalten war ihm selbst fremd. Sein Verhalten. Seine Faszination. Seine aufgestellten Vergleiche zwischen ihr und fiktiven Charakteren aus Büchern. Seinem beinahe vorschnellen Urteil, dass er sich immer wieder über sie erlaubte.

Auf einmal verdunkelte sich seine Miene. Ihm war etwas eingefallen. In seinem Handy suchte er ein Bild. Es war ein typisches Familienbild. Er war zusammen mit einer Frau abgebildet, dessen Hand er hielt, und einem kleinen Mädchen, was vor ihnen stand. Die Leichtigkeit verschwand schlagartig von ihm. Sein Blick wurde dunkel. Fast gequält. Reue. Wut. Frustration. Trauer. Ein dicker Mischmasch an negativen Emotionen machte sich in ihm breit und ließ ihm das Herz schwer werden. Es war Zeit. Er musste zu seiner Vorlesung. Schwerfällig erhob der Professor sich. Mit hängenden Schultern, der schweren Tasche, die er trug und gesenktem Kopf, ging er in Richtung seines Hörsaals, nachdem er die Tür, abgeschlossen hatte.

Als er den Hörsaal betrat, herrschte im Raum eine seltsame Stimmung. Er stellte seine Tasche ab und bat um Aufmerksamkeit. Er begrüßte seine Studenten und begann dann mit der Vorlesung. Die Zeit zog sich hin.

Erleichtert ließ Benjamin den Universitätscampus hinter sich, als es Abend war. Sein Magen knurrte, aber er hatte keine Lust etwas zu essen. Die negativen Gefühle hatten sich in ihm verankert. Sogar Zigaretten lockerten diesen Anker in seinem Herzen nicht. Benjamin erinnerte sich an den leeren Kühlschrank zuhause. Es würde morgen nicht mal mehr für ein Frühstück reichen. Bei ihm in der Nähe befand sich ein Supermarkt. Eigentlich bräuchte er auch ein neues Notizbuch, doch dafür fehle es ihm an Motivation. Seine Augen waren glasig und er stank nach Tabak. Sein Körper schmerzte. All seine Emotionen und die Erinnerungen, an die all diese negativen Emotionen geknüpft waren, hatten ihn eingeholt. Er sah nur einen Ausweg, ihnen zu entfliehen.

Die Kassiererin musterte ihn etwas sorgenvoll, als er die Bierdosen und Weinflaschen auf das Kassenband legte. Seine Lebensmittelausbeute war nichtig. Er bemerkte ihren sorgenvollen Blick nicht und bezahlte. Kaum hatte er den Supermarkt hinter sich gelassen, öffnete er die erste Bierdose. Das kühle Hefegetränk floss seine Speiseröhre entlang und gab ihm ein beruhigendes Gefühl.

Kaum war der Professor zuhause angekommen, öffnete er die zweite Bierdose. Er streifte seine Schuhe ab und ließ die Ledertasche auf dem Wohnzimmertisch nieder. Er kramte das eben gekaufte, abgepackte Toastbrot hervor, zerriss die Scheibe in kleine Fetzen und stopfte sie sich in den Mund. Kauend starrte er ins Leere. Ihm war nach weinen zu Mute. Alles fühlte sich schwer an. Irgendwie sinnlos. Er hatte keinen Antrieb mehr für irgendetwas zu tun. Obwohl er genug an Arbeit zu erledigen hätte. Er griff erneut nach der Dose und trank einen weiteren großen Schluck. In seiner Tasche befanden sich seine Zigaretten. Tief atmete der den Tabakrauch aus und ließ sich beschwipst in die Sofakissen sinken. Alle negativen und beklemmenden Gefühle hatten sich in ihm aufgelöst. Doch auch der Professor wusste, dass sie nicht weg waren. Sie warten nur auf die nächste Chance, um sich ihm wieder zu offenbaren. Wie als Antwort drauf leerte Benjamin die Dose und griff sich eine Neue. Der Bierschaum sprudelte beim Öffnen heraus. Schnell trank er von der Dose ab, bevor der Bierschaum auf den Teppich tropfen konnte. Es war Freitagabend. Was bedeutete, dass er morgen nicht arbeiten musste. Dies war Grund genug für ihn eine Dose nach der anderen zu leeren. Nebenbei rauchte er und schaute sich Bilder auf dem Handy an. Beschwipst kaute er auf dem trockenen Fetzen Toastbrot herum. Im Hintergrund liefen im Fernseher die Nachrichten. Es dauerte nicht lange, bis der viele Alkohol auf leeren Magen bei ihm wirkte und er komplett neben sich stand.

Es war nach Mitternacht. Der Professor hatte so viel getrunken, dass er kaum noch in der Verfassung war, vom Sofa aufzustehen. Nach ein paar misslungenen Versuchen schaffte er es, sich zu erheben. Er stützte sich auf der Armlehne ab und orientierte sich entlang der Wand in die Küche. Unsanft stolperte er über einen der herumliegenden Papierstapel, die verstreut auf dem Bogen lagen. In seinem jetzigen stark beschwipsten Zustand brauchte Benjamin ein paar Versuche, bis er die Tür seines Kühlschrankes aufbekam. Dieser war in den unteren Bereich der Küchenschränke eingebaut. Bereits seit er sich erhoben hatte, murmelte er zusammenhangslose Satzfetzen vor sich hin. Er verstand sich kaum selbst. In seinem Kopf drehte sich alles. Deutlich war ihm anzusehen, dass er sein Limit bald erreicht hatte.

In der Wohnung herrschte ein dämmriges Licht. Die grelle Beleuchtung im Kühlschrank blendete den Professor und er blinzelte. In seinem Alkoholrausch begann er sich über die Helligkeit der Beleuchtung aufzuregen und dem Kühlschrank zu befehlen, das Licht auszuschalten. Kalte Luft kam ihm entgegen und kühlte seinen warmen Kopf. Sein orientierungsloser Blick streifte durch die einzelnen Fächer. Er wusste selbst nicht, nach was er eigentlich suchte. Schließlich griff er nach einem eingepackten Stück Käse. Mit ein paar unbeholfenen Bewegungen riss der betrunkene Mann die Verpackung auf und biss großzügig in das Stück hinein. Kauend durchforstete er weiter den Kühlschrank. Er hatte die Schale mit den übrigen Nudeln entdeckt. Er nahm sie heraus. Vor dem Kühlschrank zu knien, war nicht nur für seine Gelenke unbequem, sondern in seiner alkoholisieren Verfassung auch kurzweilig. Unsanft setzte er sich direkt vor den Kühlschrank. Anstatt sich Besteck zu nehmen, griff er mit der Hand in die Schüssel hinein und stopfte die Nudeln sich mit bloßer Hand in den Mund. Das Licht blendete ihn. Aber da er die Tür mit seinem Fuß versperrte, was es ihm unmöglich den Kühlschrank zu schließen. Erneut begann der Professor in seinem Zustand sich lautstark zu beschweren. Diesmal ging es darum, dass der Kühlschrank kaputt sei und ihm kalt war. Das er selbst kaputt ist und die ganze Welt.

In seinen depressiven Gedanken hielt er inne. Ihm war das Mädchen aus der Bahn in den Sinn gekommen. Das Bild ihrer ersten Begegnung, erschien vor seinem geistigen Auge, wenn auch nur verschwommen. „Nein.

Sie ist es nicht", schüttelte er heftig den Kopf. Betrunken griff er erneut in die Schüssel mit den Nudeln. Seine Hand war vor von der Tomatensoße, genau wie der Bereich um seinen Mund, rot gefärbt. In Gedanken versunken, wischte er sich seine Hände an seiner Hose ab. Sein Blick begann ziellos herumzuirren, während das Karussell in seinem Kopf immer mehr Fahrgeschwindigkeit aufnahm. Er wollte sich eine Zigarette anzünden. Doch er war bereits so wackelig auf den Beinen, dass er es nicht schaffte, aufzustehen. Stattdessen robbte er über den Boden und bekam nur halb mit, dass er mit seinem Fuß die Tür des Kühlschrankes schloss. Mit aller Kraft versuchte der Professor, sich an den Küchenschränken hochzuziehen. Mit Erfolg. Kaum stand er und hatte einen zufriedenen Grunzer von sich gegeben, gaben seine Beine nach und er krachte zurück auf den harten und kalten Fliesenboden. Es sah aus, als sei er wie ein Kleinkind, dass gerade lernte zu stehen bzw. zu laufen. Halb liegend, halbsitzend blieb Benjamin auf dem Boden zurück. Der Alkohol hatte sich nun ganz in ihm entfaltet und er schlief ein.

Kapitel 4

Als Hope aufwachte, trommelte der Regen auf ihr Fensterbrett. Es war Samstag. Das hieß, sie konnte ausschlafen. Müde richtete sie sich auf und ließ ihren Blick durch ihr Zimmer wandern. Neben ihr lag ein Stofftier, was sie griff, fest umarmte und ihr Kinn darauf ablegte. Es war ein Teddybär, den Elliot bei einem Greifautomaten auf einem Sommerfest für sie gewonnen hatte. Still drückte sie den Bären an sich und wippte leicht von einer zu anderen Seite, während sie fröhlich dem Regen lauschte. Sie griff nach ihrem Handy. Sie hatte Elliots Nummer unter Favoriten in ihren Kontakten eingespeichert. Es tutete kurz, bevor der Junge ihren Anruf entgegennahm. Mit seiner rauen Morgenstimme wünschte er ihr einen guten Morgen. Hope lächelte, als sie seine Stimme hörte. Ihr Blick wanderte zum Fenster, in den grauen Himmel hinein. „Hast du mal nach draußen geschaut? Es regnet", lächelte sie. Noch etwas verschlafen, stimmte er ihr zu. Sie kippte ihr Fenster und zusammen durchs Telefon lauschten sie schweigend dem Regen.

„Wollen wir was machen?", fragte Elliot in die Stille hinein. In der Stimme des Jungen lag ein Lächeln. Sie nickte. „Wie wäre es mit Brunchen?" Sie nickte wieder. „Ich hole dich in einer halben Stunde ab." „Gut dann bis gleich", antwortete sie und legte auf. Schwungvoll schlug sie ihre Decke bei Seite. Gut gelaunt öffnete sie die Türen ihres Kleiderschranks und suchte sich etwas zum Anziehen heraus. Beschwingt in ihrer guten Laune, summte das

Mädchen eine Melodie vor sich hin. Sie liebte die langsamen Samstage, die sie oft mit Elliot verbrachte. Unter der Woche waren sie beide häufig sehr eingespannt. Viel Zeit blieb dann nicht füreinander.

Als sie auf den Flur trat, traf sie auf Holly. Die Schwestern sahen sich für einen Moment still an. Hope huschte an ihr vorbei in Richtung des Badezimmers. „Wo gehst du hin?", hielt Holly sie mit einem beinahe unsicheren Ton in ihrer Stimme, auf. „Ich treffe mich mit Elliot. Wenn es heute Abend noch regnet, komme ich nicht nach Hause", antwortete sie ihrer Schwester. Ohne eine Antwort abzuwarten, schenkte sie ihrer Schwester in Lächeln und schloss die Badezimmer Tür hinter sich zu.

Holly stand da. Still lag ihr Blick auf der geschlossenen Tür. Eine Mischung aus Traurigkeit und Neid war in ihren Augen abzulesen, die ein dunkleres Braun hatten als die ihrer kleinen Schwester. „Ich habe eh genug für die Uni zu tun. Besser so, als wenn sie den ganzen Tag nur liest", versuchte sie sich selbst zu beschwichtigen und ging in ihr Zimmer zurück.

Pünktlich eine halbe Stunde später stand Elliot mit einem Regenschirm an der Haustür und klingelte. Hope öffnete ihm mit einem Lächeln. Lächelnd trat er in den Hausflur ein. Den nassen Schirm ließ er draußen und putzte sich seine Schuhe notdürftig auf der Fußmatte ab. Der Regen war stärker geworden und fiel noch ein bisschen lauter auf die Welt hinab. Ihre Eltern waren außer Haus. Holly hatte sich mit ihren Aufgaben und Lernmaterialien in ihr Zimmer zurückgezogen. Somit lag das Haus ruhig, in Regen eingehüllt da. „Können wir gleich los?", fragte er. Sie nickte und schnappte sich ihre Tasche. Elliot nahm ihr die Tasche ab, noch bevor sie sich diese auf die Schulter setzten, konnte. Geduldig wartete er, bis sie sich ihre Schuhe und Jacke angezogen hatte. Dabei beobachtete der Junge sie mit einem zarten Lächeln, was seine Lippen umspielte. „Ich bin weg!", rief Hope ins stille Haus hinein und zog die große Haustür zu. Elliot hatte seinen Regenschirm bereits aufgespannt und achtete darauf, dass sie trocken an seinem Auto ankam.

Holly saß in ihrem Zimmer und konnte durch die mit Wasserperlen geschmückten Fensterscheiben sehen, wie ihre jüngere Schwester ins Auto stieg. Wie liebevoll er schützend seinen Schirm über sie hielt und drauf achtete, dass sie sich nicht den Kopf stieß. Eifersucht kam in ihr hoch. Sie hatte niemanden wie ihn, mit der sie ihre Samstage verbrachte. Zudem war sie neidisch auf Elliot, da er Hope näherstand als sie es tut. Es wurmte sie. Mehr, als sie jemals vor anderen zugeben würde. Sie wusste, wie schwer es manchmal für Hope im Alltag war und versuchte ihre „Besonderheiten" wie ihre Eltern versuchten es zu nennen, zu verstehen. Doch auch ihr fiel es schwer. Sie verstand es nicht. Sie kannte Hope viel länger als der Junge. Dennoch verstand dieser sie besser als sie selbst. War ihr näher. War ihr Vertrauter. Diese Fakten gaben ihr ein Gefühl der Eifersucht und Trauer zugleich. Sie ärgerte sich über sich selbst, dafür nicht das richtige Maß an Verständnis aufzubringen und ihre Überforderung, die sie in manchen Situationen empfand gegenüber ihrer eigenen Schwester. Holly betrachtete, wie das Auto vom Grundstück rollte, sich geschickt in der engen Straße einfädelte und geübt über das Kopfsteinpflaster aus ihrem Sichtfeld verschwand.

Hope wusste von all dem nichts. Sie saß im Auto und schaltete die Sitzheizung ein. Der Regen hatte die Luft abgekühlt. Sie unterhielten sich und das Mädchen erzählte von dem erneuten Aufeinandertreffen mit dem Mann in der Tram. „Wieder einmal hatte sein Herz ganz laut geschrien. Die Dunkelheit hat ihn fast ganz eingenommen. Wirklich unheimlich", sprach sie leise. Allein der Gedanke daran löste ihr in ein Gefühl des Unwohlseins aus. Elliot bemerkte es. Er wechselte das Thema, um ihre Aufmerksamkeit auf etwas anderes zu lenken. Der Verkehr war viel. Nicht nur weil Samstag war, sondern auch wegen dem starken Regen fuhren die Leute lieber mit dem Auto. Die Regentropfen trommelten auf das Dach seines Autos. Die Scheibenwischer kamen kaum hinterher. Der Verkehr verlangte seine Aufmerksamkeit. „Was für ein Buch liest du gerade?" War sein zweiter Versuch, das Thema zu wechseln. Diesmal gelang es. Hope lächelte und meinte, es sei eine typische klischeehafte Liebesgeschichte, wo beste Freunde sich verlieben. „Lina hat es mir geliehen. Es war einfach zu lesen, obwohl sie mir die englischsprachige Version ausgeliehen hatte", erzählte sie. Elliot nickte und hörte ihr dabei zu, wie sie ihm die Handlung erzählte. Von zwei besten Freunden, dessen Leben unterschiedlich sind. Doch trotz allem sich nicht aus den Augen verlieren, sich verlieben und schlussendlich zueinanderfinden. Sie standen an einer Ampel. Der Verkehr kam nur stockend voran. Es kam dem Jungen sichtlich entgegen, so konnte er ihr mehr Aufmerksamkeit schenken.

„Ich glaube, ich werde es mir kaufen." Elliot hakte nach, ob sie an einem Buchladen anhalten wollten. „Wir müssen aber den Fokus bewahren, sonst nehme ich den halben

Buchladen mit", grinste sie. Er lachte. So eine Aussage passte zu ihr. Hope liebte Bücher beinahe mehr als alles andere. Der Junge glaubte, dass es für sie eine Art der unbewussten Flucht war, wenn ihre Familie mal wieder mit ihren Gaben überfordert war oder sie sich unwohl fühlte. Aufmerksam lauschte er ihrer Erzählung weiter. Wieder war diese so ausführlich, dass Elliot das Gefühl bekam, auch dieses Buch selbst gelesen zu haben. Während er ihr zuhörte, gab es eine Frage, die ihm auf der Zunge lag. Er zögerte, sie zu stellen. Nach einigem Hin und Her überlegen entschloss er sich dagegen, sie laut auszusprechen. Hope hatte es bemerkt. Ein Gefühl in ihr mahnte sie davor, ihn auf seinen Gedankengang anzusprechen. Er und sie waren vertraut miteinander und kannten einander in- und auswendig. Dennoch schien es diesen einen Punkt zu geben, den sie beide mieden. Fragen, die lieber unausgesprochen blieben. Themen über die besser nicht gesprochen wurde.

„Es ist grün", sprach Hope in die Stille hinein. Er trat aufs Gas und sie überquerten die Kreuzung. Das Wasser spritzte. Ihr kam ihre Stadt heute anders vor als sonst. Der Regen hatte die Luft abgekühlt und die grauen, dicken Regenwolken am Himmel, nahmen der Stadt an Farbintensität. Pfützen bildeten sich und die Menschen suchten im innen Schutz.

Ein paar Straßen weiter parkten sie vor einem Buchladen. Gemeinsam unter Elliots Schirm traten sie in das warme Geschäft hinein. Das Gebläse am Eingang spielte mit ihren Haaren. Er schloss den Schirm. Auf der grauen Matte putzten sie sich notdürftig die Schuhe ab. Elliot sah, wie sie breit lächelte und ihre braunen Augen aufgeregt durch den Laden schweifte. Sie traten ein und gleich an der ersten Bücherinsel, betrachteten sie die verschiedenen Covers der einzelnen Bücher. Aus dem Augenwinkel entdeckte er eine Gruppe Jungen, die ein Auge auf Hope geworfen hatten. Schnell trat er näher an sie heran und warf den Jungen einen bösen, beinahe mahnenden Blick zu. Sie hatten die Botschaft deutlich verstanden und wichen seinem Blick aus. Sie passten in das Bild eines Buchladens voller Kunden eh nicht hinein. Beinahe störten sie seine Ästhetik. Ihre Blicke zu dem Mädchen war für ihn der endgültige Beweis gewesen, dass sie hier völlig fehl am Platz waren.

Hope hatte es nicht mitbekommen. Sie war vertieft in ein Buch, welches sie in der Hand hielt und den Text auf dem Buchrücken las. Sie liebte Buchläden. Wann immer sie Zeit hatte, ging sie in die Bibliothek und stöberte in der riesigen Auswahl nach ihrem nächsten Buch. Der Geruch von Tinte und Papier der in der Luft lag, ließ sie lächeln. Der leicht bittere Geschmack, erinnerte sie an den von Oblaten. Sie liebte die ruhige und gleichzeitige lebte Stimmung, die im Landen herrschte. Wie eine Resonanz zwischen all den Kunden, den Büchern und ihr. Ihr war ein Text eingefallen, der sich bei einer ihrer letzten Buchladenbesuche geschrieben hatte. Sie zog ihr Notizbuch aus ihrer Tasche und blätterte die entsprechende Seite auf: *Ein unsichtbarer Sog zieht mich in den Laden hinein und führt mich durch die Reihen hindurch. Tausende Geschichten, echt oder nicht, stehen Seite an Seite in den langen Regalen oder stapeln sich auf den Inseln auf. Ein Muster herrscht zwischen mir und allen anderen, die hier zum Stöbern gekommen waren. Bunte Buchcover rufen zu mir herüber. Ich blicke ab und zu auf und bemerkte, wie ich mich langsam im Strom bewege. Ich habe alle Zeit, mich umzuschauen. Der Zeiger auf meiner Armbanduhr zieht gemächlich seine immer gleiche Bahn über das Zifferblatt. Ich schreibe und frage mich, welche Geschichte ich als nächstes lesen soll. Wenn es einen Buchladen geben würde, wo das Leben jedes Menschen in einem Buch stehen würde, welches würde ich lesen wollen? Mein eigenes? Die meiner Familie? Oder von jemand ganz fremden? Wie würde sie heißen? Die Bibliothek der Lebensschriften? Wie würde ich mich dort fühlen? Wie würde es dort riechen? Wie würde die Luft schmecken? Ich gehe weiter in den nächsten Gang und treffe auf jemanden, den ich bereits in diesem Strom getroffen habe. Wir alle sind undynamisch und vielleicht beobachten wir einander mal für einen Moment. Fragen uns, was für Bücher unser Gegenüber wohl mag. Ich beobachte, wie sie sich kleiden und wie sie ihre Haare tragen. Es ist wie eine kleine Begegnung in einem Meer aus Büchern und ungelesenen Geschichten.*

Elliot beobachtete sie währenddessen von der Seite. Dieser sanfte, glückliche Ausdruck in ihren Augen löste in ihm einen warmen Schauer, der über seinen Körper lief. Sein Herz machte einen kleinen Sprung und sein Bedürfnis nach ihrer Hand greifen zu wollen, konnte er kaum kontrollieren. Sie klappte ihr Notizbuch zu und ließ es zurück in ihrer Tasche verschwinden. „Komm", lächelte die den Jungen an. Als hätte sie seine Gedanken lesen können, griff sie nach seiner Hand. Zusammen gingen sie weiter in den Landen hinein. Elliot stolperte fast etwas nach vorne und sah auf ihren Rücken. Eines der ihm so vertrauten Bilder. Ihre Haare, die bei jedem Schritt wippten. Die Gleichmäßigkeit ihrer Schritte, die leise über den Boden hallten. Die Wärmer ihrer Hand, sie seine fest in ihrer hielt. Wie weich sich ihre Haut anfühlte. Er folgte ihr und strich zart mit dem Daumen über ihre Finger. Er bemerkte das kleine Zucken, was als Gegenreaktion folgte. Er griff ihre Hand ein kleines bisschen fester, als würde sein Körper versuchen, ihr etwas mitzuteilen. Doch Hope war so in ihrer Welt, dass sie es nicht richtig mitbekam. Sie zog ihn vorbei an den meterlangen Regalen, vollgestopft mit Büchern. Vorbei an ein paar lesebegeisterten Kunden, die durch das große Sortiment stöberten. In der Weitläufigkeit des Ladens entdeckte sie eine Verkäuferin und ging schnell auf sie zu. Elliot ließ sich einfach von ihr mitziehen. Während Hope sich mit der Verkäuferin austauschte, stand er einfach neben ihr, mit roten Wangen und schaute mit einem glücklichen Lächeln auf ihre Hände.

Die Frau führte die beiden zu einem der Computer. Auf dem Weg dahin verschränkte er seine Finger mit ihren und drückte ihre Hand. Als Antwort drückte sie seine etwas fester. Die Verkäuferin tippte auf der alten Tastatur den Titel des Buches ein und schaute, ob sie es vorrätig hatten. Der Computer und die Tastatur waren alt. Bei jedem Anschlag gab es dieses Geräusch, wie sie es aus alten Filmen kannten. Elliot mochte das Geräusch solcher alten Tastaturen genau so gerne, wie sie. Es erinnerte ihn an seinen Vater, der früher am großen Schreibtisch gesessen hatte und stundenlang Texte übersetzt hatte. Elliots Vater arbeitete als Übersetzter für Bücher. Als der Junge noch klein war, hatte er stundenlang an einem kleinen Tisch daneben gesessen, seine Hausaufgaben gemacht oder sich mit Zeichen oder Lego bauen die Zeit vertrieben.

„Wir haben es da", hörte er die Frau sagen. Seine Konzentration hatte sich in alle Weiten zerstreut. Zu dritt setzten sie sich in Bewegung. Gleichzeitig mit dem Mädchen folgte er der Verkäuferin. Erneut ging es vorbei an den Regalen und Bücherinseln bis zur englischsprachigen Abteilung. Mit einem routinierten Handgriff griff sie nach dem Buch und überreichte es Hope. Sie ließ seine Hand los, um das Buch genauer in Augenschein zu nehmen. Höflich bedankte sie sich für die Hilfe. Ihre Augen hatten erneut diesen warmen Ausdruck. Vertieft in den bunten Einband des Buches, lächelte sie verträumt.

Elliot wollte ihr wieder genau so nah sein wie eben. Er legte sein Kinn auf ihre Schulter ab und linste über diese herüber auf, dass Buch in ihren Händen. Ihre Nähe fühlte sich gut an. Die Wärme und Ruhe, die sie ausstrahlte, gingen auf ihn über und gaben ihm ein tiefes Gefühl der Zufriedenheit. Er hatte es schon so häufig bei ihr gespürt. Dennoch war es jedes einzelne Mal aufs Neue aufregend. Ihre Wärme, die sich an ihn schmiegte. Ihre gleichmäßige Atmung. Ihr Geruch und dieses kleine Kribbeln, was sie ihn ihm auslöste. Sein Herz, was einen kleinen Moment höherschlug und das Bedürfnis ihr noch ein Stück näher zu sein. Elliot spürte, wie sie sich sanft gegen ihn lehnte. Einen Moment verharrten sie, bis Hope mit dem Bestaunen des Buches fertig war und den Jungen fragte, ob sie gehen wollen. Er nickte und ließ von ihr ab. Gemeinsam bahnten sie sich einen Weg zur Kasse und sie bezahlte das Buch, bevor er ihr zuvorkommen konnte.

Die kalte Luft und der Regen, der auf die Stadt und ihren Schirm prasselte, empfing die beiden zurück, als sie aus dem Laden traten. Elliot hielt schützend den Regenschirm über sie. Dicht ging er neben ihr, um sicherzugehen, dass sie trocken blieb. Glücklich wie ein kleines Kind hielt sie das Buch in den Händen. Es war beinahe amüsant, wie sehr sie sich über die paar Seiten zusammengebendes und bedrucktes Papier freute. Er grinste. Hope betrachtete ihn unbemerkt. In ihren Augen war ein glückliches Funkeln zu erkennen und ihr Herz machte einen kleinen Sprung.

Auch hier auf dem Gehweg hatten sich nach und nach Pfützen gebildet. Der Regen hatte in seiner Intensität nicht nachgelassen. Die Tropfen prasselten so laut auf den Stoff des Schirms, dass sie sich nicht hätten, unterhalten können. Elliot ging neben ihr. Er war hier. Für ein paar Momente fühlte es sich so an, als gäbe es nur sie beide in ihrer Zweisamkeit. Dieser Gedanke machte sie glücklich. Das Bild, was sich in ihrem Kopf gebildet hatte, ließ sie lächeln. Sie waren einander schon immer nah gewesen. Schon seit sie sich vor ein paar Jahren kennengelernt hatten. Die längste Zeit, die die sie einander nicht gesehen hatten, war letzten Sommer gewesen, als sie für 3 Wochen mit ihrer Familie weggefahren war. Sonst gab es kaum Tage in ihrer Woche, wo sie keine Zeit verbrachten. Kaum einen Tag, wo sie nicht per Handy in Kontakt standen und selten war da dieses Gefühl der Leere, wenn sie sich für eine Zeit voneinander verabschiedeten. Es war zu einer Selbstverständlichkeit geworden, ihn immer nah an ihrer Seite zu wissen. Das wusste sie selbst. Hope war es daher sehr wichtig, dieses besondere Glück, niemals als zu selbstverständlich anzuerkennen und ihre Dankbarkeit über seine Existenz und Rolle in ihrem Leben, nicht mehr zum Ausdruck zu bringen. Ihr Blick schweifte über den Gehweg. Einige der angelegten Blumenbeete waren so getränkt mit Wasser, dass sie über die Ränder traten. Das mit Erde und Schmutz der Stadt getränkte Wasser bildete sich zu großen Pfützen auf dem Gehweg und der Straße und verschmutzte es. Es spritzte gegen die vorbeifahrenden Autos. An die Fassaden der Häuser. Gegen die Spaziergänger, die unabhängig von dem starken Regen ihrer Samstagseinkäufe nachgingen.

Beinahe hätte Hope einen Fahrradfahrer übersehen, der in hohem Tempo an ihnen vorbeigeschossen kam. Elliot zog sie am Arm zu sich hin, um sie aus der Gefahr zu ziehen. Etwas unsanft stolperte sie gegen ihn. Der Junge machte einen Ausfallschritt nach hinten, um nicht mit umgerissen zu werden. Mit einem warmen Lächeln sah er zu ihr, die etwas verwirrt dastand und langsam ihren Blick hob. Der Mann auf dem Fahrrad pöbelte, obwohl er derjenige war, der auf dem Gehweg fuhr. Elliot warf ihm einen bösen Blick zu. Dann richteten sich seine Augen wieder auf sie. „Du musst aufpassen", sagte er mit seiner warmen Stimme. Bei dem Tonfall, der in seiner Stimme lag, schoss ihr das Blut in die Wagen. Etwas schüchtern sah das Mädchen zu ihm hoch. Er war beinahe einen Kopf größer als sie. Schützend hielt er den Regenschirm über sie und blickte sie lächelnd an. Ganz nah waren sie sich. Sie hörten, wie der Regen auf ihren Schirm trommelte. Plätschernd auf die Straße tropfte und sich in den Pfützen eingliederte. Tief atmend spürten sie sich noch ein kleines bisschen mehr. Keiner von ihnen sagte etwas. Für einen Augenblick verloren sie sich in dem Blick des jeweils anderen. Es war einer dieser Momente, den sie beide in einem Marmeladenglas einfangen wollten. In ein Glas, das im Regal steht und in das sie immer können, wenn sie einen schlechten Tag hatten oder es ihnen aus anderen Gründen nicht gut ging.

Die Klingel eines weiteren Fahrradfahrers beendete den intensiven Moment. Besorgt fragte Elliot sie, ob alles in Ordnung sei. Das Mädchen versuchte etwas zu sagen, doch ihre Worte blieben ihr im Hals stecken. Still schloss sie ihren Mund wieder und nickte. Ihre Wangen waren rot und ihr war warm. Ihr Herz trommelte in ihrer Brust. Sie zitterte leicht und ihre Knie fühlten sich an, als würde es nicht mehr lange brauchen und sie würden ihr den Dienst versagen. Es war ein Gefühl, was sie kannte. Sie hatte diese Symptome schon mehrere Male empfunden. All das war ihr bekannt. Aber wieso nur, fühlte es sich dann jedes Mal aufs Neue so an, als würde sie dieses Gefühl zum allerersten Mal empfinden? Sein süßes Lächeln, dass seine Lippen verzierten, machte es auch nicht besser. Eine Spur der Verwirrung machte sich in Hope breit. Sein Blick lag auf ihr. Seine Frage, ob sie hungrig sei, überraschte sie und sie nickte erneut.

Ihr Weg führte sie vorbei an einem süßen kleinen Café, was in einer Nebenstraße lag. Wie ein Gentleman hielt der Junge ihr die Tür auf und ließ sie vor sich ins warme und trockene eintreten. Ein Kellner, der mit einem vollen Tablett an ihnen vorbeilief, begrüßte sie freundlich. An einem der großen Fenster war ein Tisch frei. Beide hatten bisher nicht gefrühstückt und waren dementsprechend hungrig. Freundlich überließ Elliot ihr als erstes die Speisekarte. Das Mädchen studierte sie aufmerksam. Die Speisekarte war laminiert. Das weiße Blatt war etwas gelblich, als hätte es viele Jahre der Arbeit hinter sich.

Kurze Zeit später trat der Kellner von eben an ihren Tisch heran. Freundlich begrüßte er die sie erneut und erkundigte sich nach ihrer Bestellung. Sie hatten sich für heißen Kaffee und Croissants mit süßen Aufstrichen entschieden. Während Elliot dem Kellner ihre Bestellung sagte, musterte Hope den jungen Mann. Er war ein bisschen älter als Elliot. Er war groß und sehr gutaussehend. Das war auch ein paar Mädchen aufgefallen, die ein paar Tische weiter saßen und kichernd ihm mit ihren Blicken folgten. Der junge Mann hatte ihren Blick bemerkt und lächelte ihr zu. Sie lächelte zurück. Elliot verzog das Gesicht. Ein Lächeln hatte nicht viel zu bedeuten und schürte in ihm, dennoch Eifersucht.

Während sie auf ihr Frühstück warteten, erzählte sie von den bevorstehenden Abschlussklausuren. Der Junge bestand drauf, dass später mit ihr ein paar Dinge durchzugehen und ihr die Zeit zu geben, etwas zu lernen. Sie wollte eigentlich nicht lernen, doch sie wusste, dass es wichtig wäre, kontinuierlich an den Lerninhalten zu arbeiten. Der gutaussehende Kellner kam mit einem vollen Tablett zu ihnen. Behutsam stellte er ihnen alle hin und wünschte einen guten Appetit. Die Croissants waren noch warm. Ihnen lief das Wasser im Mund zusammen. Der Kaffee schmeckte hervorragend und sie begann zu essen. Elliot erzählte von seinen Eltern und Geschwistern. Er war der Jüngste von 4 Geschwistern, 2 Jungen und 2 Mädchen. Hope kannte seine Familie gut von früher. Doch als Elliot vorletztes Jahr die Schule beendet hatte, ist er zuhause ausgezogen und hat eine Ausbildung begonnen. Die Vergütung, die er hatte, reichte gerade für die Miete. Den Rest an Geld stellte ihm seine Familie zur Verfügung. Hope mochte seine Familie. Sie war ganz anders als ihre eigene. Seine Eltern zeigten sich viel intensiver als ein Ehepaar in der Öffentlichkeit und machten selbst nach langem Jahre der Ehe dem anderen kleine Geschenk oder kleine Aufmerksamkeiten. Elliot hatte zu seiner Familie ein gutes, inniges Verhältnis und liebte sie alle sehr. Er selbst benannte sie früher immer als *liebevollen Chaotenhaufen*. Früher einmal hatten sie einen niedlichen Hund gehabt, den sie im Urlaub auf der Straße gefunden hatten. Sie hatten sich verliebt und ihn mit einer Organisation einfach mitgenommen. Genau wie Elliot und seine ganze Familie war auch der Hund ein sehr herzlicher, der das Mädchen immer schwanzwedelnd und mit einem erfreuten Bellen begrüßt hatte. Ihr Blick wanderte zu ihm. Einen langen Moment beobachtete sie ihn beim Reden. Er trug eine warme Jacke und eine Jeans. Dazu Turnschuhe und eine Mütze, die er nun selbstverständlich nicht anhatte. Der grüne Pullover betonte schön seine hellbraunen Haare und grünen Augen und sein süßes Lächeln rundete das Bild perfekt ab.

„Was möchtest du heute noch machen?", fragte Elliot und nahm einen Schluck von seinem Kaffee. Hope überlegte. Es gab ein Museum, welches eine der Kunstepochen behandelte, die sie in den Abschlussprüfungen haben wird. „Ich kann da aber auch allein hingehen. Wir können auch was anderes machen", ergänzte sie. Er griff nach seinem Handy und schaute nach dem von ihr genannten Museum. Das Mädchen wischte sich die Hände ab und rückte an ihn heran. Ihn überlief eine Gänsehaut, sie so nah zu spüren. All diese Gefühle von eben, kamen in ihm hoch und durchfluteten seinen Körper. Das machte ihm Angst und verwirrte ihn gleichzeitig. „Schon gut. Das ist nur wegen vorhin", sagte er zu sich selbst und reagierte auf ihre Stimme. Sie hatte auf seinem Handy das Museum gefunden und erfreut feststellt, dass es nicht weit weg lag. Elliot räusperte sich. „Fokus", sagte er erneut streng zu sich selbst und richtete seine Aufmerksamkeit zurück auf sein Handy.

Er war nicht der größte Fan von Ausstellungen. Für ihn war es wichtig Zeit mit ihr zu verbringen. Dabei war die Aktivität, die sie zusammen machten, für ihn nebensächlich. Er betrachtete sie von der Seite und lächelte glücklich. Hope blickte weiter auf sein Handy, was er in der Hand hielt, und studierte die Webseite des Museums auf ein paar genauere Informationen. Sie nahmen sich vor die Ausstellung nach dem Bruch zu besuchen. Auch für Hope konnte eine Ausstellung überfordernd sein, doch ein paar Bilder zu sehen, könnte vielleicht hilfreich sein, um einen Eindruck zu gewinnen.

Elliot bezahlte und gab dem freundlichen Keller Trinkgeld zum Abschied. Dieser bedankte sich und meinte, dass die beiden ein hübsches Paar abgaben. Mit hochrotem Kopf und ein paar kurzen Worten stellt er klar, dass sie nicht zusammen seien. Auch Hope hatte rosige Wangen und ein kleines Funkeln in den Augen. Es war einer dieser Momente, wo ihnen ihre eigengesetzten Mauern und Schranken wieder vor Augen geführt wurden. Der Keller zwinkerte ihnen zu und wünschte ihnen viel Glück in der Zukunft. Elliot räusperte sich. Hope hatte sich bereits erhoben und ihre Jacke angezogen. Ihr war es peinlich, dass ein Außenstehender ihren wunden Punkt angesprochen hatte. Es war bereits häufiger vorgekommen, dass Fremde sie entweder für Geschwister oder ein Paar hielten. Dabei war die Paar-Theorie die, die ihnen die unangenehmere war. Sie gaben ihnen einen kleinen Moment über ein: was wäre wenn, nachzudenken. Sich auf unbekannten und weitläufigen Boden zu bewegen und die Grenzen dieses Bodens nicht einmal im Ansatz einschätzen zu können.

Das Museum lag in Lauf nähe. Geneinsam drängten sie sich unter seinen Schirm. Beide sprachen kein Wort. Die ihnen bekannte Aussage von eben, hatte ihnen einen kleinen Hieb versetzt. Wie ein Abdruck, der sich gebildet hatte und nun in seinem ganzen Ausmaß nachwirkte. Die Ausstellung war nicht sehr groß. Da Samstag war und das Wetter nicht so gut, waren viele Menschen vor Ort und betrachteten die Bilder und Skulpturen, die in den großen Räumen ausgestellt wurden. Hope überlegte erst, ob sie wirklich rein gehen sollte. Sie wusste nicht, ob es für sie zu viele Reize geben würde, die von den vielen Menschen sich auf sie übertragen könnten. Doch er war bei ihr und gab ihr den Anstoß, es zumindest zu versuchen. Elliots Stimme, die ihr versprach, immer in Sichtweite zu bleiben und sie sofort hinauszuführen, sollte es ihr zu viel werden, bestärkte sie in ihren Mut.

Dieses Versprechen hielt er. Wenn sie sich in einem Raum aufhielt und sich die Bilder und Skulpturen anschaute, blieb er immer in ihrem Sichtfeld. Er achtete genau drauf, sich immer in ihrer unmittelbaren Nähe aufzuhalten und an ihrer Seite zu bleiben, egal was auch war. In einem der leeren Räume hatte Elliot sich auf die Bank gesetzt, die in der Mitte des Raumes stand. Während er dasaß, beobachtete er Hope dabei, wie ihre Augen die Bilder studierten. Wie sie langsam von einem zum nächsten ging, und wie sie sich dabei bewegte. Wie sie lächelte oder den Kopf schief legte, wenn sie eines der Bilder intensiver betrachtete und zu überlegen schien, was es mit dem Kunstwerk auf sich haben könnte. Seine Anwesenheit zu spüren, gaben ihr ein sicheres Gefühl und ließen alle Reize um sie herum, ein bisschen weniger zu ihr zu finden. Sie spürte seinen warmen Blick, der sie einnahm. Der Blick, der ihr die Sicherheit gab, auch schweren oder morbiden Kunstwerken entgegenzutreten. Elliot bei sich zu wissen, an ihrer Seite machte sie glücklich. Es gab ihr ein Gefühl, alles schaffen zu können.

Hope kam zu ihm herüber und fing seinen Blick auf. Er lächelt ihr entgegen und rutsche etwas zur Seite, um ihr Platz zu machen. Das Mädchen ließ sich neben ihm nieder. Sie lehnte sich an ihn. Sie war erschöpft und all diese ausdrucksvollen Bilder des Expressionismus, hatten so eine starke Wirkung, dass sie viel Energie damit verbrauchte, sich davor abzuschirmen. Mit flüsternder Stimme fragte er leise, ob alles okay sei. Sie nickte und atmete tief durch. „Wie viele Räume gibt es noch?", fragte Hope leise. „Bist du durch?", erkundigte er sich. Sie nickte erneut. Zu ihrer Erleichterung stellen sie fest, dass es nur einen weiteren Raum mit Bildern gab, den sie schnell durchliefen.

Am Nachmittag saßen sie bei Elliot auf dem Sofa. Das Mädchen war am erneuten Durchgehen ihrer Zusammenfassungen. Der Junge saß, vertieft in ein Lehrbuch für seine Ausbildung neben ihr. Sie beide hatten sich gemütliche Sachen angezogen. Jedes Mal, wenn sie Hilfe brauchte, nahm er sich die Zeit und Geduld, die es brauchte, um ihre die Themen verständlich zu machen. Heißer Tee dampfte in den Tassen. Sie griff danach, roch an dem leckeren Orangenduft und trank einen vorsichtigen Schluck. „Lecker." Er lächelte. Seine Mutter hatte ihm den Tee von einer Reise mitgebracht, da sie wussten, welche Art von Tee Hope am liebsten trinkt. Sie lächelte und bat ihn, seiner Mutter ihren Dank auszurichten.

Draußen regnete es ohne Unterlass und ließ Elliots kleine Wohnung noch ein bisschen gemütlicher wirken. „Kaum zu glauben, dass ich bald einfach meinen Abschluss habe", seufzte sie und stellte die Tasse zurück. Der Junge sah zu ihr auf. Leise fragte er, ob sie das auf eine gute, oder schlechte Weise meinte. Sie zuckte mit den Schultern. Sie war sich nicht sicher. Sie freute sich auf der einen Seite darüber, endlich diese lange Zeit zu einem Abschluss zu bringen. Die negative Seite an all dem war, das von ihr erwartet wurde, ihr Leben nach den Vorstellungen ihres Vaters zu leben. Dieser Gedanke und alles, was er mit sich brachte, fiel über sie hinein. Um diesem Gedanken, Einheit zu bieten, schweifte ihr Blick zum Fenster. Mit einem Lächeln blickte sie in den Regen. Der Himmel war Dunkelgrau. Es sah aus, als würde ein Gewitter aufziehen.

Nach dem Abendessen machten sie es sich auf seiner großen Matratze vor den Balkontüren gemütlich. Still beobachteten sie, wie draußen das Gewitter tobte. Hope hatte alle Decken und Kissen, die sie finden konnte, auf der Matratze verteilt und sich in das Meer aus Kissen und Decken eingeigelt. Elliot lag neben ihr. Leise unterhielten sie sich. Sie lagen so nah nebeneinander, dass sie sich fast berührten und von Zeit zu Zeit den anderen anblickten. Das Mädchen drehte sich auf die Seite und sah ihn an. In die Stille hinein sagte sie seinen Namen. Fast flüsternd fragte ihn, ob sie ihn was fragen könne. Er drehte seinen Kopf zu ihr, sah sie an und nickte. „Bist du glücklich?", fragte sie. Er betrachtete sie. Seine Augen suchten in ihrem Gesicht nach einer Antwort auf die Frage, wie sie auf einmal darauf kam.

„Meinst du jetzt gerade, oder im Allgemeinen?", stellte er als Gegenfrage. Sie meinte im Allgemeinen. Ihre Stimme war leiser als eben und nach der kurzen Antwort auf seine Zwischenfrage, drehte Hope sich wieder auf den Rücken und richtete ihren Blick wieder zum Fenster hinaus in das tosende Gewitter. Regentropfen flossen an der Scheibe entlang. Sie machten ein lautes Geräusch, wenn sie auf den Metallvorsprung tropften. Der Donner grollte und in der Ferne flammte für einen Wimpernschlag ein Blitz auf. Es rauschte und klirrte, donnerte und blitze – alles auf einmal. „Was ist los?", fragte Elliots Stimme flüsternd. „Ob der Regen wohl genauso riecht, wie der Himmel es tut?" Er lachte. Sanft strich ihr über den Kopf. Dann kam er auf die Frage zurück, die sie ihm davorgestellt hatte und meinte: Er sei glücklich. Egal ob jetzt gerade oder im Allgemeinen. Er teilte seine Gedanken über seinen Abschluss mit ihr. Dass es zwar ihm auf der einen Seite gefiel, seinen Abschluss zu haben, aber auf einmal stand er ganz leer da bis zu der Zeit, wo die Ausbildung bei ihm angefangen hatte. Es sei also verständlich, dass sie mit gemischten Gefühlen daran dachte. „Aber du wusstest danach genau, wie es weiter geht. Das weiß ich nicht. Meine Eltern machen mir ständig Druck und vergleichen mich mit dir oder Holly. Das ist anstrengend. In letzter Zeit sind sie beide immer so verklebt, wenn sie von der Arbeit nach Hause kommen. Das macht es für mich teilweise sehr schwer mich lange mit ihnen im selben Raum aufzuhalten", erzählte sie ihm. Kein anderer hätte verstanden, was sie damit meinte. Doch er tat es. Er verstand es und wusste auch, wie sehr sie diese Situation mit ihrer Familie belastete.

„Manchmal können Erwachsenen echt eine sehr verdrehte Logik haben. Kannst du nicht einfach mit ihnen darüber sprechen?", fragte der Junge gedankenverloren und biss sich auf die Lippe. Das war nicht richtig gewesen. Hope gab darauf keine Antwort, denn sie wusste, dass er sich die Antwort selbst geben konnte. „Ich habe dran gedacht, vielleicht ein Jahr Pause zu machen und was komplett anderes auszuprobieren", sprach sie weiter. Elliot hörte ihre Atmung. Ihr war anzusehen, wie all diese Dinge in ihr arbeiteten. Wie ein kleines Kind kam sie zu ihm herübergerobbt und kuschelte sich an ihn, als würde sie Halt suchen. Müde schloss sie ihre Augen und spürte seine Nähe. Die Wärme seines Körpers. Seinen Herzschlag. Wie sich bei jedem Atemzug Brustkorb gleichmäßig hob und senkte. Er nahm sie in den Arm und drückte sie an sich. „Erzähl mir was Schönes." Hope hörte ihn lächeln und der Junge begann zu erzählen. Sie hörte seiner Stimme zu. Die Art, wie er sprach. Die Wortwahl, die er verwendete. Es war einer dieser Momente, wo alles um sie herum nicht mehr so wichtig war. Einer dieser Momente, der eine kleine Ewigkeit andauern könnte.

Er erzählte weiter. Doch er hatte nicht nur seine Tonlage, sondern auch seine Lautstärke verändert, was ihm selbst nicht wirklich auffiel. Er spürte sie, die ruhig und schläfrig in seinem Armen lag und seine Nähe suchte. Es fühlte sich gut an. Wenn sie über ihre Sorgen und schwierigen Moment sprach, machte es ihn sauer. Es weckte seinen Beschützerinstinkt und ein tiefer Wunsch seines Herzens, den er nicht wagen würde, auszusprechen. Elliot wollte sie am liebsten vor allem schweren in der Welt bewahren. Das war nicht nur unmöglich, sondern auch nicht gut. „Manchmal machst du es mir gar nicht so einfach", dachte er, während er seine Erzählung fortsetzte. Es brauchte einige Minuten, bis er begriffen hatte, dass sie in seinem Armen eingeschlafen war. Er stoppte mit seiner Erzählung. Vorsichtig aus der Angst, sie sonst aufzuwecken legte er sich auf die Seite. Er wollte sie sehen. Hope lag so friedlich in seinem Arm. Gleichmäßig atmete sie ruhig. Diese Ruhe übertrug sich auf ihn. Ihr waren ein paar Strähnen ins Gesicht gefallen. Zart strich er ihr diese hinters Ohr. Ihre Haare waren weich und flossen wie Seide durch seine Finger. Vorsichtig begann Elliot ihre Augen nachzufahren, ohne sie dabei zu berühren. Als er bei ihren Lippen war stockte er für einen Moment. Er schüttelte sich mit roten Wangen. Zart gab er ihr einen Kuss auf die Stirn und schloss sie ein bisschen fest in den Arm. Dass draußen ein Gewitter wütete, hatte er vergessen. Es war einer dieser Momente, wo es nur die beide gab. Ein Moment, der nicht enden sollte. Er kontrollierte noch mal, ob sie zugedeckt war. Doch auch ihn überkam eine wohlwollende Müdigkeit und er schlief ein.

Mitten in der Nacht wachte Hope auf. Noch immer lag sie in den Armen des Jungen. Ihre Decke war verrutscht. Durch das Gewitter hatte sich auch die Luft hier drinnen abgekühlt und ließ sie frösteln. Glücklich bemerkte sie, dass der Junge sie nach wie vor in seinem Arm hielt und am liebsten wäre sie gleich wieder eingeschlafen. Aber ihr war kalt und ohne sich zu viel bewegen zu können, brauchte es ein paar Versuche, bis sie es schaffte, sich selbst und ihn zuzudecken. Auch seine Haut war kalt und sie legte ihre Hand auf seinen Arm und wärmte ihn.

    Aufmerksam betrachtete Hope ihn. Ihr wurde warm ums Herz. „Wie hell du bist", flüsterte sie und kuschelte sich ein bisschen enger an den Jungen. Sie atmete seinen Geruch ein, der ihr altbekannt war. Es machte sie glücklich, ihn so nah bei sich zu haben. Ihre Müdigkeit gewann erneut die Oberhand und das Mädchen schlief wieder ein. Der Tag war wunderschön gewesen und hatte sie müde gemacht. „Gute Nacht", flüsterte sie im Halbschlaf.

Kapitel 5

Als Benjamin erwachte, lag er ungemütlich auf dem kalten, gefliesten Boden zwischen seiner Küche und dem Wohnbereich. Neben ihm stand eine halb leere Bierdose. Durch die Fenster fiel Licht hinein. Regen trommelte gegen die Scheiben und verlieh der Wohnung eine noch ungemütliche und kalte Stimmung. Vorsichtig richtete er sich auf. Schlagartig beschwerte sich sein Körper mit Schmerzen bei ihm, für die äußerste unbequeme Nacht auf dem Fußboden. Der Professor fror. Sein Kopf dröhnte und die Nachwirkungen des Alkohols letzte Nacht, entfalteten nach und nach ihre Wirkungen. Ihm war schlecht. Die stickige Luft, die herrschte, verstärkte die Übelkeit nur. Es braucht ein paar Momente, bis er sich und seine Gedanken zusammen hatte. Vorsichtig stand er auf. Einen Moment überlegte Benjamin, ob er verschlafen hatte. Sein Handy verriet ihm, dass Samstag war. Erleichtert legte er es beiseite und suchte im Kühlschrank nach etwas zu Essen und Wasser. „War wohl zu viel gestern", stellte er fest und trank, ohne abzusetzen das Glas leer, was er sich zuvor gefüllt hatte.

Noch etwas zerstreut ließ er sich auf seinem Sofa nieder. Noch immer dröhnte sein Kopf. Er griff nach einem der Manuskripte, wo er die finale Abgabe, bereits erneut aufgeschoben hatte. Sogar der Cheflektor hatte ihm schon eine eindringliche E-Mail dazu geschrieben. Sein Kater war so immens, dass es ihm unmöglich war, nun weiter zu lektorieren. Frustriert legte der Professor das Manuskript zur Seite und machte es sich auf dem Sofa gemütlich. In der Wohnung war es still. Im Spülbecken stapelte sich das schmutzige Geschirr. Auf dem Boden hatte sich die Staubschicht verdichtet. Überall standen die ungeöffneten Umzugskartons herum. Er wollte all das nicht sehen. Er schloss die Augen. Fast automatisch kam ihm der Anblick von dem Mädchen ins Gedächtnis. Sie da stehen zu sehen. Das, was es bei ihm auslöste. Ihr Lächeln und die unendlichen vielen Fragen, die alle unbeantwortet in seinem Kopf herumschwirrten. Sein Körper schmerzte und fühlte sich kalt und leblos an. Sein Kater strafte ihn für die letzte Nacht. Die Motivation, seine Wohnung sauber zu machen, konnte er bei bestem Willen nicht aufbringen. Nicht einmal die, vom Sofa aufzustehen. Ein unangenehmes Gefühl lag ihm auf der Zunge. Wie ein Druck, der einem Reiz folgte, sich übergeben zu müssen. Seufzend schloss er seine Augen und döste vor sich hin. Er wollte nichts tun. Nur schlafen oder Fernsehen. Sich ablenken und nicht nachdenken. Unruhig fiel der Professor in einen leichten Schlaf. Er träumte zusammenhangsloses Zeug, das sein Unterbewusstsein zusammenwürfelte und verlor irgendwann den Überblick darüber, was wahr war und was nicht.

Es war Abend, als der Mann erneut erwachte. Es brauchte einen Moment, bevor er seine Gedanken gesammelt hatte. Seinem Kopf ging es durch den Schlaf besser. Doch seine Glieder schmerzten nach wie vor. Die unbequeme Haltung, die er im Schlaf eingenommen hatte, unterstützten seine Schmerzen. „Ich bin alt geworden", sagte er zu sich selbst. Teilweise klang es amüsiert, teil traurig und teil melancholisch. „Und fett", fügte er seiner Feststellung hinzu. Wie als Antwort darauf begann sein Magen laut zu knurren. Mal von den paar Brotscheiben, dem Stück

Käse und den paar wenigen Nudeln abgesehen, war die letzte richtige Mahlzeit etwas her. Durch lautes Knurren und Rumoren ließ sein Magen ihn das auch spüren.

Er richtete sich träge auf mit dem Ziel, sich eine Pizza aufzutauen. Die Antriebslosigkeit von Morgen hatte sich in ihm festgesetzt. Als Benjamin wieder mit seiner ungeputzten Wohnung konfrontiert wurde, spürte er die Antriebslosigkeit bis in die Fingerspitzen. Er war deprimiert und seine in Selbstdenunzierung getränkten Gedanken, begannen sich in seinem Kopf zu drehen. Wobei er nicht ausschließen konnte, dass das auch durch die Nachwirkung des Alkohols kam. Schwerfällig erhob er sich und ging in die Küche. Es blieb nichts anders übrig. Der Professor hatte kein sauberes Geschirr mehr. Vorsichtig beugte er sich hinunter und schaute in den halb gefüllten Geschirrspüler, der schon begann, sich gegen den Schimmel zu wehren, der sich auf den Tellern und Schalen bildete. Schnell war klar, dass ihm nichts anderes übrigblieb, seine Antriebslosigkeit wenigstens für ein paar Minuten zu überhören und das Gröbste an Besteck sauber zu machen. Gerade, als der Professor sich an die Arbeit machen wollte, war sein Wille aufzuräumen verschwunden. Bereits nach einer Gabel machte er die Klappe des Geschirrspülers wieder zu und trug sich schwerfällig in sein Schlafzimmer. Dort zog er sich etwas Gemütliches an. Von gestern trug er noch sein Hemd und die Jeans, die über und über mit Tomatenflecken übersäet, war. In den Stoffen hatte sich der Geruch des Alkohols und der Zigaretten festgesetzt und stanken. Im Gesicht wusch er sich die eingetrocknete Tomatensoße vom Gesicht und duschte.

Mit der Pizza aus dem Backofen ließ er sich wie ein nasser Sack aufs Sofa zurückfallen. Er zündete sich eine

Zigarette an und aß nebenbei von der Pizza. Sie schmecke fade und war viel zu fettig. Er schaltete den Fernseher ein. Nebenbei versuchte der Mann seiner Arbeit so gut es ging nachzukommen. Er war auf das Geld angewiesen und konnte es nicht riskieren, den Job als Lektor zu verlieren. Als Professor an der Universität verdiente er nicht genug, um seinen Lebensunterhalt zu finanzieren. Daher ist er auch das Nebeneinkommen als Lektor zum Leben angewiesen. Er wusste nicht, ob es sein Überlebenstrieb war, aber immerhin schaffe er es, ein Manuskript zu beenden, bis 40 Minuten später nicht nur zwei Zigaretten geraucht waren, sondern auch die große Pizza bis aufs letzte Stück verzehrt war.

Das ganze Wochenende verließ Benjamin nicht das Haus. Am Tag darauf konnte er etwas den Ansporn finden, seine Wohnung notdürftig zu säubern. Dafür belohnte er sich am Abend mit erneutem Fast Food und einem kalten Bier. Obwohl die Sperrung seiner U-Bahnlinie aufgehoben war, beschloss er am Montagmorgen die Tram zu nehmen. Er hatte die Hoffnung, das Mädchen wiederzutreffen und durch ihren Anblick sich wieder gut zu fühlen. Sei es nur einen kleinen Moment, wo seine Schatten und Dämonen ihn in Ruhe ließen. Er hatte Glück und traf in der Bahn auf das Mädchen.

Immer kurz vor knapp an der Universität anzukommen. Bei jeder Fahrt auf gut Glück zu pokern, wurde einer neuen, geliebten Routine des Professors. Jedes Mal beobachtete er sie die Fahrt über. Jedes Mal wunderte er sich selbst über sein Verhalten. Je länger er sie sah, desto außergewöhnlicher fand er sie. Die vielen Fragen über sie, die in seinem Kopf herumschwirrten, nahmen mit jedem Tag größere Aufmaße an. Anhand der wenigen Informationen, die er über sie gesammelt hatte, versuchte er, ihren Charakter zu bestimmen. Er war sich im Klaren darüber, dass es nicht fair war. Doch zu knobeln, zu überlegen und es zu probieren, bereite ihm Freude. Das große Problem lag darin, dass sich seine Meinung regelmäßig änderte. Je länger er überlegte, desto schwieriger fand er es, ihr ein Wort zuzuteilen, eine Aufgabe, oder Menschentyp. In seiner Faszination angetrieben, stellte er sie in seiner Vorlesung als eine fiktive Figur da, in der Hoffnung, seine Studenten, könnten ihm weiterhelfen. Die Vorschläge waren gut. Stellten ihn in seiner Gefühlslage aber nicht zufrieden. Technisch gesehen, wusste er nichts über sie. Weder ihren Namen noch ihr Alter, oder was für ein Mensch sie ist. Was für eine Familie sie hat und wie ihre Welt aussieht. Für ihn war dieses Mädchen ein großes Mysterium. Eine Unbekannte, die er nicht einordnen konnte. Das beschäftigte ihn.

Es war ein Dienstag. Es war morgens und der Professor stand rauchend am Gleis. Ungeduldig, fast etwas aufgeregt ließ er wieder seinen Blick auf die Häuserreihe wandern, hinter der die Tram hervorkommen müsste. Dass er, wie jeden Tag, spät dran war, kümmerte ihn nicht. Er war bereit, die wenige Zeit vor der Vorlesung auf sich zu nehmen, wenn das hieß sie nur für ein paar Momente sehen zu können. Benjamin wusste auch, wie seltsam das für jeden Außenstehenden klingen würde. Fast so als wäre er eine Art Stalker. Jemand, der ihr nachstellte. Doch die Faszination, die er ihr gegenüber empfand, entsprang für ihn aus der Frage als Literaturprofessor, was für ein Mensch sie wohl ist. Zudem erinnerte ihn das Mädchen sehr an jemanden, den er mal gekannt hatte. Es tat ihm gut und gab ihm einen Ansporn morgens aus dem Haus zu gehen. Es gab ihm die Inspiration zu schreiben. Sich mit anderen Dingen als seiner Arbeit, seinem Unglücklichsein oder seinem eintönigen Leben, zu beschäftigen. Vielleicht war sie nur jemand, auf den er etwas projizierte. Wie eine Hilfe für sein Unterbewusstsein, die Ereignisse und Vorkommnisse seiner Vergangenheit zu verarbeiten. Auch diese Erklärungen klangen komisch, wenn er sie durchdachte. Für ihn war es das nicht. Für all dies fand er keine Wörter. Weder in seiner Sprache noch in einer anderen.

Das Einfahren der Bahn riss Benjamin aus seinem Gedankengang. Die Türen öffneten sich mit dem immer gleichen rauschenden Geräusch. Er stieg ein. Sofort begann sein Blick die Bahn nach dem Mädchen zu durchsuchen. Schnell wurde er fündig. Sie saß in einer der 4er Konstellationen und las in einem Buch. Wieder trug sie ihre Kopfhörer. Wieder hatte sie dieses sanfte Lächeln, das die Seiten streichelte. „Und wieder ist sie inmitten von Licht", flüsterte er leise, als sah, wie durch die Fenster die Sonne auf sie schien. Gegenüber von ihr war ein Platz frei. Der Professor zögerte einen langen Moment, ob er sich setzen sollte. Doch dann trugen ihn seine Beine beinah wie selbstverständlich zu dem freien Sitzplatz. Hope bemerkte ihn. Sie sah einen kurzen Moment über die Seiten ihres Buches an und zog ihren Rucksack, der auf dem Boden stand, zu sich. Obwohl er es nicht bemerkte, war sie verunsichert. Von ihm ging etwas aus, das ihr Unbehagen bereitete. „Danke geht schon", antwortete er nervös. Still beobachtete Benjamin, wie sie ihr Buch für einen Moment auf ihrem Schoß ablegte und ihre Finger ineinander verschränkte, als würde sie beten. Es war nun ein kurzer Moment, indem sie so verharrte. Er selbst fragte sich, ob sie wirklich betete. Doch wieso? Wegen ihm? Ihre Bewegung, wie sie wieder zu ihrem Buch griff, riss ihn aus seinen Gedanken. Ihr Blick lag nun wieder auf der Zeile, strich über sie herüber und flog weiter zur nächsten.

Der Professor betrachtete sie. Heute hatte sie ihre langen Haare zu einem lockeren Zopf geflochten, wo die vorderen Strähnen hinausfielen. Sie trug eine dunkelgrüne Jacke, die perfekt den roten Ton ihrer Haare hervorhob. Von ihr ging was Warmes und Friedliches aus. Was Ruhiges. Etwas, was ihm erlaubte, sich zu entspannen. Er selbst hatte nicht bemerkt, wie angespannt er war. Mit einem tiefen Atemzug ließ er sich etwas mehr in den Sitz fallen. Als würde sie drauf reagieren, ließ auch sie sich ein bisschen mehr in den Sitz nieder und lächelte. Er bemerkte es und musste schmunzelte. Er hoffte, dass sie sich in seiner Gegenwart ebenso wohl fühlte, wie er in ihrer.

Als sie die Seite umschlug versuchte er zu erkennen, um was für ein Buch es sich heute bei ihr handelte. Er legte den Kopf schief und wandte sich zur Seite. Doch der Professor hatte den Abstand zur Glasscheibe falsch eingeschätzt. Unsanft kollidierte sein Kopf mit der Scheibe. „Au", entfuhr es ihm leise. Er rieb sich die Stirn. „Alles okay?", fragte ihn das Mädchen und sah ihn forschend an. Ihren warmen, leuchtenden Augen, die ihn musterten, verschlugen ihm für einen Moment die Sprache. Sein Herzschlag erhöhte sich aus Nervosität und Scham. Er stellte sich etwas unbeholfen an. Wie ein kleiner Junge, dem es peinlich war. Hope schob den einen der Kopfhörermuscheln nach hinten und ließ das Buch auf ihrem Schoß ruhen. „Jaja. Alles okay", antwortete er. Sie lächelte. Er wollte etwas sagen und sie etwas fragen. Dieser tiefe Impuls erschreckte ihn selbst ein wenig. Als würde sie es spüren, sah sie ihn weiter an und wartete geduldig. Beschämt von seiner eigenen Schüchternheit, wurde der Professor rot. Er räusperte sich, während er seine Airpods aus den Ohren nahm. „Ich wollte sehen, was sie lesen. Ich, ich bin Literaturprofessor, daher war ich neugierig. Tut mir sehr leid."

Seine plumpen schüchternen Bewegungen amüsierten Hope. Vom Auftreten her passte sein Verhalten nicht zu ihm, doch ließen sie den Mann authentischer wirken. Sie kicherte. „Es ist ein Roman." Sie schloss ihr Buch und reichte es ihm. Sie war mit dem Lesen noch sehr am Anfang. Benjamin holte seine Brille aus der Tasche. Er nahm das Buch entgegen und las sich aufmerksam den Titel durch. Es war ein Taschenbuch von *Colm Tóibín* mit dem Titel: *Porträt des Meisters in mittleren Jahren*. Aufmerksam betrachtete er das Cover. Das Schwarz-Weiß-Bild. Der schwarze Hintergrund. Die dunkelorange Schrift die den Titel und den Autor preisgaben, sowie den Verlag. Das Bild, das gut die Hälfte des Covers einnahm und zwei Frauen in einem Raum zeigte. Die eine blickte den Betrachter des Buches an. Die andere schaute weiter in den Raum hinein. Im Hintergrund sind drei andere Personen abgebildet. Einer von ihnen steht in der Türschwelle und schien wie ein Übergang zwischen Drinnen und Draußen zu sein. Die geöffneten Flügeltüren hatten ein Oberlicht und ließen Schatten eines geschwungenen Geländers erkennen, wie er es von Bildern englischer Landhäuser kannte. Dieser kleine Platz auf dem Bild war der

Einzige, wo sanfte Farbakzente zu entdecken waren. Die Rückseite schmückten ein paar Kritiken und Kommentare über das Buch und wenige Worte, die eine Vorschau auf den Inhalt offenbarte.

Der Professor spürte die Anwesenheit des Mädchens und wunderte sich, über den Buchgeschmack, den sie zu haben schien. Er selbst hatte dieses Buch nicht gelesen, doch kannte den Autor. „Sehr interessant. Ist das eine Schullektüre?", fragte er sie. Hope schüttelte den Kopf. „Ich liebe Bücher, die an verschiedenen, weit entfernten Orten spielen. In anderen Zeiten. Ich habe noch eines dabei." Sie holte das andere Buch aus Rucksack herunter. Der Mann beobachtete ihre Bewegungen aufmerksam. Er war positiv überrascht, wie locker das Mädchen mit ihm umging. Er war sich sicher, dass sie sein ständiges Starren und Beobachten inzwischen bemerkt hatte und wunderte sich über den netten Umgang ihrerseits.

Es war ein weiteres Taschenbuch, was er ihr reichte. Wieder las der Mann aufmerksam den Titel. Es war ein Buch von *Alex Capus* mit dem Titel: *Eine Frage der Zeit*. Er kannte das Buch und den Autor. Benjamin grinste. Das Mädchen sah ihn forschend an. Er erwiderte ihren Blick. „Du hast einen sehr interessanten Buchgeschmack. Meine Studenten würden sich langweilen. Doch du scheinst von ihnen fasziniert zu sein." Benjamin wurde etwas rot und biss sich auf die Lippe. Er hatte lange nicht so entspannt mit einer Person gesprochen. Er hatte Angst, dass seine Wortwahl und seine Art, sie verunsichern könnten. Sie kannten einander nicht. Woher nahm er sich das Recht, so locker mit ihr zu reden? Wirkte das nicht unhöflich? Erneut erklärte er ihr, dass er Literaturprofessor sei, an der Universität unterrichtete und schon als Kind viel gelesen hatte.

Hope bedankte sich mit einem Lächeln für das Kompliment des Mannes. Dann streckte sie ihre Hand aus, als verlangte sie ihre Bücher zurück. Er reichte ihr die beiden Bücher zurück. „Ich muss jetzt aussteigen", sagte sie. Benjamin beobachtete das Mädchen dabei, wie sie die Bücher zurück in ihren Rucksack packte. Er fühlte sich ertappt und ließ mit roten Wangen schnell seinen Blick nach draußen schweifen. Stimmt. Er hatte total die Zeit vergessen und gar nicht weiter auf die Haltestellen geachtet.

Schnell erhob sie sich. In dem Kopf des Professors begann es zu rattern. Er wollte sich weiter mit ihr unterhalten. Hatte sie vielleicht noch mehr Bücher dabei? Er schüttelte sich. Die Bahn reduzierte ihre Geschwindigkeit. Sanft kam sie zu stehen. „Wenn du solche Romane magst, dann schau mal nach *Federica de Cesco*, ihre Bücher spielen auch in unterschiedlichen Ländern und in anderen Zeiten", drehte er sich zu ihr. Sie bedankte sich mit einem Lächeln und wünschte einen schönen Tag. Sein Blick folgte ihr, wie sie den Bahnsteig entlangwanderte. Er beobachtete, wie sie begann zu lächeln, als ihr die Sonne ins Gesicht schien. Eine guttuende Wärme hatte sich im Körper des Mannes breitgemacht. Seine Glieder, die sich sonst immer kalt und schwer anfühlten, waren warm und lebhaft. Von den Zehen bis zum Haaransatz. Es war, als habe er bis zu dem Moment, immer neben seinem Körper gelebt und war nun für ein paar Momente, in ihn zurückgekehrt. „Sie ist wirklich ein außergewöhnlicher Mensch", flüsterte er. Der Impuls es aufzuschreiben, kitzelte ihn in seinen Fingern.

Er zog sein Notizbuch heraus und stellte fest, dass es voll war. Der Mann zog sein Handy aus seiner Tasche und schrieb dort seine Worte auf: *„Ihre Statur lässt eine Faszination empfinden. Das Klischeebild einer zarten Statur, die kleine große Kraft beinhalten konnte, brach sie mit einem Lächeln ab. Ihr Lächeln war einnehmend und ihre Liebe für Geschichten, ließen mich staunen. Ihre natürliche Schönheit und diese warme, sonnige Ausstrahlung, die sie hatte, tauchten meine Welt noch eine Nuance intensiver in Farben. Wieder einmal war mein Blick wie gefesselt. Ich kann nicht anders, als sie zu bewundern."*

Beinah hätte Benjamin seine Haltestelle verpasst. In letzten Moment hastete er durch die sich schließenden Türen. Ein süßlich riechender Windhauch begleitete Benjamin die Straße hinunter, den ganzen Weg bis zum Fakultätsgebäude. Die Kirschblütenbäume, die vor dem alten Gebäude angepflanzt worden waren, blühten in voller Pracht. Sie zeigten sich zu allen Seiten mit ihren rosa und weiß gefärbten Blütenblättern. Der Professor blickte auf seine Armbanduhr. Eine Zeit für eine Zigarette blieb nicht. Beinahe missmutig setzte er seinen Weg zum Hörsaal fort. Er war glücklich und zugleich nicht. Glücklich, sich mit ihr unterhalten zu haben und traurig, da ihr Gespräch so schnell unterbrochen wurde.

In den nächsten Tagen nahm der Professor täglich die Tram. Doch von dem Mädchen fehlte jede Spur. Jeden Morgen stieg er mit der Hoffnung ein, dass sie da sein würde. Und wurde jedes Mal ein bisschen trauriger, als er sie nicht erspähte. Bald begann er sich Sorgen zu machen. Ist ihr was passiert? Ist sie krank? Oder lag es an ihm? Hatte er die Grenze überschritten? Nahm sie wegen ihm nicht mehr die Bahn? Hatte er sie vergrault? In Gedanken versunken saß er in seinem Arbeitszimmer in der Universität. Abwesend tippte er mit seinem Stift auf die leere Seite seines Notizbuches, das nach und nach ein asymmetrisches Muster malte. Draußen kämpfte die Sonne gegen die Wolken an. Er beschloss heute früher zu gehen. Mit einem tiefen Seufzer erhob er sich schwerfällig und packte sein Zeug zusammen. Wieder einmal hatte sich in ihm diese Schwere und Antriebslosigkeit breitgemacht. Sie füllten ihn aus. Ließen sein Herz schwer werden. Alles fühlte sich mühsamer und schwerer an. Egal um was es ging. Essen schmeckte nicht mehr gut. Er war die ganze Zeit müde und launenhaft. Diese Schwerfälligkeit weckte ihn morgens auf, begleitete ihn durch seinen Arbeitstag und schlief abends mit ihm ein. Zurzeit war viel zu tun. Der Professor litt immer mehr unter den Folgen des Schlafmangels der letzten Wochen. Seine Augen hatten wieder diesen matten, grauen, stumpfen Ausdruck angenommen und sein Herz fühlte sich schwer an. Selbstekel begleiteten ihn sogar bis in seine Träume.

Sein Notizbuch fiel zu Boden und schlug die Seite auf, wo er für das Mädchen Buchvorschläge aufgeschrieben hatte. „Wach auf. Das ist kein Roman, sondern das wirkliche Leben", erinnerte Benjamin sich selbst dran. Seine Stimme hatte einen hilflosen Ton. Er wollte seinen eigenen Worten keine Bedeutung geben. Was waren sie wert? Sie hatten es geschafft, dass er das Mädchen vielleicht nie wieder sehen würde. Bei dem Gedanken drehte es ihm den Magen um. Aus seiner Tasche kramte er seine Zigaretten und stellte sich ans geöffnete Fenster. Tief zog er und schloss die Augen, als er den Tabakrauch langsam und genüsslich, ausatmete. Auf seiner Zunge machte sich der altbekannte bittere und zugleich zart süßliche Geschmack breit. Die Gedanken kreisten in seinem Kopf. Mit jedem tiefen Zug, den der Professor nahm, beruhigte er sich etwas. Stumpf blickte er in den Himmel hoch und lehnte sich gegen das kalte Glas des großen Fensters. Er wollte an nichts denken. Er wollte nicht fühlen oder nachdenken.

Mit der qualmenden Zigarette in der Hand sah er sich in seinem Büro um. Es war ein altes Büro. Der Boden war mit einem dunkelblauen Teppich ausgelegt. Die Wände waren weiß gestrichen und in der zum Teil offenen und zum Teil geschlossenen Schrankkonstruktion, lagen unsortiert ein paar Klausuren, Bücher und Dinge, die keinen wirklichen Zweck für ihn erfüllten. Der Schreibtisch war in einem hellen Holz. Dieser glich dem Schreibtisch eines Beamten, wie ihn sein Großvater in seinem Arbeitszimmer stehen gehabt hatte. Die Schubladen hatten schwarz angemalte Griffe. Den Tisch schmückte eine lederne Schreibunterlage. Ein Stiftbecher. Sein Namensschild. Eine Schreibtischlampe und seine Sachen, die über die große Tischplatte verteilt lagen. Der Stuhl dazu war in einem dunklen Grau und glich den zwei kleinen Sesselstühlen, die auf der anderen Tischseite standen. Die Tür war eine dunkle Holztür mit einem milchigen Glas im oberen Drittel und einem goldenen Griff, wie er es aus dem Haus seiner Großmutter noch kannte. Die Decke schmückte eine unspektakuläre Leuchte. Das große Fenster hatte einen Schmierfilm von dem ganzen Blütenstaub. Doch der Ausblick war ein schöner. Inmitten von Bäumen und in der Ferne das nächste Fakultätsgebäude, das durch ein paar Korridore mit dem Gebäude verbunden war.

Als der Professor seine Zigarette ausgeraucht hatte, packte er die letzten Sachen zusammen und verließ sein Zimmer. Durch die großen Fenster des Flurs kam Licht hinein. Der Boden war mit einem hellgrauen Linoleumboden ausgelegt. Links gab es in den großen Fensternischen, viele Möglichkeiten, sich hinzusetzten.

Benjamin schritt den leeren Flur entlang und entdeckte ein Blatt, das auf dem Boden lag. Es war aus einem Schreibblock herausgerissen worden und zusammengefaltet. Er hob es auf und sah sich um. Es war keiner zu sehen oder zu hören. Der Professor rang einen Moment mit sich selbst, ob er es lesen solle. Aber seine Neugier war größer. Neugierig faltete er den Zettel auseinander:

Wenn ich groß bin

Wenn ich groß bin, dann würde ich gerne am Meer leben. In einer Stadt, mit einem Hafen und einem Strand. Ich möchte die Grüße der Schiffe hören, wenn sie bei uns Rast machen und mit ihrem Schiffshorn mir ein „Auf Wiedersehen" wünschen, wenn sie in die Weiten der Welt hinaustreiben. Ich möchte am Meer spazieren gehen. Im Sand meine Füße eingraben und die Meeresbrise soll all meine weltlichen und ungöttlichen Gedanken mit sich nehmen. Ich will für einen Moment allein sein. Das Rauschen der Wellen hören und ihre Geschichten, die sie von weit her mit sich bringen. Die Sonne und den Wind möchte ich auf meiner Haut spüren. Das Krähen der Möwen hören und den Geruch von Salz, Algen und Fisch riechen können.

Für einen Moment verblassen und verstummen alle Reize, die mich durch den Tag jagen. Ich spüre mich, meinen

Atem, mein Sein und meinen Herzschlag wieder. Ich lächle und spüre den feuchten Sand unter meinen Füßen und das kühle Wasser, was mich freundlich begrüßt. Ich bin glücklich. Es ist wie der Moment einer Auszeit, ohne weit reisen zu müssen. Wie ein Marmeladenglas voller schöner Momente, dass ich, wann immer ich es möchte, öffnen und in es eintauchen kann. Mein Herz kann für einen Moment meinen Hafen verlassen und zu mir zurückkehren. Es ist für einen Moment ganz bei mir und wir in unserer Zweisamkeit. Ich spüre mich wieder. Meine Sinne, meine Wünsche. Ich stehe im Mittelpunkt meiner Welt. Ich habe keine Gedanken und lausche nur den Worten, die ich hören soll. Ich spüre nur Liebe und lebe nur in Freiheit. Gedankenverloren winkte ich einem Schiff nach, das sich langsam im Rausch der Wellen auf den Weg zum Horizont macht. Dem Wind und der Sonne entgegen, begleitet von Möwen, einem Schlepper und einem Segelboot in weiter Ferne. Der Sonne entgegen, die bald vom Himmel ins tiefe Blau des Meeres versinken wird. Ich kann nachdenken. Über die großen Fragen. Über das Leben, die Zeit und das Älterwerden. Über die Liebe und die Art und Weise, wie ich dieses Leben leben möchte.

Wenn ich groß bin, will ich für immer ein Meerkind sein.

Kapitel 6

Hope lief den Flur entlang. Ihr Blick suchte aufmerksam den Boden nach etwas ab. „Wo ist der nur?", murmelte sie. Ihre Schritte wurden langsamer, als sie die Anwesenheit von jemandem anderen wahrnahm. Das Mädchen blickte auf und erkannte den Professor aus der Tram wieder. Er stand mit seiner vollgestopften Ledertasche auf dem Flur und hielt ein Zettel in der Hand. Ruhig las er sich den Inhalt des auseinandergefalteten Zettels durch. Dabei wirkte er wie ein komplett anderer Mensch. Es war, als hätte sich für einen Moment ein sanftes Schimmern in seinen Augen blicken lassen, dass sonst tief verborgen lag. Ein Schimmern, das sich nicht traute, sich der Welt zu offenbaren und von Dunkelheit bisher immer besiegt worden ist.

Vorhin war Hope ein Zettel aus ihrer Tasche gefallen. Sie wusste, dass dieser Zettel, der war, den der Mann in seiner Hand hielt. „Wie laut es schreit", murmelte sie. Langsam, fast vorsichtig, als würde sie sich einem scheuen Tier nähern, kam sie auf ihn zu. Die Sonne hatte sich für einen Moment gegen die Wolken durchgesetzt und flutet die Welt mit ihrem warmen Licht. Ihre leuchtenden Strahlen der Sonne erreichte auch den Flur, auf dem die beiden sich gerade befanden. Sie streiften den hellgrauen Boden in ein gleichmäßiges Streifenmuster.

„Sie sind das. Wie finden sie den Text?", sprach sie den Professor an. Er hatte den Text bereits gelesen. Er blickte auf, stockte und ließ den Zettel langsam sinken. „Du bist das", antwortete er. In seinem Gesicht war ein

Lächeln zu erkennen. Es war ihm deutlich anzusehen, wie sehr er sich über das spontane Wiedersehen mit dem Mädchen freute. Überrascht von der Situation, grüßte er sie höflich. Hope bemerkte erneut den Blick des Mannes, mit dem er sie betrachtete. Für einen Moment erlaubte sie ihm, seinen Blick auf ihr liegen zu haben. Dieser schüttelte sich. Er brauchte einen Moment, bis Benjamin sich gesammelt hatte. Dann fragte er sie, ob sie die Verfasserin dieses Textes sei. Sie nickte. Das Mädchen war nun diejenige von ihnen, die ihr Gegenüber aufmerksam musterte. Der Professor trug eine Jeans, ein ungebügeltes Hemd, das am Ärmel einen Fleck hatte. Auf der Nase trug er seine Brille mit den runden Gläsern. Seine Haare waren verstrubbelt. Er stank nach Tabak und kaum bemerkbar rümpfte sie die Nase. Sie konnte den Gestank nach verbranntem Tabak nicht leiden. Er sah erschöpft und abgemagert aus. Er war etwas blass und seine Augen waren matt, tief und dunkel. Er war um gut 2 Köpfe größer als sie, doch da er immer die Schultern hängen ließ, fiel das nicht auf. „Wie grau er ist.", dachte sie.

„Der Text ist wirklich sehr schön." reichte er ihr das Blatt zurück. Schritte näherten sich. Elliot und Professorin An kamen um die Ecke. „Hast du deinen Text gefunden?", fragte Elliot. Sie nickte. „Hallo, ich dachte sie sind schon weg", sprach die Frau ihren Kollegen freundlich an. „Mona, du kennst ihn?", hakte Hope nach. „Mona?" Der Professor sah zwischen dem Mädchen und seiner Kollegin etwas verwirrt hin und her. Der Junge kam zu ihr herüber. Beschützend stellte er sich neben das Mädchen. Seine grünen Augen betrachteten den Professor aufmerksam, durchdringend, misstrauisch und voreingenommen. Er konnte es dem Jungen nicht verübeln. Ein für ihn völlig Fremder, kam seinem Mädchen zu nahe. Und wenn sie ihm von ihm erzählt hatte, war seine Reaktion sogar richtig.

Bevor Benjamin Hypothesen, aufstellen konnte, unterbrach die Stimme seiner Kollegin ihn. „Hope, das ist Benjamin Bin, er ist Literaturprofessor. Und das ist Hope, sie ist meine Nichte und ihr Freund Elliot", stellte Mona mit einem Lächeln alle vor. Sie schaute ihren Kollegen an. Sie hatte absichtlich ein paar Titel weggelassen, weil sie schauen wollte, wie er reagierte. Zudem war ihr nicht entgangen, dass sie einander kannten und hakte neugierig, wie sie ist, nach. „Ihre Nichte?", dachte Benjamin. Er betrachtete das Mädchen. Sie hatte keine Ähnlichkeit mit seiner Kollegin. Weder von den Gesichtsproportionen noch war bei ihr zu erahnen, dass sie asiatische Wurzeln haben könnte. „Einen wahrhaft schönen Namen hast du da. Er passt perfekt zu dir." sprach Benjamin in Gedanken weiter. Er wurde rot, als er sich von den dreien ertappt fühlte. Vor allem der wachsame Blick des Jungen, war imposant und hauchte ihm Respekt ein.

„Das ist der Mann, der sich den Kopf angehauen hat in der Tram, von dem ich vorhin erzählt habe", unterbrach Hopes Stimme seinen Gedankengang. „Hi. Geht es ihrem Kopf gut?", lächelte sie den Professor an. Mit ihrem Finger deutete sie bei sich selbst auf ihren seitlichen Kopf, den er sich angehauen hatte. Etwas unsicher nickte er. Diese Situation war ihm peinlich gewesen. Normalerweise stellte er sich nicht dumm oder ungeschickt an. Mit anderen zu sprechen, machte ihn normalerweise auch nicht nervös. Doch sie war nicht wie die anderen. Sein Blick hielt an Hope fest. Erneut schaltete der Junge sich dazwischen. Seine grünen Augen waren wie ein offenes Buch in diesem Moment. Er traute dem Professor nicht über den Weg. Er hatte beinahe Angst, dass der dem Mädchen was antun würde.

Mona verwickelte ihren Kollegen in ein Gespräch, während sie zusammen die Flure entlangliefen, hin zum Ausgang des Gebäudes. Die Frau lief neben ihm und führte eines ihrer typischen Smalltalks mit ihm. Hope und Elliot gingen mit etwas Abstand hinter ihnen. Das Mädchen hielt den Zettel mit ihrem Text fest in beiden Händen. Derweil unterhielt sie sich mit dem Jungen. Benjamin hätte gerne den Inhalt ihres Gespräches mitbekommen, doch seine Kollegin, redete in einer Lautstärke und Schnelligkeit, die das Gespräch der beiden übertönte. Nur ein paar einzelne zusammenhangslose Satzfetzen bekam er von den beiden mit.

Draußen schien die Sonne. Das Mädchen lächelte, als sie ins Licht traten. Er beobachtete sie aus dem Augenwinkel. Die Frau redete weiter mit ihm. „Meine Nichte liebt Bücher, deswegen geht sie hier regelmäßig in die Bibliothek", lachte sie. In ihrer Stimme lag ein mütterlicher Ton. Als wolle sie sagen, dass Hope ihr sehr ähnlich sei. „Herr Bin...", unterbrach Hope das Gespräch der beiden Erwachsenen. Der Professor unterbrach sie sofort mit der Bitte, ihn beim Vornamen zu nennen. „Gut. Benjamin. Ich habe mir die Autorin angeschaut, die sie mir empfohlen hatten. Ich habe schon einmal Bücher von ihr gelesen. Sie hatten recht, ihre Bücher gefallen mir. Ich mag ihren Schreibstil. Es ist, als würden ihre Worte einen in ihren Bann ziehen. Ich möchte nicht aufhören zu lesen, bis ich auf der letzten Seite bin." Erneut hatte sie dieses zarte, liebevolle Lächeln auf ihren Lippen. Dieses Lächeln gab Benjamin das Gefühl, als sei jeder dieser Bücher, ein Schatz von unvorstellbarem Wert. Das warme Gefühl der Anerkennung ihr gegenüber überkam ihn. Die Faszination und die Art und Weise, wie sie einen in ihren Bann zog. Sie war wie der perfekte Hauptcharakter eines Buches. Mit dem einzigen Unterschied, nur dass sie nun vor ihm stand und nicht in einem Buch beschrieben wurde, was er las oder mit seinen Studenten analysierte.

Elliot hatte den Ausdruck des Mannes erkannt. Geschickt mischte er sich ein und unterbrach den Gedankengang des Professors. Sichtlich war es dem Jungen anzusehen, dass er von einem tiefen Wunsch gezeichnet war, das Mädchen vor allen Gefahren zu beschützen. Wirkte er so bedrohlich auf ihn? Er hatte nichts getan. Freundlich erinnerte er die beiden, dass sie losmüssen. Mona stimmte ihm zu. „Richtig. Sie müssen doch auch zum Hauptausgang, oder?", hakte die Frau bei Benjamin nach. Dieser nickte und zusammen machten sie sich auf den Weg. Wolken hatten sich wieder vor die Sonne geschoben und es roch nach Regen. Benjamin schaute immer wieder über die Schulter zu den beiden zurück. Das Gespräch mit der Frau interessierte ihn nicht. Er wollte sich mit Hope unterhalten. Aus dem Augenwinkel konnte der Mann beobachten, wie das Mädchen ihre Finger ineinander verschränkte und einen Moment beim Laufen langsamer wurde. Betete sie wirklich? Was hieß das? Wieso machte sie das? Elliot bemerkte den Blick des Professors und erwiderte ihn, um von ihr abzulenken. An sich wirkte der Mann freundlich. Doch nachdem, was Hope über seine Verzerrungen und Verklebungen erzählt hatte, wollte der Junge nicht, dass diese ihr Schaden zufügten. Benjamin wich dem Blick des Jungen aus. Erneut fühlte es sich an, als sei er bei etwas Peinlichem erwischt worden. Kaum merkbar schüttelte er sich.

Am Hauptausgang verabschiedete sie sich voneinander. Elliot führte die beiden Frauen zu seinem Auto, dass nur ein paar Meter weiter am Straßenrand geparkt war. Der Junge öffnete Hope die Beifahrertür, wie er es immer machte. Mona grinste und war gleichzeitig etwas neidisch, das es keinen Mann in ihrem Leben gab, der so etwas für sie tat.

Kaum waren sie losgefahren, nutzte Hope die Stille. Der Professor war ihr bei ihren gemeinsamen Fahrten auch bereits aufgefallen. Wissen tat sie allerdings nichts über ihn. „Mona, was für ein Mensch ist Benjamin so?", fragte sie, während sie sich zu ihrer Tante umdrehte. Die Frau spielte mit einer Strähne ihrer blond gefärbten Haare, während sie nachdachte. Einen Moment herrschte stille im Auto. „Ich weiß nicht viel über ihn. Ich unterrichte auch erst seit letztem Jahr hier. Er ist Literaturprofessor und arbeitet nebenbei auch als Lektor. Er wirkt immer etwas zerstreut, übermüdet und gestresst. Die Arbeit als Lektor ist bestimmt nicht immer einfach. Er ist freundlich. Gibt aber wenig über sich preis. Und von sich aus sucht er keinen Kontakt. Meistens entzieht er sich Gesprächen. Er trägt keinen Ehering und ich weiß nicht, ob er eine Partnerin hat." Hope kicherte. Mona schoss das Blut in die Wangen. „So meinte ich das gar nicht", versuchte die Frau sich mit hochrotem Kopf herauszureden. Zwecklos. Ihre Nichte hatte schon vorhin bemerkt, dass Mona an ihrem Kollegen Gefallen gefunden hat. Auch sie war nicht immer die aller Kommunikativste – besonders bei Männern. Beleidigt wie ein kleines Kind verschränkte, die Frau die Arme vor der Brust und weigerte sich, weiter über ihn zu reden. Hope drehte sich wieder um. Ihr Gesicht verdunkelte sich. „Sein Herz schreit wirklich laut. Es ist beängstigend", flüsterte sie so leise, dass es nur der Junge, der neben ihr saß, hören konnte. Dieser nickte verständnisvoll. Er unterließ es, sich dazu zu äußern. Elliot wusste, wie schwer sich Hopes Familie mit solchen Aussagen tat. Er wollte nicht Situationen provozieren, wo Hope wieder als Sonderling dasteht. Sie ist sensibel. Das ist eine Gabe und nicht ein Grund, sie auszuschließen oder sie zu meiden.

„Da sind wir!", rief Hope ins Haus hinein. Elliot und Mona kamen gerade hinter ihr ins Haus getreten. Lily kam aus der Küche zu ihnen: „Ihr seid früh dran." Mona begrüßte ihre Stiefschwester und bot ihre Hilfe an. Lily machte eine Bewegung und ging vor in Richtung Küche. Hope und Elliot standen etwas zurückgelassen im Flur. Einen Moment sahen sie einander an. „Hope, du kannst den Tisch decken!", rief die Frau ihrer Tochter über die Schulter zu. Das Mädchen grinste. Sie hatte auf solch eine Aussage gewartet. Zusammen mit dem Jungen ging sie in den Essbereich. Schnell deckten sie den Tisch fürs Familienessen.

„Es ist langer her, dass wir so zusammen gegessen haben...", murmelte Hope gedankenverloren vor sich hin, während sie das Besteck auf die Sets legte. Das Haus, in dem sie lebte, war ein Einfamilienhaus, dass ihre Eltern vor einigen Jahren gekauft hatten. In einem langen Prozess wurde es saniert und renoviert. Von der Küche bis in Wohnzimmer, war alles offen gestaltet und Glastüren führten in den kleinen Garten, sowie in das Arbeitszimmer ihres Vaters, der einen Tag die Woche von zuhause arbeitete. Die Stiefschwestern unterhielten sich über den neuesten Klatsch und die Arbeit. Lily erkundigte sich, wie sich ihre ältere Tochter an der Universität machte. Einen der Kurse, die Holly belegte, nahm sie bei Mona. Keiner wusste von ihrer Verwandtschaft. Sie hielten auch nicht viel davon, es zu sagen. Holly wollte nicht, dass andere denken könnten, sie würde wegen des Familienstatus bevorzugt werden.

Die Professorin war sichtlich begeistert von dem Eifer und den Ergebnissen, die Holly jedes Mal aufs Neue in ihrem Kurs erzielte. Hope hörte der Unterhaltung der beiden mit halbem Ohr zu. Ihr Magen verkrampfte sich. Das Essen mit der ganzen Familie war auf der einen Seite ein sehr schöner Anlass. Doch auch wurde somit der Raum geschaffen, die Schwestern miteinander und mit Elliot zu vergleichen. Für alle drei von ihnen konnten diese Vergleiche sehr unangenehm sein. Elliot gehörte nicht zur Familie. Vor ein paar Jahren hatte er sich eingeschlichen, um Hope beizustehen. Der Gedanke, dass sie diesem Vergleich schutzlos ausgeliefert war, graute ihm. Er musste sich jedes Mal bereit machen auch selbst etwas einzustecken, doch das war ihm lieber, als wenn er mit ansehen musste, wie das Mädchen allein darunter litt.

Das Gesprächsthema der Frauen war nun Hollys Pläne für nach dem Abschluss. Nebenbei erkundigte sich Mona, was Hopes Pläne für nach ihrem Schulabschluss seien. Ob sie vor hat zu studieren. Als sie dies mitbekam veränderte sich ihr Gesichtsausdruck, schlagartig. Auch die vage Antwort von Lily und der verzweifelte Tonfall, den sie beim Sprechen hatte, traf das Mädchen. Elliot bemerkte es und sah besorgt zu ihr. Er musste etwas sagen, doch was? Der Junge kam zu ihr herüber und knuffte ihr liebevoll in die Seite. Dankbar lächelte sie ihn an. Für einen kurzen Moment lehnte sie sich gegen seine Schulter. Tief atmete Hope den ihr so vertrauten Geruch ein und spürte die Wärme und Ruhe, die sich auf sie übertrug. Es fühlte sich gut an. Tröstend und beistehend. Als würde er sagen wollen: Selbst, wenn sie alle gegen dich sind, bleibe ich an deiner Seite.

Holly kam mit zerzausten Haaren und einer Lesebrille auf der Nase die Treppe runter. Knapp grüßte sie in die Runde. Die beiden Frauen bemerkten sie. „Da bist du ja, wir haben gerade über dich gesprochen." kam Lily zu ihrer Tochter herüber. Hope bemerkte sofort, wie ihre große Schwester sich bei diesen Worten anspannte. Eine Mischung aus Sorge und Mitleid überkam sie. Als kleine Schwester wusste sie, unter welch hohem Erwartungsdruck, Holly litt. Sie ist das Vorzeigekind der Familie. Früher gab es Momente, wo Hope sie auf sie neidisch gewesen war. Als sie etwas älter wurde, hatte das Mädchen begriffen, dass sie einfach zu unterschiedlich waren. Dass es keinen Sinn gab, sich mit ihr zu vergleichen. Bis auf ihr Aussehen hatten sie wenig gemeinsam. Sie unterscheiden sich in ihrer Art, ihrem Leben, im Umgang mit den Eltern und was sie vom Leben wollten.

„Sie müssen damit aufhören, sonst zerreißt es Holly irgendwann das Herz", flüsterte sie. Wütend ballte Hope ihre Hand zu einer Faust. Tränen stiegen in ihr hoch. „Wie laut es gerade schreit", sprach sie weiter. Elliot kam zu ihr und fuhr mit seinen Fingerkuppen über ihr Handgelenk, bis sich ihre Faust mit ihrer Anspannung löste und er ihr sanft über die Handfläche fuhr. Tief atmet Hope durch. Dankbar lächelte sie ihm zu. Wäre er nicht hier, wüsste sie nicht, wie lange sie sich hätte zurückhalten können. Doch er war ihr Ruhepol in solchen Momenten. Er gab ihr die Kraft, sich sogar mit ihren Eltern anzulegen, wenn ihre fehlgesteuerte Gutmütigkeit die beiden einmal mehr übermannte.

„Dein Vater kommt", flüsterte er und entfernte sich schnell einen Meter von dem Mädchen. Der große Mann kam aus seinem Arbeitszimmer herausgetreten. Freundlich grüßte er in die Runde. Sie stand da, wie angewurzelt. Ihre Augen überflogen die Statur ihres Vaters. Wieder einmal verschränkte sie kurz die Finger ineinander und kehrte für einen Moment in sich ein. Elliot ließ es geschehen und führte sie währenddessen sanft zu ihrem Platz am Tisch. Unter den wachen Augen von Finn rückte er ihr den Stuhl zurecht. Still ließ er sich neben dem Mädchen auf dem freien Stuhl nieder. Der Mann lobte den Jungen, als sei diese Geste, sein eigener Verdienst gewesen. Dann erkundigte er sich, wie es seinen Eltern und Geschwister ging. Wie es ihm ging und was die Ausbildung machte. Lily und Mona kamen dazu und stellten das Essen auf den Tisch.

In der Zwischenzeit beantwortete Elliot höflich und mit einer bewundernswerten Geduld alle Fragen des Vaters. Zudem richtete er von seinen Eltern liebe Grüße aus. Hope lauschte mit halbem Ohr der Unterhaltung, das mehr einem Verhör glich, während sie in der Runde Wasser einschenkte. Sie mochte es nicht, wenn ihr Vater Elliot so ausquetschte. Sie wusste, dass er durchaus im Stande war, den Launen und dominanten Fragen des Mannes Einhalt zu gebieten oder sie geschickt zu umgehen, sollte es nötig sein. Dennoch störten sie seine Ausfragerei. Das Mädchen griff nach Elliots Teller und gab ihm Nudeln auf. Er bedankte sich bei ihr.

Mona erkundigte sich bei Holly, wie weit sie mit einem Essay war, den sie als Arbeitsauftrag in ihrem Kurs gegeben hatte. Holly lächelte etwas schräg. Knapp antwortete sie, dass sie gut vorankäme. Ihre kleine Schwester wusste sofort, dass sie log. Finn mischte sich ein. Mit seiner dominanten Stimme fragte er, um was für einen Aufsatz es sich handelte. Mona schaltete sich ein, bevor Holly den ersten Ton von ist, gegeben hatte und erklärte detailliert von der Aufgabenstellung.

Hope versuchte den Blick ihrer älteren Schwester zu fangen. Ohne Erfolg. Still aß sie das Nudelgericht auf ihrem Teller und probierte, sich so wenig wie möglich am Gespräch der Erwachsenen zu beteiligen. Sie wollte nicht auffallen. Nicht gefragt werden. Alle Aufmerksamkeit von sich selbst fernhalten. Sie war in sich zusammengefallen, ließ den Kopf sinken, als wollte sie sich drunter wegducken und ließ die Schultern hängen. Die Aussagen hatten sie getroffen. Unterbrochen zu werden gab ihr das Gefühl, von der Familie weder anerkannt noch geliebt zu werden. Das schmerzte tief in ihrem Herzen. Die jüngere Generation am Tisch hatte Zeit gewonnen, in Ruhe zu essen. Nur mit halbem Ohr lauschten sie dem Tischgespräch über Themen, wie Arbeit, Politik und über Menschen, die genügend Anlass zur Beschwerde gaben. Das Essen schmeckte gut, doch keiner der drei hatte die innere Gelassenheit, das Essen auch wirklich richtig zu genießen. Zu häufig waren bei diesen Essen, Situationen entstanden, die für einen der drei nicht gut ausging. Es war eines der Dinge, die Hope an dem Essen störte. Dass die drei Erwachsenen am Tisch nicht einmal ein bisschen

Feingefühl hatten und keine Zeit daran setzten sich zu überlegen, wie ihre Worte sie verletzten oder gar übergriffig sein konnten. Es war diese Ignoranz, die ihr den Magen umdrehte und sie wütend machte.

Gerade, als eine ruhige Minute sich breitgemacht hatte, wandte Finn sich wieder zu Elliot und fragte ihn, wie seine Planung für die Zukunft aussieht und was genau sie beinhaltet. Hope atmete tief ein. Als Gegenreaktion gab der Junge ihr unterm Tisch einen liebevollen Stupser. Sie atmete aus. Er war erfahren genug, in der Situation allein zurechtzukommen. Er war von ihnen drei der Entspannteste. Das Mädchen, versuchte genau wie ihre Schwester, still zu essen. Die Umwelt um sich herum etwas auszublenden und keinerlei Aufmerksamkeit auf sich zu lenken. Innerlich wusste sie, dass ein bestimmtes Thema nur auf sich warten ließ. Ein Themenwechsel, ein Impuls und es würde losgehen. Es lag schon der Luft. Wie ein Greifvogel, der am Himmel über seiner Beute Kreise zog und nur wartete, bis er zum Sturzflug ansetzen konnte.

Kaum 5 Minuten später, geschah es. Finn, der gerade die in seinen Augen gute Zukunftsplanung seiner älteren Tochter, mit der seiner jüngeren verglich, gab den Anstoß. Die beiden spannten sich an. Der Mann erklärte Elliot, wie sehr er sich wünschen würde, dass Hope endlich mal über ihre Zukunft nachdenken würde. Ein Studienfach und eine Universität wählt, oder sich zumindest beginnt zu bewerben. „Bald sind die Bewerbungsfristen vorbei, und was ist dann?". Sein Blick wanderte von ihm zu seiner jüngeren Tochter. Beinahe provozierend sah er sie mit durchdringendem Blick an. Der Junge versuchte zwar zu lächeln, doch es gelang ihm nicht richtig. Er spürte die Anspannung, die von ihr ausging, deutlich neben sich. Auch in ihm stieg die Wut. In der Stimme des Mannes war etwas Herablassendes, was die Wut der beiden nur speiste. Als Finn nun auch noch in seine Stimme diesen Unterton legte und immer wieder durchblicken ließ, dass es für Hope eh schwer sein wird, da sie ja etwas anders ist, brachte Elliot an den Rand seiner Höflichkeit. Nun war sie es, die unter dem Tisch nach seiner Hand griff und sie drückte. Widerwillig ließ sie die seltsamen Beschreibungen und Ausschmückungen des Mannes, die er über seine Tochter verwendete, über sich ergehen.

Zu Hopes Erleichterung war es ihre Schwester, die meinte, sie müsse lernen und somit die Beschwerdeparade ihres Vaters unterbrach. „Sicher, wir wollen dich nicht vom Lernen abhalten. Lass ruhig alles stehen", lächelte der Mann seiner Tochter zufrieden zu. Holly nickte, entschuldigte sich in die Runde und machte sich es so schnell es nur ging, aus dem Staub. Hope sah ihr nach. Ihr schwirrte der Kopf. Sie fühlte sich erschöpft, so als müsste sie mit all ihrer Energie sich vor etwas schützen, was sie pausenlos versuchte zu attackieren. Doch für ihren Vater war das Thema nicht genug durchgekaut. Erneut nahm er den Faden auf. Beschwerte sich vor Hope über ihre Planlosigkeit. „Das Kind lebt in ihrem Wolkenkuckucksheim und hat eine rosige Fantasie, wie ihr Leben aussehen soll. Doch das ist nichts Handfestes. Sie sollte was machen, was Hand und Fuß hat. Sie muss doch Geld verdienen. Soll sie denn ewig bei uns leben? Wer will den auch schon so eine zur Frau haben?" Seine Stimme hallte durch das ganze Erdgeschoss. Hope wurde wütend. Nun reichte es ihr. „Und wenn ich damit nicht glücklich bin?", widersprach sie zum ersten Mal heute dem Mann. Lily und Mona, die sich, bis eben unterhalten hatten, verstummten. Elliot sah sie an. „Von Glück allein kann man nicht leben. Man ist glücklich, wenn man Geld hat.", antwortete Finn auf die Frage. Sie schnaubte und nannte die Meinung ihres Vaters beschränkt und altertümlich. Sie wusste, dass sie bei ihm damit einen wunden Punkt traf, doch das war ihr egal. Elliot war hier, also fühlte sie sich bestärkt. Dieser saß einfach da und wartete ab. Die beiden Frauen sahen Finn an, in dem es zu brodeln schien. Er machte den Mund auf, als wolle er etwas sagen, dass verletzender und böswilliger war als alles, was er je gesagt hatte. Hope sah den Mann trotzig an. Sie wusste nicht genau, welche Ausmaße seine Worte nun annehmen würde, doch sie war es leid gewesen, wie ihr Vater über sie gesprochen hatte. In seinen Augen funkelte es vor Wut. Das bemerkte auch seine Ehefrau und sagte laut den Namen ihres Mannes. Dieser stockte und schwieg. Er war wie ein Ballon, der langsam Luft verliert. Nach und nach entspannte er die Schultern und kehrte wieder zu sich zurück.

„Ihr könnt gerne aufstehen", hörte Hope die strenge Stimme ihrer Mutter. Darauf hatte sie gewartet. Sie stand auf, sah ihren Vater kurz an, dankte ihre Mutter fürs Essen und ging. Elliot stand genauso schnell auf wie sie und folgte dem Mädchen nach draußen. Sie spürten den grollenden Blick des Mannes im Nacken, während seine Frau weiter liebevoll auf ihn einredete. Mona sich mit etwas dreckigem Geschirr sich in die Küche verzog.

Holly saß auf der Treppe. Sie hatte alles mitbekommen. Aufmerksam betrachtete sie ihre Schwester. „Ist alles okay?", fragte sie besorgt. Hope versuchte etwas zu sagen, doch ihr wurden die Knie weich. Elliot fing sie auf. Das war wohl etwas zu viel gewesen. Doch auch die anderen beiden mussten zugeben, dass sie in dem Zustand, Angst vor Finn hatten. Zu dritt schlichen sie die Treppe nach oben und gingen in Hollys Zimmer, das viel größer war als das ihrer kleinen Schwester. Der Junge legte sie behutsam auf Hollys Bett ab und machte es sich im Sitzsack gemütlich. „Wieso hast du das nur gesagt?", stellte das Mädchen ihre kleine Schwester zur Rede. Diese antwortete nicht. Hatte nur die Hände ineinander verschränkt und atmete tief ein und aus. Hollys strenger Ton wich wieder dem sorgenvollen von eben und sie ließ sich neben ihr auf ihr Bett sinken. „Papa wird das bestimmt nicht unkommentiert lassen", sagte Holly besorgt. Hope schüttelte den Kopf. Das wusste sie, doch es war ihr egal. „Ich konnte doch nicht zulassen, dass er so redet. So verklebt wie er ist, zieht er sie an wie ein Magnet etwas aus Metall." Elliot sah sie sorgenvoll an. Holly hingegen konnte mit dieser Aussage nicht viel anfangen. Ohne Erfolg versuchte sie, ihre Überforderung zu überspielen. „Hast du denn gar keine Idee, was du nach deinen Prüfungen machen willst?" hakte sie nach und musterte sie eindringlich von der Seite. In ihren Augen lag ein Funkeln. Doch es war nicht das strahlende, was sie sonst hatte. Es war ein kleines, leichtes Funkeln, was einschüchternd wirkte. Hope schüttelte den Kopf. „Ich will mich erst mal auf meine Prüfungen konzentrieren, die noch vor mir liegen. Ist das denn so schwer zu verstehen?", fragte sie und ihre Stimme wurde mit jedem Wort lauter. Elliot saß da und betrachtete das Spektakel von außen. Er wollte sie gerade in den Arm nehmen. Sie fest an sich drücken und ihr ins Ohr flüstern, dass alles gut ist. Dass sie gut so ist, wie sie ist und er sie niemals anders haben wollte. Holly versuchte auch, ihrer Schwester einzureden, dass die Eltern es aus Sorge und Liebe taten, doch Hope hatte dafür kein Verständnis und fand es einen falschen Ansatz der Liebe.

Am Abend lag sie in ihrem Bett. Sie hatte ihrer Kopfhörer auf und las in ihrem Buch. Es half ihr, all das, was passiert war, einfacher zu verarbeiten. Ihr Zimmer war ihr Zufluchtsort. Hier war sie sicher. Elliot war vor einer Weile nach Hause gegangen. Seit vorhin bestrafte Finn seine Tochter damit, dass er sie ignorierte. Das war ihr nur recht. Besser so, als müsste sie sich weiterhin seine Belehrungen anhören.

Kapitel 7

Es war eines dieser Bilder, die sich in sein Gedächtnis eingebrannt hatten. Eines, welches dem Professor, der auf seinem Sofa saß und über einem Manuskript brütete, den Fokus nahm. Ihre Haare, die im Licht schimmerten. Dieses liebevolle Lächeln, das sie dem Jungen schenkte. „Wie klein die Welt doch manchmal ist", schmunzelte er. „Sie heißt Hoffnung", sprach er mit demselben liebevollen Schmunzeln weiter. Der Namen passte perfekt zu ihr. Es war wie eine amüsante und zugleich nicht sehr durchdachte Planung des Lebens, dass das Mädchen, die Nichte seiner Kollegin war. Wie die Puzzleteile eines Buches, die ineinander klickten und langsam ein erstes, noch instabiles Gerüst ergaben.

Abgelenkt flogen seine Augen über die Zeilen des Manuskriptes. Er hatte seinen Fokus verloren. Er seufzte und legte das Manuskript beiseite. Erschöpft nahm Benjamin seine Brille ab. Er gähnte herzlich und massierte sich die Augen. Die viele Arbeit, die kurzen Nächte und seine Gedanken waren kräftezerrend. Sein Körper fühlte sich schwer an. Als würde seine Kleidung aus Blei gefertigt worden sein. Sein Kopf dröhnte unangenehm. Gedanken fuhren Karussell und er ließ sich tiefer in die durchgesessenen Sofakissen gleiten. Er schloss die Augen. Unruhig döste er weg.

Wieder einmal war es der erschreckend laute Klingelton seines Weckers, den Benjamin am Morgen aus dem Bett jagte. Übermüdet stand er auf und ging seiner Morgenroutine nach. Erneut stapelte sich im Spülbecken das schmutzige Geschirr. Der Wäschetrog im Bad quellte über. Einen Staubsauger hatte der helle Laminatboden in letzter Zeit auch nicht zu Gesicht bekommen. Eine gute Sache hatte es. Der Staub ließ die Macken und Kratzer, die den Boden verzierten, unter sich verschwinden. Benjamin musste niesen. Die Wohnung wirkte generell nicht wie ein Zuhause. Doch nun wirkte sie ungepflegt und zurückgelassen. In einem unvollständigen Zustand, wie ein angefangenes Projekt, das nie zu seiner Vollendung geführt worden war. Die Wohnung spiegelte gut wider, wie entwurzelt sich der Professor im Inneren fühlte. Ein sanftes Aufgeben. Wie ein gescheiterter Versuch, die Kontrolle zu bewahren. Wie ein lauter Aufschrei seines Herzens, den er selbst nicht wahrnahm.

In der Bahn suchte er nach Hope. Sie war auch heute nicht da. Sofort begann er sich nach einem „Wieso?" zu fragen. War sie vielleicht krank? Hatte sie die Bahn verpasst? Oder eine früher genommen? Wieso konnte er sich auf all das keine Antwort geben? Seine Augen waren matt und grau. Sein Gesicht wirkte uneben und seine dunklen Augenringe, stachen bei der blassen Haut noch intensiver hervor. Auf seiner Zunge lag der Geschmack der Zigarette, die er am Morgen geraucht hatte und ein Hauch seines Frühstücks, was wie jeden Morgen schlicht ausgefallen war.

Die Ansage, die durch die volle Bahn hallte und seine Station ansagte, riss ihn aus seinen Gedanken. Hinter ein paar Studenten reihte er sich an der Tür ein. Es war ein schöner Frühlingstag. Es war warm. Der Himmel wolkenlos. Benjamin trat in das warme Licht der Sonnen hinein. Nach und nach sprossen überall die Frühlingsblumen und die bepflanzten Blumenbeete auf dem Universitätscampus zeigten sich in voller Farbenpracht. Das Fakultätsgebäude lag vor ihm. Auf der Bank unter den Kirschblütenbäumen saßen ein paar Studenten. Lebhaft waren sie in eine Debatte vertieft. Der Professor hätte gerne noch eine geraucht. Er fühlte sich frustriert, wortlos und abgestumpft. Seine derzeitige Gefühlslage konnte er nicht einmal selbst in Worte fassen. Er hatte keine Lust zu arbeiten. Er wollte einfach schlafen. Was blieb ihm übrig? Nichts. Er musste seiner Arbeit nachgehen, selbst wenn er unmotiviert war. Er war auf Geld zum Leben angewiesen.

„Guten Morgen", hörte er auf einmal eine Frauenstimme hinter sich. Er sah sich um. Mona kam mit einem Lächeln auf ihren Kollegen zu. Schnell nahm der Professor seine Airpods heraus. Sie war spät dran. Schnell ließ er seine Airpods in seiner Jackentasche verschwinden. Für Smalltalk hatte er keinen Nerv übrig. Doch vielleicht konnte sie ihm etwas über Hope erzählen. Das war der einzige Grund, weshalb er sich auf ein Gespräch mit ihr einließ. „Wir sind wohl beide spät dran. Ich habe meine Nichte noch zur Schule gefahren. Sie schreibt heute eine Klausur." Benjamin nickte und freute sich, nun immerhin auf eine seiner vielen Fragen eine Antwort bekommen zu haben.

Zusammen betraten die das Fakultätsgebäude. „Ich wollte mich noch mal bei ihnen bedanken. Dafür, dass sie sich so lieb um meine Nichte gekümmert haben." Die blonde Frau hielt ihm einen Kaffeebecher hin. Der Professor schaute misstrauisch den Becher an. Mona kicherte amüsiert. Schnell erklärte sie, dass dieser Kaffee von einem Café in Campus stammte und nicht aus den Automaten. „Es ist ein kleines Dankeschön", fügte sie ihrer Erklärung hinzu. Er überlegte einen langen Moment, ob er das kleine Dankeschön annehmen sollte. Ihm war am Morgen keine Zeit für einen Kaffee geblieben und den, den Mona ihm entgegenstreckte, roch herrlich. Vorsichtig nahm er den Becher entgegen. Sie lächelte erfreut. Sicher war mit einer solch kleinen Geste nicht alles zurückgezahlt. Der Frau jedoch, gefiel es, nun einen Grund zu haben, ihn anzusprechen. Eine Pause entstand, wo die beiden einfach ihren Kaffee genossen und er die neuen Informationen verstaute, die er über das Mädchen bekommen hatte. Innerlich war der Professor erleichtert, dass es ihr gut ging und auch das nicht er der Grund war, wieso sie nicht mit der Bahn gefahren war.

„Ich war etwas überrascht. Ihre Nichte ähnelt ihnen nicht sehr", sprach Benjamin etwas verlegen. „Sie ist eigentlich meine Stiefnichte. Meine Mutter hatte zweimal geheiratet und ihr zweiter Ehemann, mein Stiefvater brachte aus erster Ehe eine Tochter mit, Lily, Hopes Mutter. Jedenfalls danke. Es gibt nicht viele, mit denen sie gut zurechtkommt, aber sie scheint sie zu mögen." Er horchte auf, als sie die letzten Worte sprach. Das Mädchen kam mit anderen nicht gut zurecht? Wieso? Wie konnte jemand nicht von ihr fasziniert sein? „Ich finde sie faszinierend. Allein ihren Buchgeschmack. Aber auch ihren Namen", antwortete er. Ihm gefiel nicht, was für ein Ton in der Stimme der Frau lag, wenn sie über die Sorgen gegenüber ihrer Nichte sprach. Es war wie ein väterlicher Beschützerinstinkt oder vielleicht ein Verlangen nach Gleichberechtigung, was er hier empfand. Stimmt, sie war nicht wie andere. In seinen Augen war das etwas Gutes. „Da sind Sie aber eine der wenigen. Selbst ich als ihre Tante komme nicht immer so gut mit ihr zurecht. Es fällt mir schwer, sie zu verstehen und manchmal ihre Aussagen und Gedankenspiele nachzuvollziehen. Auch ihren Eltern und ihrer großen Schwester geht es häufig so. Daher ist eine gewisse Distanz zwischen ihnen entstanden. Ihre Besonderheiten sind eine Herausforderung. Wir alle dachten, es sei nur eine Phase, aber na ja." Mona kratzte sich verlegen am Kopf. Die Art und Weise, wie ihre Familie mit ihr umging, machte ihn wütend. „Sie ist einzigartig. Es gibt nur einen einzigen Menschen, der sie genauso versteht und annimmt, wie sie ist." Sie machte erneute eine Pause. Der Professor hing an ihren Lippen. In seinem Kopf ging er die wenigen Informationen durch, die er über sie gesammelt hatte. „Elliot. Der Junge, der bei uns gewesen war." Sofort schoss ihm der Junge ins Gedächtnis. Ihm war der vertraute und innige Umgang der beiden auch bereits aufgefallen. Mit einem kleinen Schmunzeln dachte er an die Worte, die er letzte Nacht über den Jungen aufgeschrieben hatte: *„Er sah mich an mit einem Blick, der Bände sprach. Er schien jemand zu sein, dem es schwerfiel sich mit Worten auszudrücken. Jemand, in dessen Herz und Seele ein ganzes Universum existiert. Jemand, der genau wie sie, anders war als andere Menschen. Er war wie die fehlende Farbe in ihrer kleinen Welt. Wie die Ergänzung dessen, was sie beinahe vollkommen machte. Ich spürte seinen Willen, sie vor allem zu bewahren, was in dieser chaotischen Welt, ihr Schaden zufügen wollte. Er hatte etwas an sich. Etwas, dass ich bewundere und gleichzeitig fürchte. Er hat es. Diese eine Sache, die ich einst verloren hatte. Es macht mir Angst, weil ich mich an etwas erinne-*

re, was ich vor langer Zeit in eine Kiste gesperrt hatte, mit einem Schwur an mich selbst, sie nie wieder zu öffnen. Ich hatte mir Ketten angelegt. Ketten, die mich strafen sollen, wenn impulsive Gedanken in meinem Kopf herumgeistern. Auch diese habe ich lange vergessen. Doch nun, da ich ihn getroffen habe, wurde ich an ihre Existenz erinnert. Es ist besänftigend. Ich fühle schwere."

Er lächelte zu dem Erstaunen der Frau. Sie wollte sich weiter mit ihm unterhalten. Mehr erfahren. Sie erreichten den Flur, wo ihre Wege sich trennen würden. Sie blieb stehen. Benjamin sah sie an. „Ich muss hier entlang zu meiner Vorlesung", deutete Mona mit einer Handbewegung hinter sich. Sie schien noch etwas sagen zu wollen. Doch zögerte, als würde sie überlegen, ob sie diese Frage aussprechen sollte. Der Professor bemerkte es nicht. Gerade, als er einen Schritt weiter in Richtung seines Hörsaals machte, sprach sie ihre Worte aus. „Wenn, … wenn sie weitere Buchempfehlungen haben, freut Hope sich bestimmt darüber. Sie ist ab und zu in der Hauptbibliothek." Fast verlegen, sah sie ihren Kollegen an. Ihre Augen suchten unsicher nach einer Antwort in seinem Gesicht. Nach einer Bestätigung. Er wusste nicht, was sie nun als Antwort von ihm erwartete. Hilflos setzte er sein *Lächeln eines Idioten* auf, nickte und wünschte ihr mit ein paar kurzen Höflichkeitsfloskeln einen schönen Tag.

Mit Mona über das Mädchen zu sprechen, war ihm unangenehm. So als würde jemand mit Gewalt sich Zugang zu seinem Schatzkästchen verschaffen, indem er sorgfältig alle schönen Momente mit ihr aufbewahrte. Er bemerkte nicht ihren Blick, der auf ihm lag, während er den Flur hinterlief. Der Professor kam an ein paar seiner Studenten vorbei, die er gleich in der nächsten Vorlesung hatte. Er wusste ihnen Namen nicht, kannte sie aber vom regelmäßigen Sehen. Doch da er so dabei war die neuen Informationen über Hope zu verarbeiten und in sein Schatzkästchen einzuordnen, bemerkte er sie kaum. Es wirkte nach. Die Situation mit ihrer Familie bereitete ihm ein stechendes Gefühl in der Brust. Sorge machte sich in ihm breit. Er hoffte, dass sie gut durch ihre Klausur kommen würde. Dass er sie bald schon wieder sehen könnte. Dass sie ihr morgendliches Ritual einer gemeinsamen Bahnfahrt fortsetzten.

Auf ein paar seiner vielen Fragen über sie, Antworten zu erhalten, stimmte Benjamin zufrieden. Doch neue Informationen speisten neue offene Fragen. Dass so viele von ihnen unbeantwortet blieben, wurmte ihn im nächsten Moment wieder. Ihm kam der Text in den Sinn, den sie geschrieben hatte. Der letzte Satz hallte noch immer in ihm nach „Wenn ich groß bin, will ich für immer ein Meerkind sein", flüsterte er mit einem glücklichen Lächeln. In ihm machte sich eine Welle der Wärme breit. Wie warmes Wasser, das über sein kaltes Herz geschüttet wurde. Eine Wärme, die seine Adern in jedes einzelne Glied seines Körpers transportierte. Seine Augen blitzen. Für den Bruchteil einer Sekunde strahlten seine Augen, als hätten sie gegen alle Mattheit gesiegt.

Der Fakultätsleiter Dr. von Hild kam ihm entgegen. Beschwingt wünschte der Mann einen Morgen. Benjamin erwiderte es mit seinem aufgesetzten Lächeln. Der Moment von eben war vergangen. Wie ein Windhauch, der weitergezogen war. Er hoffe, dass sein Chef weitergehen würde – erfolglos. Mit einem breiten Lächeln grüßte Dr.

von Hild ein paar seiner Studenten und kam direkt auf Benjamin zu. Dabei entdeckte er Mona. Die Frau hatte sich keinen Zentimeter von der Stelle bewegt. Sie hatte sich noch nicht von ihm losreißen wollen. Mit einem sehnsüchtigen Ausdruck sah sie zu ihnen herüber. Der Fakultätsleiter grinste. „Nun versteh ich ihr Lächeln. Sie ist eine sehr nette Frau und hübsch." Benjamin sah seinen Chef fragend an. Dann folgte sein Blick dem des Mannes. Es brauchte noch einen Moment mehr, bis er die Fakten zusammengetragen hatte. Er hatte von Mona gesprochen, nicht von dem Mädchen. Wie auch. Erleichtert atmete der Professor durch und entspannte sich ein wenig. „Soweit ich weiß, ist sie Single und scheint sie zu mögen. Geben sie ihr eine Chance, wenn sie sollen. Kollegen zu daten, ist hier bei uns nicht verboten", lachte sein Chef heiter und klopfte ihm auf die Schulter. Die Frau bemerkte, dass sie aufgeflogen war. Schnell senkte sie mit rotem Kopf ihren Blick und entzog sich der Situation.

„Sie daten?", schoss es ihm durch den Kopf. Darüber seine Kollegin zu daten, hatte er nie nachgedacht. Je länger er es nun tat, desto intensivere unschöne Erinnerungen kamen an die Oberfläche geschwappt. Dr. von Hild hakte nach, ob er verheiratet sei. Heftig schüttelte der Professor Benjamin den Kopf. Das Gespräch brachte schwere Kost mit sich und es war ihm sichtlich unangenehm – das Thema Dating und Ehe. „Ah, dann ist das auf dem Bild nicht ihre Tochter?" Aus der Innentasche seines Sakkos holte der Mann ein Bild hervor. Bei den Worten gefror Benjamin das Blut in den Adern. Der Fakultätsleiter hielt ihm ein Foto hin und erklärte, dass es der Putzkraft beim Reinigen heruntergefallen war.

Er hörte seinem Chef kaum zu. In ihm waren Alarmglocken aufgeheult. Schwere legte sich auf sein Herz. Ihm raubte es beinahe die Luft zum Atmen, das Bild in den Händen seines Chefs zu sehen. Ohne auf die Fragen des Mannes einzugehen, nahm er sein Bild entgegen. Er versuchte zu lächeln. Schnell ließ er das alte Familienbild in seiner Tasche verschwinden. Die Farbe war aus seinem Gesicht gewichen und er wollte nur noch weg. Mit schnellen, unbeholfenen Bewegungen verabschiedete der Professor sich von seinem Chef. Ohne sich nur noch einmal umzudrehen, lief er den Flur hinunter. Seine Kehle war wie zugeschnürt. Das Schlucken tat weh. In seinem Kopf wirbelten seine Gedanken und Erinnerungen herum. Seine Ohren rauschten und sein Herz schmerzte. Ihm war schwindlig. Als wäre er auf der Flucht, lief der Mann mit hastigen Schritten aus der Situation heraus.

In Schweiß gebadet betrat er den Hörsaal. Aus seinem Gesicht war jegliche Farbe gewichen. Unbeholfen stolperte er auf das Redepodest. Alles war unstrukturiert und wirbelte ohne jede Kontrolle herum. Er musste sich zusammenreißen, nicht allen Gefühlen auf einmal Raum zu geben. „Guten Morgen." wünschte er mit kratziger Stimme. In seinem Notizbuch suchte er nach seinen Unterlagen – ohne Erfolg. „Können sie mir sagen, worüber wie letztes Mal gesprochen haben?", fragte er in die Runde. Es war ein Junge, der in zweiter Reihe saß und seinem Professor auf die Sprünge half. Die Hände des Mannes waren eiskalt und der Sekundenzeiger auf der Uhr kroch im Schneckentempo vor sich hin. Er wollte nur weg. Weit wegrennen, ohne sich umzublicken. Flüchten aus diesem tiefen, dunkeln Meer, das ihn zu verschlingen versuchte.

Erleichtert atmete er auf, als die Zeit vorbei war. Seine Stimme hatte sich nicht gefestigt über die Stunde. Er wünschte seinen Studenten halbherzig einen schönen Tag. Wacklig verließ er den Hörsaal in Richtung seines Büros. Ein paar Studenten betrachteten ihn sorgenvoll. Doch keiner traute sich, ihn anzusprechen. Der Professor selbst fühlte sich wie alkoholisiert. Jeder Schritt war schwer. Er konnte kaum oben und unten auseinanderhalten. Seine Brille rutschte ihm auf die Nasenspitze und fast fiel die Tasche von seiner Schulter. Er wollte weg. Weit weg von allem. In der Jackentasche fühlte er nach dem Bild, spürte das Papier und die glatte Oberfläche zwischen seinen Fingern. Es war noch da. Alle Ereignisse der letzten Wochen überschlugen sich in seinem Kopf. Sätze zerteilten sich und setzten sich ungleich mit anderen zusammen. Dann wurde ihm schwarz vor Augen.

Als Benjamin erwachte, lag er auf dem Boden in seinem Büro. Es brauchte ein paar Momente, bis er begriff, wo er sich befand. „Sie sind wach. Ist alles okay?", fragte ihn eine bekannte Stimme. Er blickte sich um. Er war in seinem Büro an der Universität. Hope war hier, saß auf einem der zwei sesselähnlichen Stühle und auf ihrem Schoß lag ein Buch. „Was, was ist passiert?", fragte der Professor und kniff sich in den Arm, um sicherzugehen, dass dies kein Traum war. Das Mädchen erzählte ihm, dass sie an seinem Büro vorbeigekommen war und sie gesehen hatte, wie er nach seinem Schlüssel gekramt hatte. Wie er auf einmal zusammengesackt war. Dass sie ihn hier reingebracht hatte. „Dr. von Hild hatte die Sanitäter verständigt und holt sie gerade am Eingang ab. Sie sollten gleich hier sein. Wie gut, dass sie aufgewacht sind. Wie fühlen sie sich?", erkundigte sie sich nach seinem Wohlbefinden. Aufmerksam musterte sie den Mann, der auf dem Boden saß. Sie hatte ihm sein Sitzkissen, was auf seinem Stuhl gelegen hatte, unter den Kopf geschoben und der Fakultätsleiter hatte ihm seine Jacke als Decke übergelegt. Benjamin bekam kein Wort heraus. Still sah er sie an. Er spürte die Ruhe und Gelassenheit, die von ihr ausging und sich auf ihn übertrug. Sogar in einem solchen Moment war sie ruhig. Wieder wanderte sein Blick automatisch in ihre Richtung. Ihre Stimme war warm und mitfühlend. „Und wieder ein farbiges Bild. Was für ein Mensch, ist sie nur?", schoss es ihm durch den Kopf.

Draußen setzte gerade die Dämmerung ein. Der Himmel war in die schönsten Farben getaucht. Es klopfte an der Tür. Der Fakultätsleiter kam mit zwei Sanitätern im Schlepptau hineingetreten. Hinter ihnen befand sich Elliot. Er war gekommen, um Hope abzuholen und hatte durch Zufall von den Geschehnissen mitbekommen. „Sie sind wach", grüßte sein Chef ihn erfreut. Der Professor nickte. Die Sanitäter kamen zu ihm herüber und begannen mit der Untersuchung. Währenddessen nahm Dr. von Hild, Hope beiseite und fragte sorgenvoll, ob alles okay sei. Das Mädchen nickte.

Die beiden Sanitäter führten routiniert ihre Aufgaben durch, um einen ersten Eindruck von seinem Zustand zu gewinnen. Zudem stellten sie dem Mann einige Fragen. Hope bemerkte, die der Professor nicht ganz bei sich zu sein schien. Seine Augen wanderten immer wieder zu ihr und Elliot herüber. Sie hielt die warme Hand des Jungen fest in ihrer. Die Nähe des Jungen gab ihr Halt und Ruhe. Auch wenn man es ihr von außen nicht ansah, innerlich war sie aufgewühlt und voller Sorge gewesen. „Sie sind über ihn hergefallen", flüsterte das Mädchen. Tränen stiegen ihr in die Augen. Elliot sah sie von der Seite an. Mit leiser Stimme fragte er, ob sie gehen wollte. Sie konnten nicht gehen. Noch nicht. Sie wusste, dass die Sanitäter zuerst mit ihr reden wollten, bevor sie aus der Situation und der Stimmung, die im Raum herrschte, entfliehen konnte. Wie aufs Stichwort kam einer der beiden Sanitäter zu ihr herüber. Ruhig fragte er Hope nach genaueren Informationen. Es gab nicht viel, was sie ihm hätte mitteilen können. Der Zusammenbruch war eine Mischung aus Schlafmangel, Erschöpfung und viele psychischer Gründe, das wusste sie. Es war ein Gefühl, das sie hatte. Etwas, das einfach in ihren Kopf gekommen war. So abgemagert und müde, wie er aussah, waren diese Ideen nicht so weit hergeholt. Mit einem Lächeln beantwortete sie geduldig alle Fragen, die ihr von dem Sanitäter gestellt wurden. Dabei unterließ sie es, ihre selbstgegebene Diagnose ihm gegenüber auszusprechen.

Elliot blieb an ihrer Seite und achtete genau drauf, dass keine Fragen kamen, die sie hätten angreifen können. Sorgenvoll sah sie zu dem Professor herüber. Was genau könnte es sein, was ihn so beschäftigte? Ein unangenehmer bitterer Geschmack legte sich auf ihre Zunge. Es roch nach Blut und in dem Blut enthaltenen Eisen. Der sich unter den bitteren Geschmack des Mädchens mischte. Dr. von Hild kam zu ihnen herüber. Um die Anspannung zu lösen, versuchte er Smalltalk mit den beiden zu führen.

Einige Zeit später kam der Sanitäter von eben zu ihnen. Verständlich erklärte er das, was Hope bereits geahnt hatte. Der Mann war aufgrund von Schlafmangel und zu wenig Essen und Trinken zusammengebrochen. „Die Blutwerte sind nicht gut. Sein Puls ist erhöht. Kann aber auch durch den Stress sein. Solch ein Zusammenbruch kann auch psychische Gründe haben. Fällt ihnen etwas ein?", hakte der Sanitäter nach. Die Worte verstärkten die bedrückende Stimmung, die sich im Raum wie Nebel ausgebreitet hatte. Hope sah zu dem Mann herüber. Ihre Blicke trafen sich für einen kurzen Moment. Beschämt wich er ihrem Blick aus und drehte den Kopf weg. Der Fakultätsleiter erkundigte sich, wie es nun weiter gehen werde. Benjamins Zustand war gut genug, dass er nach Hause gehen konnte. „Es wäre aber gut ihn im Auge zu behalten. Wenn er sich innerhalb der nächsten 24 Stunden übergibt, dann rufen sie uns wieder an." Dr. von Hild sah besorgt aus. Er wusste, dass Benjamin allein lebt. Bei ihm zuhause wartete seine Frau mit dem Abendessen auf ihn. Sie würde sauer sein, wenn er nicht bald geht. Er sah die beiden an. Hope wusste, was auf sie zukommen würde. Doch sie war sich nicht sicher, ob sie dieser Bitte nachkommen kann.

„Ich werde das machen. Hope hatte heute eine Klausur und ist davon sicher erschöpft. Und Elliot hat morgen früh Berufsschule." stand auf einmal Mona im Türrahmen. Der Fakultätsleiter atmete erleichtert durch. Ausführlich bedankte er sich bei der Frau. Benjamin bekam all das mit. Er wollte nicht, dass jemand seine Wohnung in diesem Zustand sah. Doch was blieb ihm anderes übrig? Ihm ging es nicht gut und wenn er ganz ehrlich war, wollte er nicht allein zuhause sein.

Die Sanitäter halfen ihm auf. Als große Gruppe gingen sie durch die stillen Flure des Gebäudes. Um die Uhrzeit war nichts mehr los. Auf vielen der Flure brannte bereits kein Licht mehr. Es wirkte alles etwas gespenstisch. Hope und Elliot waren froh, dass sie sich nicht dieser Verantwortung annehmen mussten. Sie waren beide von ihrem Tag erschöpft und für das Mädchen wäre es kaum auszuhalten gewesen. Benjamin selbst war insgeheim froh, dass es schon so spät war. Es wäre ihm peinlich gewesen, hätten Außenstehende seinen „Ausdruck von Schwäche" miterlebt, wie er seinen Zusammenbruch selbst betitelte. Sein Kopf drehte sich noch ein bisschen. Sein ganzer Körper stand unter Anspannung. Er mochte es nicht, dass sie alle ihn so gesehen hatten. Er fühlte sich entblößt und verwundbar.

Mona hatte ihr Auto auf dem Parkplatz hinter dem Gebäude geparkt. Vorsichtig stieg der Mann ein. Die Frau tauschte mit den anderen noch ein paar Worte aus. Das Mädchen stand an Elliot gelehnt da. Der Tag hatte ihr viel an Kraft abverlangt und sie sehnte sich nach ihrem Bett. Ihre Tante hatte es bemerkt. Sie schämte sich wie sie vor ihrem Kollegen über ihre Nichte gesprochen hatte. Hope war ein guter Mensch. Ein sehr guter. Wieso nur hatte sie solche Worte über sie verwendet? Vielleicht, um vor ihm interessant zu wirken? Wollte sie ihm imponieren? Sie schüttelte den Kopf. Auf so etwas stolz zu sein, war falsch und zeugte nicht von Charakterstärke. Sie verabschiedeten sich voneinander. Mona stieg in ihr Auto ein. Hope wünschte durch die geöffnete Autotür gute Besserung. Dann folgte sie Elliot, in Richtung des Haupttors. Der Professor blickte den beiden nach. Ein weicher Ausdruck lag auf seinem Gesicht. Die Zärtlichkeit, die sie gegenüber dem anderen hatten, ließen ihn lächeln und wärmte sein Herz. Das Bild der beiden, war erstrebenswert in seinen Augen.

Mona hatte einen sehr langsamen Fahrstil und ihm kam es vor, als würde der Weg dreimal so lange dauern. Sie fanden vor dem Haus einen Parkplatz. Seine Kollegin achtete genau drauf, dass er im Treppenhaus nicht stolperte. Im Kopf des Professors drehte sich alles. Krampfhaft suchte er nach einer Ausrede, sie nicht in die Wohnung zu lassen. Er dachte an den staubigen Boden. Den leeren Kühlschrank. Die vielen Umzugskartons. Seine Möbel. Das schmutzige Geschirr. Nein, zum Vorzeigen war seine Wohnung nicht im richtigen Zustand. Ihm fiel nichts ein. Kein Argument war überzeugend genug. Kurz bevor er den Schlüssel im Schloss herumdrehte, hielt er inne. Einen Moment sah er die Frau mit einem ernsten Gesichtsausdruck an. „Ich bin vor Kurzem umgezogen. Daher ist alles noch etwas unkoordiniert", log er und öffnete die Haustür. Noch immer hoffte er, dass all das ein schlechter Traum war, aus dem er jeden Moment erwachen würde. Er öffnete die Haustür. Still führte er sie hinein. Seine Wangen waren gerötet vor Scham. Er mied Blickkontakt zu ihr. Die Frau streifte ihre Schuhe ab. Neugierig sah sie sich in der Wohnung um. Es war staubig und unordentlich. Sie hatte ihn immer für jemanden mit einem Putzfimmel gehalten. Seine Wohnung in dem Zustand vorzufinden, beeinflusste stark das Bild, was sie bisher von ihm hatte. Für Mona war es verständnislos, wie jemand in einem solchen Zustand wohnen konnte. Auf eine unerklärliche Weise fühlte sie sich ein bisschen wohl. Das lag für sie aber mehr an dem Fakt, dass es seine Wohnung war, als an allem anderen. Die Frau lächelte. Endlich hatte sie das Gefühl, ihn ein wenig kennengelernt zu haben und das freute sie.

„Setzten Sie sich. Ich werde etwas zu essen machen", unterbrach die Frau die unangenehme Stille, die in der

Luft lag mit einem beinahe strengen Ton, der sich etwas, wie der von Lily anhörte. Ihr Kollege unterbrach sie. Der Kühlschrank war leer. Sie brauchte sich also nicht die Mühe machen. Sie hatte nun die Wohnung schon in einem solchen Zustand gesehen, wieso sollte er jetzt noch lügen? „Ich möchte jetzt einfach schlafen", sprach er mit leiser Stimme. Er war erschöpft von all den Eindrücken und Ereignissen der letzten Zeit. Er wollte nur schlafen. Mona nickte verständnisvoll. Ein Moment entstand, wo beide nicht wirklich wussten, wie sie sich verhalten sollten. Es war der Professor, der in sein Schlafzimmer ging und die unbeholfene Stille beendete.

Währenddessen machte die Frau es sich auf dem Sofa gemütlich. So gut das alte Leder es zuließ. Sie war genau wie er erschöpft vom Tag und wollte schlafen. Der Mann brachte ihr eine Decke und Kissen. Es war ihm peinlich, jemand anderen hier zu haben. Doch er wollte heute Nacht nicht allein bleiben. Ob er es nun zugeben wollte oder nicht, begrüßte er innerlich ihre Anwesenheit. Auch wenn er sich selbst das nie eingestanden hätte. „Geht es ihnen besser? Haben sie Schmerzen oder ein Schwindelgefühl?", fragte Mona und holte ihn damit ein weiteres Mal aus seiner Gedankenschleife. Er schüttelte den Kopf. Er hatte keine Schmerzen. Sie wünschten einander eine „Gute Nacht". Die Frau bestand drauf, dass der Professor sie wecken sollte, sollte etwas sein. Bei den Worten entfuhr ihm ein kleines Lächeln. Es war nur kurz, dennoch bekam sie es mit und erwiderte es. Benjamin ging in Richtung seines Schlafzimmers. Er schaltete das Licht aus. Das schlechte Gewissen, sie auf dem alten Sofa schlafen zu lassen, quälte ihn etwas. Eine andere Möglichkeit gab es nicht. Er hatte keine Gästematratze und im Gegensatz zum Boden war das Sofa dann doch bequemer. Einen Moment blieb der Professor im dunklen Raum stehen. Er lauschte in die Stille hinein. Das leise Geräusch des Leders bei jeder kleinsten Bewegung und ihre Atmung hallten leise an seine Ohren. Einen Moment überlegte er, ob er seine Zimmertür schließen oder doch offenlassen sollte. Nach einer stillen Debatte mit sich selbst lehnte er die Tür an. Erschöpft ließ Benjamin sich auf seinem Bett nieder und kuschelte sich in seine Decke ein. Seine Gedanken kreisten in seinem Kopf. Er hatte aus seiner Jackentasche das Bild herausgeholt. Aufmerksam musterte er es und seufzte tief. Er murmelte etwas, das kaum zu verstehen war. Etwas, mit einer zweiten Chance. Dann legte der Mann das Bild zur Seite. Seine Lampe schaltete sich durch eine sanfte Berührung aus. Ein bisschen tiefer ließ er sich in seine Matratze sinken. Die Müdigkeit überkam ihn. Der Gedanke, jemand anderen in der Wohnung zu haben, war befremdlich. Doch er war zu müde, um weiter darüber nachzudenken. Es brauchte ein paar wenige Momente, dann war er eingeschlafen.

Der leckere Geruch nach Frühstück weckte den Professor am nächsten Morgen. Er ging in die Küche und traute seinen Augen nicht. Mona stand in der Küche. Sie hatte für sie beide ein Frühstück vorbereitet. „Träume ich?", fragte er laut. Mit einem Lächeln wünschte die Frau ihm einen guten Morgen. Sie erkundigte sich, wie es ihm ging. Ohne eine Antwort abzuwarten, erzählte sie, dass sie einkaufen gegangen war und für sie beide gekocht hatte. Benjamin besaß keinen Esstisch. Also hatte sie auf dem Glastisch im Wohnzimmer gedeckt. Der Professor stand da. All das war für ihn unglaublich. Er wusste nicht, wie er sich fühlen sollte. Der Anblick seiner Kollegin, die in der Küche kochte, brachte ein Bild hervor, das er gut kannte. Mal geliebt hatte. Doch nun, sorgte es in seiner Brust für Schmerzen und Unbehagen.

Mona reichte ihm eine Schüssel mit warmem Haferbrei. Zusammen ließen sie sich im Wohnzimmer nieder. Sie hatte ihre Decke zusammengefaltet und sich auf dem Boden niedergelassen. Ihr knurrte der Magen. Sie begann zu essen. Der Mann hatte sich auf dem Sofa niedergelassen. Sprachlos sah er sie an. Er wusste nicht, wie er mit der Situation umgehen sollte. „Müssen Sie nicht arbeiten?", fragte er. Sein Tonfall war schnippischer als er wollte. Sie blickte auf und meinte, der Fakultätsleiter habe ihnen beiden heute frei gegeben. „Die Sanitäter meinten, sie sollen sich bis Ende der Woche freinehmen und ihre Reserven wieder aufladen", fügte sie zwischen zwei Löffeln Haferbrei hinzu. Mit einer Handbewegung forderte sie ihn zum Essen auf. Obwohl in ihm drinnen Gefühlschaos herrschte, hatte er Hunger und begann den Haferbrei seiner Kollegin zu essen. Der Brei schmeckte gut.

Eine Pause entstand, in der jeder sein Frühstück genoss. Sie beiden hatten den Raum, ihren Gedanken freien Lauf zu lassen. Benjamins Entschuldigung an seine Kollegin unterbrach die Stille. Er entschuldigte sich dafür, der Frau Umstände zu bereiten. Sie schüttelte den Kopf. Sie mochte ihn und genoss es, mal eine andere Seite an dem Mann kennenzulernen. Es war offensichtlich gewesen, wie erschöpft er war und dass es ein Wunder war, dass das erst jetzt passiert ist. „Sie müssen besser auf sich achten. Wir sind keine 20 mehr", grinste Mona. Ihr Blick wurde wieder ernst. „Der Sanitäter meinte, es könnte auch psychische Gründe haben. Ich möchte ihnen nicht zu nahetreten. Sollte das der Fall sein, sollten Sie sich Hilfe suchen." Ihre Stimme wurde vorsichtiger und brach ab. Fast ängstlich wartete sie auf die Reaktion ihres Kollegen. Dieser hatte in seiner Bewegung gestockt und war seitdem so verharrt. Eine beklemmende Stille entstand. Er sah hoch und setzte sein falsches Lächeln auf. Sie hatte einen wunden Punkt getroffen. Dem Lächeln folgten ein paar kurze Worte, wo er meinte, es sei nichts Psychisches, er sei einfach überarbeitet gewesen. Er hasste den Gedanken, dass Außenstehende ihn so wahrnahmen und dass es sich an der Universität herumsprach, machte ihm Angst. Die Frau wollte ihm nicht ganz glauben. Sie hatte die unzähligen Bierdosen gefunden. Ihr stand kein Recht zu, ihn drauf anzusprechen. Sie waren keine Freunde, sondern Kollegen. Mona hatte das Gefühl, ihn inzwischen etwas einschätzen zu können. Sie wusste, dass er ein Mensch ist, der lieber auf Abstand mit seinem Umfeld blieb. Es gab bestimmt nur ein paar wenige, die sein wahres Ich richtig kannten. Sie beneidete diese Menschen um dieses Wissen. Sie wollte es auch. Ihn kennen. Näher kennenlernen. Etwas über ihn erfahren. Seine Sorgen und Gedanken. Die guten Seiten an ihm. Seine wahren Gedanken. Dem Professor war anzusehen, dass er die Situation gleichzeitig mochte und in ihr überfordert war. Er fand es schön, Gesellschaft zu haben, doch auch holten ihn Schatten der Vergangenheit immer wieder ein und sorgen dafür, dass er sich überfordert fühlte.

„Wie viel schulde ich ihnen?", fragte er. Sie sah ihn verständnislos an. „Wegen der Rechnung." vervollständigte er seine Frage. Die Frau schüttelte den Kopf. Das war nicht wichtig. Nun war es der Professor, der sie verständnislos anschaute. Er bestand drauf, ihr das Geld zurückzugeben. Ein paar Minuten diskutierten sie, bis er die Oberhand gewann und sie ihm den Kassenzettel überreichte. „Es ist schwer, Sie kennenzulernen. Bevor ihnen jemand zu nahekommen kann, ziehen Sie immer eine Grenze", lachte Mona hilflos. In ihrer Stimme war Traurigkeit und etwas Frustration zu hören. Benjamin blickte seine Kollegin an. Innerlich wusste er, dass sie recht hatte. Er hatte es sich so ausgesucht. Wollte sich damit selbst strafen. „Das ist mir nie aufgefallen", log er. Sie sah ihm aufmerksam dabei zu, wie er seinen Geldbeutel holte und ihr bis auf den letzten Cent, das Geld für den Einkauf wiedergab.

Die abweisende Art des Mannes verletzte Mona. Vorsichtig fragte sie ihn, ob er bei irgendwas Hilfe brauchte. Er bedankte sich und meinte, er komme nun allein zurecht. Die Frau war sprachlos. Benjamin schmiss sie indirekt heraus. Wütend erhob sie sich. Sie nahm das Geld und ihre Sachen. Knapp verabschiedete sie sich von ihrem Kollegen. Dann schneite sie zur Wohnungstür hinaus.

Der Professor blieb allein zurück. Er hörte der Tür dabei zu, wie sie ins Schloss fiel. Dann war es wieder still in der Wohnung. Tief atmete er durch. Das Gefühl der Einsamkeit schlich sich bei ihm ein. „So ist es besser", sagte er zu sich selbst. Schwerfällig erhob der Mann sich von dem Sofa und ging in die Küche um sich endlich mal um seinen Abwasch zu kümmern. In sich war er hin und her gerissen. Hatte er richtig gehandelt? Eine erneute Welle an Dunkelheit, die ihn einholte, ließ all seine Zweifel verstummen. Nur die Angst blieb, dass sein Bild, was er über Monate gegenüber seinen Kollegen aufgebaut hatte, nun drohte zusammenzustürzen. Doch es gab nichts, was er hätte tun können, um dies nun zu verhindern.

Diese Gedanken und seine Angst begleiteten ihn durch den Tag. Er hatte zwar als Professor frei, doch als Lektor gab es genügend für ihn zu tun. Die Arbeit war ein gutes Mittel, sich von diesen Gedanken abzulenken. Am Abend nach getaner Arbeit nahm er sich eine Dose Bier aus dem Kühlschrank. Öffnete sie schwungvoll und trank sie in ein paar Zügen aus. Dann nahm er sich die nächste. Schwungvoll wie die erste, war auch die zweite im Handumdrehen geöffnet. Der Professor ließ sich wieder an seinem Schreibtisch nieder. Er wollte nicht nachdenken über die Dinge, die wehtaten. Er wollte es nie wieder. Er wollte nie wieder Schmerzen fühlen und an die Schatten der Vergangenheit denken. Er wollte nicht Reue spüren, nicht mit seinen Fehlern konfrontiert werden. Doch was er nicht wusste, war, dass er auf gutem Weg war, all diese Fehler zu wiederholen. Schnell nahm er noch einen Zug vom Bier und all diese Gedanken wurden einen Zug leiser und undeutlicher.

Kapitel 8

Mehrere Tage blieb Benjamin zuhause. Vertiefte sich in seine Arbeit. Seine Wohnung kam ihm in diesen Tagen auf einmal viel größer, leerer und einsamer vor. Die dunklen Schatten seiner Vergangenheit hatten ihn eingeholt. Alte Wunden begannen von Neuem zu bluten. Unschöne Erinnerungen schwappten aus seinem Unterbewusstsein an die Oberfläche. Traten als Flashbacks oder Albträume auf. Seine Zuflucht war das Rauchen, der Fokus auf die Arbeit und der Alkohol. Die einzigen Male, wo der Mann in diesen Tagen das Haus verließ, war, um seinen Kühlschrank wieder aufzufüllen. Schon nach wenigen Tagen waren Monas Spuren mit Staub überzogen. Immer besser spiegelte das Chaos in seiner Wohnung, die aufwühlenden Gefühls- und Gedankenwelt des Mannes in seinem Inneren wider.

Ein paar Tage später besuchte Hope ihre Tante in der Universität. Das Mädchen hatte die 1 Phase ihrer Prüfungen beendet. Es war Mai geworden. Seit dem, was mit Benjamin vorgefallen war, verhielt sich Mona ungewöhnlich. Sie war oft abwesend. Lachte weniger und war häufig in ihre Gedanken vertieft. Hope hatte mehrmals bereits versucht, mit ihr zu reden. Bisher ohne jeglichen Erfolg. Die Frau wollte nicht sagen was passiert war und Grund für ihr seltsames Verhalten war. Nach einem erneut gescheiterten Versuch in Monas Büro in ihrer Mittagspause, suchte das Mädchen den Professor in seinem Büro auf. Sie sie hatte ihn seit dem Zusammenbruch nicht mehr gesehen. Doch sie wusste, dass er ab heute wieder in der Universität war und hatte sich vorgenommen, ihn nun selbst anzusprechen. Ein Gefühl sagte ihr, dass zwischen den Kollegen etwas vorgefallen war, was Mona so beschäftigte. Sie machte sich große Sorgen um Mona die anders war als sonst. Hope klopfte gegen die Tür seines Büros. Gedämpft hallte seine Stimme zu ihr nach draußen. Sie atmete tief durch, bevor sie die Klinke der Tür herunterdrückte.

Sie trat ein. Der Professor saß am Schreibtisch. Der rote Stift, den er in der Hand hielt, verriet, dass er gerade am Korrigieren der letzten Klausuren war. Heute war ein schöner Tag. Die Sonne schien und die Vögel zwitscherten aus voller Kehle. Es brauchte einen weiteren Moment, bevor Benjamin von den Prüfungsbögen aufblickte. Sie ließ ihm diesen Moment, bevor sie mit freundlicher Stimme fragte, ob es ihm besser ging. Er hatte ihre Stimme sofort erkannt. So vertieft, wie er ins Korrigieren gewesen war, brauchte es einen Moment, bis er sich gesammelt hatte. Erfreut lächelte er. Er war überrascht über ihren unangekündigten Besuch und freute sich gleichzeitig, sie wieder zu sehen. In den letzten Tagen hatte er oft an sie denken müssen und all die offenen Fragen, hatte er in seiner Trunkenheit mit den skurrilsten Antworten in seiner Fantasie ausgefüllt. Hope kam zu ihm herüber getreten. Der Mann hatte einen Ausdruck in den Augen, den sie nicht ganz deuten konnte. Beinahe vorsichtig näherte sie sich ihm. Wie einem scheuen Tier, dem Futter angeboten wurde.

„Kommst du wegen einem Buchtipp zu mir?", fragte er neugierig. Er legte den Stift beiseite und bot dem Mädchen den Stuhl gegenüber an. Das Mädchen betrachtete ihn aufmerksam. Auf sie wirkte er nervös, verunsichert und ängstlich. „Weiß er, was ich ihn fragen will?", fragte das Mädchen sich still. Sie führten ein kurzes Gespräch, wo er sich informierte, wie ihre Prüfungen liefen. Sie tauchten sich über ihr und sein Wohlergehen aus und Hope erzählte ein bisschen von einem Buch, das sie derzeit liest. Erneut betrachtete sie ihn einen langen Augenblick aufmerksam. In seinem Gesicht, in seiner Wirkung suchte sie nach einem Anhaltspunkt. Ihr Blick verunsicherte den Professor. Er freute sich sehr, sie wiederzusehen. Er hatte nicht bemerkt, wie angespannt er war, bis sie mit ihrem ganzen Sein, den Raum in Licht getaucht hatte. Tief atmete er durch. Eine Pause entstand.

Hope versuchte, den Gesprächsfaden wieder aufzugreifen. Sie war das Rätseln statt. Sie faltete ihre Hände zusammen und verharrte so einen Moment. Benjamin beobachtete sie aufmerksam. Noch immer nicht hatte er verstanden, weswegen sie dies tat. Betete sie tatsächlich? War es eine unbewusste Geste, um sich zu sammeln? Er lächelte. Bis ihr Moment mit sich selbst endete, sah sie dem Mann nicht einen Moment in die Augen. Sie spürte zwar seinen Blick, der neugierig auf ihr lag, doch ließ sich von ihm nicht drängen, ihm den Grund ihres spontanen Besuchs mitzuteilen.

Schließlich erwiderte sie seinen Blick. Fest sah sie ihm in die Augen. Von diesem Wandel war der Professor so überrascht, dass er sich nach hinten lehnte, als wolle er ausweichen wollen. In ihm war die Neugierde, die ihn festhielt und ein weiteres Zurückweichen nicht zuließ. Er wollte wissen, wieso sie ihn aufgesucht hatte. Innerlich hoffte Benjamin, dass sie wirklich nur wegen eines

Buchtipps oder einer leichten Unterhaltung gekommen war. Nun sprach sie den Mann direkt an. Mit einfachen klaren Worten fragte sie ihn, was zwischen ihm und Mona vorgefallen war. Sie meinte, dass ihre Tante dazu schwieg, doch sich seit dem Abend seltsam abwesend verhielt. Die Direktheit, mit der sie das Thema ansprach, überraschte ihn. Der Professor atmete tief durch. Stimmt ja. Er hatte diesen Moment mit seiner Kollegin verdrängen wollen. Bisher auch mit Erfolg. Doch nun war sie hier und führte ihm sein unhöfliches, beinahe undankbares Verhalten vor Augen. „Das ist kompliziert ...", druckste er herum. Das Mädchen unterbrach ihn: „Genau das ist der Grund, wieso ich manchmal Angst davor habe, erwachsen zu werden." Fast trotzig lehnte Hope sich in ihrem Stuhl zurück. Nun sah er es klar. In ihren Augen lag Trotz und Rebellion. Aufs Neue war er von dem Mädchen fasziniert. Er dachte, er hätte so langsam ein gutes Bild von ihr bekommen. Doch nun entdeckte er an ihr eine Seite, die er nicht kannte. Das machte ihn glücklich und erinnerte ihn gleichzeitig dran, dass auch sie am Ende des Tages nur ein Mensch war. Doch in seinen Augen, ein besonderer Mensch.

„Ihr Erwachsenen sucht immer nach Ausreden. Wenn ihr sagt, etwas ist kompliziert, dann ist es in Wahrheit einfach. Auch meine Eltern. Sie wollen immer alles planen und verlangen dasselbe von mir. Doch was bringt es mir immer alles zu planen, wenn ich dadurch vergesse, den Moment, in dem ich mich befinde zu genießen und ihn schätzen zu wissen? So möchte ich nicht leben. Ich will nicht an Morgen denken, wenn ich im Heute lebe. Ich will nicht in der Vergangenheit leben, wenn das Leben doch genau jetzt stattfindet. Ich kann die Dinge, die hinter mir liegen weder ändern noch sie erneut erleben. Wieso sollte ich das auch? Vielleicht ist meine Denkweise töricht. Vielleicht bin ich trotzig wie ein kleines Kind, was keine Süßigkeiten vor dem Abendessen essen darf. Doch wenn mich diese Art und Weise zu leben glücklich macht, wieso also sollte ich nicht nach ihr leben wollen? Vieles im Leben ist so vergänglich. Egal wie sehr wir versuchen Momente in Bildern festzuhalten, sie vergehen. Werden zu Zahlenkombinationen auf unserem Handy oder Bilder, die mit er Zeit vergilben. Die einzige Chance sie bestmöglich festzuhalten ist, sie in unseren Herzen zu tragen. Besondere Momente für den Träger werden auch nicht vergessen werden. Ich will nicht ein Erwachsener sein, der eine einzige Farbe hat. Ich will bunt sein, wie eine Farbpalette. Ich will nicht mit den Bequemlichkeiten hingeben, wenn ich dadurch verpasse, Erfahrungen zu machen. Ich will nicht meine Träume nur träumen. Ich will sie Wirklichkeit werden lassen." Benjamin betrachtete sie beim Sprechen. Ihre Worte erreichten sein Herz. Füllten es mit Wärme und Faszination. Mit Bewunderung, Licht und Leichtigkeit.

Während das Mädchen ihm ihre Gedanken mitteilte, funkelten ihre Augen abenteuerlustig. Sie wirkte beim Sprechen glücklich und weise. Aufgeweckt und abenteuerlustig. Es war ihr anzusehen, wie ihr Herz mit jedem warmen Schlag, ihre Worte unterstreichen würde. Ihre Wangen färbten sich rosig. Das zarte Rosa ergänzte ihr Lächeln beinahe perfekt.

„Meinst du damit deinen Text? Den, wo du über deinen Wunsch schreibst, später ein ewiges Meerkind zu sein?", sprach er aus dem Herzen hinaus. Der Professor wunderte sich selbst, woher dieser Gedanke kam. Wie stark er auf seiner Zunge gelegen hatte und wie unbedacht er seinen Gedanken ausgesprochen hatte. So frei reden, konnte er nur mit ihr. Sie war quasi noch ein Kind. Doch für ihn weiser als viele der Menschen, in seinem Umfeld. Das Mädchen nickte. „Ich weiß, dass ich in vielen Dingen sehr sensibel bin. Die Welt ist für mich häufig zu laut. Der Strom, der auf ihr herrscht, überfordert mich ab und zu. Ich höre zu viel. Schmecke zu viel. Rieche zu viel und spüre zu viel. Doch wenn ich am Meer bin, dann ist es so, als würde ich aus dieser riesigen Seifenblase des menschlichen Fortschrittes der Hetze ausbrechen können. Für einen flüchtigen Moment ganz bei mir sein. Ich liebe das Meer und gleichzeitig habe ich großen Respekt davor. Es ist weit und tief. Geheimnisvoll und mächtig. Es ist schwer zu beschreiben." Sie kratze sich verlegen am Kopf und bemerkte den Blick des Professors, der auf ihr lag. Sie sah ihn an. In seinem Blick lag etwas, dass sie nicht definieren konnte. Es war ein Hauch von Traurigkeit und Reue.

„An was denken Sie gerade?", fragte sie ihn. Benjamin schüttelte sich. Ein dunkler Hauch legte sich über sein Gesicht. Schlagartig zog sich das Herz des Mädchens in ihrer Brust zusammen. Es schmerzte. „Sie haben sehr gelitten. Nicht wahr?", sprach Hope ihre Gedanken frei heraus. Er schaute auf. Erneut hatte sie es ausgesprochen, ohne ihn wirklich zu kennen. „Ich habe eine Tochter, an die du mich gerade etwas erinnert hast." Sie horchte auf. Ohne wirklich erklären zu können wieso, wusste sie, dass zwischen ihm und seiner Tochter etwas vorgefallen war, was viel Leid verursacht hatte. „Ich bin geschieden und habe eine Tochter. Sie ist etwas älter als du." Der Mann seufzte. Er versuchte das beklemmende Gefühl, was sich in ihm breit machte, zu ignorieren. Hope hörte, wie ein Schloss sich öffnete. Sie hörte das klickende Geräusch. Sie hörte wie eine Kette riss und klirrend zu Boden fiel. Sie schmeckte schwarzen Staub, wie noch brennende Asche auf ihrer Zunge. Sie sah einen kleinen Lichthauch, der auch in die dunkelste Nische schien. Ein kleines Licht, wie ein Glühwürmchen in einer warmen Sommernacht, was aufleuchtete, berührt vom Licht des Lebens.

„Das war das erste Mal, dass Sie mir etwas von sich erzählt haben, Benjamin", lachte Hope. Ihr Gesichtsausdruck wurde wieder ernst. Fokus. Sie war aus einem anderen Grund zu ihm gekommen. „Ich weiß nicht, was zwischen ihnen und meiner Tante vorgefallen ist. Wenn Sie einen Fehler gemacht haben, dann bitten sie um Verzeihung. Egal ob Sie selbst derjenige sind, dem Sie verzeihen müssen, oder ob es jemand anders ist, der es muss. Bitte." Benjamin lachte. Ihr Mut, mit dem sie den Mann direkt ansprach, war bewundernswert. So langsam verstand er auch, wieso es Menschen gab, bei der sie mit ihrer Ehrlichkeit aneckte. Einsichtig nickte er. Der Professor war sich bereits selbst im Klaren darüber, dass er einen Fehler gemacht und die Frau falsch behandelt hatte. „Werde ich. Versprochen", lächelte er. Während ihres Gespräches, vielleicht schon davor, hatte er eingesehen, dass er sich nicht richtig in der Situation verhalten hatte. Hope lächelte erleichtert. Eine Pause entstand, in der jeder seinen Gedanken nachhing.

„Möchten sie mir von ihr erzählen? Von ihrer Tochter meine ich." Ihre braunen Augen musterten ihn aufmerksam. Das beklemmende Gefühl ging auf sie über und ließ sie unruhig werden. Der Professor lachte hilflos. Es gab nicht viel, was er ihr hätte über sein Kind erzählen können. Schon seit langem hatte er zu ihr keinen Kontakt mehr. Er wusste weder, wo sie sich befand, noch wie es ihr zurzeit geht. „Es ist, weil ich als Vater einen Fehler gemacht habe. Ich habe versagt darin der Vater zu sein, den sie gebraucht hätte." Die Neugierige kitzelte Hope. Doch sie wusste, dass nun nicht der Zeitpunkt war, ihre Fragen auszusprechen. Also schwieg sie und erlaubte dem Mann still, sich ein bisschen weiter in seinen Gedanken zu suhlen. „Vielleicht geht es hier auch darum um Verzeihung bei sich selbst und jemand anderem zu bitten", warf sie in die Stille ein. „Ich weiß nicht, was zwischen ihnen und ihrer Tochter vorgefallen ist. Fehler zu machen und auch mal zu versagen, ist eine der menschlichsten Eigenschaften", rang sie um Worte. Das Mädchen musste etwas sagen. Irgendetwas. Doch all die Gefühle, die sie gerade in sich trug, schnitten ihr die Kehle zu. Raubten ihr jeden Freiraum klar zu sprechen oder einen klaren Gedanken zu fassen. „Ich weiß es jetzt. Ihr Herz schreit so laut, weil Sie unendliche Qualen erleiden mussten.", sagte sie mit diesem Ton in ihrer Stimme. Er horchte auf. Mit seinen Augen sah er Hope an. „Mein Herz ... schreit?". Sie nickte. Benjamin erinnerte sich an das, was Mona ihm gesagt hatte. So langsam verstand er nun immer mehr die Aussage der Frau. „Was schreit es denn?", fragte der Professor. Er fühlte sich blöd dabei eine solch abstrakte Frage zu stellen. Hope antwortete nicht direkt auf die Frage. Sie schien zu überlegen, wie sie es sagen sollte. „Hilf mir, ich leide." Sein Blick weitete sich. Auch wenn es sich vielleicht seltsam anhören mag, es stimmte. Wie als hätte ihm jemand Ohrstöpsel aus den Ohren genommen, hörte er nun sein Herz genau ihre Worte schreien. Für jedes Außenstehenden hätte es seltsam gewirkt. Wie eine ausgedachte Geschichte. Wie eine erfundene Situation. Wie als würde er diese Worte nur hören, dass sie diese ausgesprochen hatte. Aber so war es nicht. Oder?

Sein Herz, das diesen Satz erneut schrie, ließ die Zweifel seines rationalen Denkens verstummen. Er hörte, wie sein Herz laut um Hilfe schrie. Wie es ihm seit Jahren zu sagen versuchte, wie unaushaltbar all die Last ist, die der Professor trägt. Sein rationales Denken gewann die Oberhand zurück. Er schüttelte sich. Das hier war doch kein Roman. Das hier ist das echte Leben. So einen Menschen konnte es doch gar nicht geben. Oder vielleicht doch? Benjamin sah sie an. Die Sonne war gesunken. Nun hatten ihre Strahlen auch das Mädchen erreicht. Sie hatten Hope ins Licht gehüllt. „Sie leuchtet. Wie immer. Ich kann meinen Blick nicht von ihr abwenden. Und wieder bin ich sprachlos und suche nach diesem einen Wort, das ich nicht finden kann."

„Deine Tante scheint dir sehr am Herzen zu liegen", unterbrach er die Stille nach einer ganzen Weile. Sie nickte. Für Hope war das selbstverständlich. Ihre Familie war zugegebenermaßen nicht immer einfach. Sie und Holly wurden häufiger miteinander verglichen, als es ihnen und dem Familienfrieden guttat. Dennoch waren sie ihre Familie. Ihre Herkunft und ihr Ursprung. Hope erzählte dem Professor davon. Aufmerksam hörte er ihr dabei zu. Darüber, dass auch ein Mädchen wie Hope es war, ihre Probleme und Sorgen hat, hatte er zuvor nie nachgedacht. Zu sehr hatte er ihr Ideale und Bilder aufgedrückt und schämte sich nun dafür. In seine Scham versunken, fielen ihm Worte ein, die vor langer Zeit jemand über sie gesagt hatte: *„Jeder von uns hat sein Päckchen zu tragen. Die einen schaffen es nur, besser* *damit zuzugehen als die anderen. Doch jeder hat seine Herausforderungen, denen er sich stellen muss. Seine Sorgen und Ängste. Gefühle und Träume."*

Als er sich an die Stimme erinnerte, die diese Worte einst zu ihm sagte, zog sich in ihm alles zusammen. Hope hatte es bemerkt. „Jetzt weiß ich es", sagte sie. Der Professor schaute dabei zu, wie sie mit ihrem Zeigefinger auf die Höhe seines Herzens zeigte. „Ihr Herz leidet unter einem ungestillten Drang nach Liebe."

Er saß da. Sprachlos. So sprach keine 18-jährige oder doch? Hatten sich die Zeiten so geändert? Er begann zu lachen. Das Mädchen, was ihm nach wie vor gegenübersaß, blickte ihn an. Sie lächelte, da sie sich nicht sicher war, was für ein Verhalten in dieser Situation das Richtige war. Es war komisch einem fast fremden Menschen, so ihre Gedanken mitzuteilen. Doch er schien davon mehr beeindruckt zu sein, als sich davon gestört oder persönlich angegriffen zu fühlen.

„Würdest du kurz warten? Mir ist etwas eingefallen, was ich aufschreiben möchte", bat er sie. Ohne ihre Antwort abzuwarten, klappte Benjamin seinen Laptop auf und begann zu schreiben: *„Sie war wunderschön. Ihr Herz war rein, als wären in ihm Liebe und Licht vereinet worden. Doch auch sie war nur ein Mensch. Auch sie hatte ihr Päckchen zu tragen. Hinter all dem Licht lag ein Funken Dunkelheit, der sich nur dem zeigte, der mutig genug war in ihr Licht zu treten. Ihre Stimme war einzigartig. Sanft und stark zugleich. Ihr Klang ließ mich staunen. Ich hatte schon viele Stimmen gehört. Doch keine von ihnen war so wunderbar wie ihre. Ihre Stimme ließ mich alle Schatten der Dunkelheit vergessen, die mich verfolgte. Im ersten Moment wirkte sie zart, wie eine Blume. Zerbrechlich. Dieser Schein trübte. Sie ist zart und* *gleichzeitig stark. Sie ist gewollt, allem standzuhalten. Sie hat den Mut, sogar in mein dunkles Herz und graues Leben, Licht und Farbe zurückzubringen. Meine einst so einfarbige Welt malt sie bunt an. Füllt mich mit Licht und gibt mir Emotionen zurück, die ich einst mit meinen Erinnerungen in einer Kiste verschlossen hatte. Das Leben hat uns zusammengeführt. Meine Kiste wurde geöffnet. Ich habe diese Emotionen wieder. Das heißt, dass ich mich den Schattengestalten meiner Vergangenheit mutig entgegenstellen muss. In ihrer Gegenwart trage ich eine Rüstung, Schwert und Schild und kann sie besiegen. Doch ohne sie bin ich dem ausgeliefert. Wie ein zweischneidiges Schwert. Wie eine Maske mit zwei Gesichtern. Wie ein tief verwurzelter Baum, so ruht sie in sich. Wie eine Blüte, die sie abgibt, verteilt sie an ihre Liebsten, ihre Liebe und beschützt sie, mit ihrem starken Blätterdach vor jedem, der ihnen schaden will. Ein Lächeln und sie erhellt den Raum. Sie ist wahrhaftig wie eine perfekte Vorlage einer Romanfigur. Wie eine Prophetin des Lichts. Ich kann nicht anders, als von ihr fasziniert zu sein. Ich schaffe es nicht, meinen Blick von ihr nehmen. Sie durchschaut mich, ohne mich wirklich zu kennen. Sie liest mich wie ein Buch und ich offenbare ihr alles über mich. Ihre direkten Worte sind wahr. Dabei besitzt sie eine Weisheit, die nicht einmal ich nach all den Jahren mein eigenen nennen kann. Doch auch sie wird einen Schatz haben, den sie nicht offenbart. Eine geheime Kammer in ihrem Herzen, die sie niemanden zeigt. Sie hat alles hochgeholt. Ich mit meinem Alter muss mich meiner größten Angst stellen. Dabei frage ich mich die eine oder andere Frage über sie und fülle die leeren Antworten, mit meiner Fantasie. Sie ist wie ein unvollständiges Puzzle. Wie ein bis zur Hälfte gelesenes Buch in einer mir komplett fremden Sprache. Manchmal reagiert mein Herz von allein und ich bin es dann, der sich selbst nicht im Spiegel an der Wand wiedererkennt. Ich suche es. Dieses Wort. Das Wort, um sie zu beschreiben."*

Er tippte den letzten Punkt und hob die Hände in die Luft, wie ein Pianist, der den letzten Ton gespielt hatte. Er fühlte sich leicht und befreiter. Als sei die schwere Last, die er sich aufgebürdet hatte, ein bisschen kleiner geworden. Für einen Moment hatte er vergessen, dass Hope ihm nach wie vor gegenübersaß. Aufmerksam mit einem glücklichen Funkeln in den Augen musterte sie den Professor. Seine Statur und seine Ausstrahlung. Sein zufriedenes Lächeln und das zarte Blitzen in seinen Augen waren ansteckend. In ihren Augen funkelte es, als würde ihn ihnen die Sterne leuchten. Ihre Wangen waren rosig und es war, als würde sie mit ihrem ganzen Sein lächeln. „Wie wunderschön. Sie haben sich losgesagt", flüsterte sie mit einem glücklichen Ton in ihrer Stimme. Tränen flossen dem Mädchen über die Wangen. Benjamin saß da. Still schauten sie einander an, während ihr weiterhin die Tränen übers Gesicht flossen. Obwohl er diesen Gedanken seltsam fand, wusste er, was sie gemeint hatte. Aus seiner Tasche holte Benjamin ein Taschentuch hervor. Schweigend reichte er es ihr über den Tisch. Hope dankte ihm und putzte sich die Nase.

Auf dem Gesicht des Mannes lag etwas Väterliches und Liebevolles. Er lächelte. Sie stand auf. Ihr Blick wanderte zu den großen Fenstern. Als würde sie von ihnen angezogen werden, ging sie zu ihnen herüber, vorbei am Schreibtisch. Glücklich betrachtete das Mädchen den blauen Himmel. Die Wolken, die aussahen, wie Wattebausche zogen am Himmel gemächlich ihre Bahnen. Sie spürte die Wärme der Sonne, die durch das Glas minimiert wurde. Sie öffnete das Fenster einen Spalt und lauschte dem Gezwitscher der Vögel, die sich gegenseitig etwas vorsangen. „Wie schön das Wetter heute ist", flüsterte das Mädchen glücklich. Benjamin erhob sich. Er kam zu ihr herüber und stellte sich mit etwas Abstand neben sie ans Fenster. Aufmerksam betrachtete er Hope für einen langen Moment von der Seite. Ihre Statur und ihr Profil, waren ihm inzwischen vertraut geworden. Ohne eine Erklärung zu haben, kam ihm auf einmal der Junge in den Sinn, der immer an der Seite des Mädchens war. Elliot war doch sein Name gewesen. Es hatte ihn berührt, wie liebevoll und vertraut sie miteinander umgingen. Wie tief verwurzelt sie miteinander in dieser chaotischen Welt wirken. Es beneidete sie beide fast etwas darum. Etwas schief, grinste der Professor. Hope bemerkte es und sah zu ihm herüber. Fragend sah sie den Mann an. Dieser schüttelte den Kopf und meinte, er habe sich gerade an etwas erinnert. Sie lächelte.

Einen Moment blickten sie still nach draußen in den Himmel hinein. Keiner von ihnen sprach ein Wort. Im Raum bereite sich eine angenehme Stille aus. Fast so, als sei das Zimmer zur Ruhe gekommen. Das Mädchen erinnerte sich an den eigentlichen Grund ihres Kommens. Ihr Ausdruck veränderte sich. „Bitte, wenn Sie einen Fehler gemacht haben, dann geben sie es zu und machen es wieder gut. Wir sind Menschen und Fehler zu machen, macht uns menschlich. Dafür müssen wir uns nicht schämen", sprach sie in die Stille hinein. Benjamin biss sich auf die Lippe. Richtig – da gab es für ihn noch etwas zu tun.

Kapitel 9

Einige Tage nach ihrem Gespräch in seinem Büro trafen die beiden sich in der Straßenbahn wieder. Hope war auf dem Weg zu einem Vorbereitungskurs und der Professor war wie jeden Morgen auf dem Weg zur Universität. Als er das Mädchen erblickte, lächelte er erfreut. Vorbei an ein paar Fahrgästen bahnte er sich seinen Weg zu ihr. Freundlich wünschte er Hope einen guten Morgen. Neugierig fragte er nach ihrer Meinung über ein Buch, was er ihr letztens empfohlen hatte und schnell waren sie in einen Austausch über jenes Buch vertieft.

Der Professor fand es faszinierend wie sehr manche ihrer Meinungen zu den Charakteren passten. Sie fragte ihn, nach seiner Ansicht zu den einzelnen Charakteren und wie er das Buch als Leser empfand. Es war eine lebhafte Unterhaltung. Viel zu schnell für seinen Geschmack fuhr die Straßenbahn durch die Gassen und überquerte große Kreuzungen. Die Momente mit ihr machten ihn glücklich. Die morgendliche Fahrt mit der Bahn war für ihn ein geliebtes Ritual geworden. Mit ihr fühlte er sich sicher. Schämte sich nicht für seine Meinung und hatte nie das Gefühl, seine ehrlichen Gedanken zurückhalten zu müssen. Inzwischen nahm der Professor auch mit einem Lächeln die längere Wegzeit in Kauf, wenn es hieß, er konnte sich mit ihr austauschen.

Benjamin war fasziniert von ihren Ansichten auf die Welt und die Menschen. Wie sehr sich ihre Ansicht oft von seiner unterschied. Mit jedem Gespräch, was sie führten, öffnete er sich ihr gegenüber ein bisschen mehr. Nach einer Zeit begann er auch unaufgefordert von sich selbst zu erzählen. Dass das jemals passieren würde, hätte er selbst nicht von sich geglaubt. Doch die Begegnungen mit ihr taten ihm gut. Manchmal gab es Tage, wo sie sich durch Zufall an der Universität trafen. Es reichte für ihn aus, einen Blick auf sie zu werfen, um seine dunklen Gedanken zu vertreiben. Ohne wirklich sagen zu können wieso, vertraute der Professor ihr. Sie war auch die Erste, die seit Langem von seiner Ehe, der Scheidung und seiner Tochter Maja und Ex-Frau Nadja erfuhr.

Sich mit Hope auseinanderzusetzen hieß, viele alte Erinnerungen an seine Tochter abzustauben, die er glaubte, vergessen zu haben. Nur diesmal war es dem Mann nicht unangenehm, diese Erinnerungen in seinem Herzen zu tragen. Nein, es machte ihn glücklich. Mit vielen unbeholfenen Worten hatte Benjamin sich bei Mona entschuldigt. Seitdem war zwischen ihnen das Verhältnis vertrauter geworden. Erfreut bemerkte auch die Frau, wie er sich zum Positiven verändert hatte in der letzten Zeit.

„Dieser eine Text über das Meer, den du geschrieben hast, war wirklich schön. Hast du noch mehr Texte?", fragte Benjamin sie in der Hoffnung noch mehr lesen zu können. Sie saßen einander in der Bahn gegenüber. Gerade, als sie ihm antworten wollte, fuhr die Tram in die nächste Station ein – ihre Station. Mit einem Lächeln verabschiedete Hope sich von ihm und versprach das Gespräch wann anders fortzusetzen. Im Strom ihrer Mitschüler ließ sie sich nach draußen auf die Straße leiten. Unter den Schülern, die dort standen, war Lina. Die Mädchen hatten sich hier verabredet. Lina hakte sich bei ihrer Freundin ein und kaum hatten sie die ersten Schritte in Richtung Schule gemacht, begann Lina lebhaft zu erzählen, wie komisch es sich anfühlte, dass ihre Schulzeit bald vorbei war. Hope hörte ihr aufmerksam zu. Auch für sie war dieser Gedanke spannend und gleichzeitig befremdlich. Bald war das Kapitel der Schulzeit für sie abgeschlossen. Doch was kam danach? Die ständige Fragerei ihres Vaters stresste sie gewaltig. Bisher hatte sie noch nichts gefunden, was ihr zugesagt hatte. Studieren oder eine Ausbildung? Ein Jahr Pause? Ausziehen? Sie seufzte.

„Ich werde ein freiwilliges Jahr im Ausland machen. Ich habe gehört, dass das super weiterhelfen kann für spätere Bewerbungen", sprach Lina weiter. Ihre Freundin horchte auf. Sie bemerkte es und erzählte von ihrer Nachbarin, einer Studentin, die solch ein Programm vor 2 Jahren gemacht hatte. Das Jahr war für sie nicht nur eine bleibende positive Erinnerung gewesen, sondern hatte ihr auch bei einer Bewerbung für einen Studienplatz geholfen. „Wenn du willst, sende ich dir mal einen Link von ihr weiter", bot sie Hope an. Das Mädchen mit den braunen Augen nickte dankbar. Je länger sie über solch eine Alternative nachdachte, desto mehr gefiel ihr die Idee, mal weit weg von allem zu sein. Der Wunsch mal einen anderen Teil der Welt zu sehen, erschien ihr aufregend und abenteuerlich.

„Wie geht es deinem süßen Boyfriend?", wechselte Lina das Thema. Bei dieser Aussage kam dem Mädchen Elliot schlagartig ins Gedächtnis und sie wurde etwas rot. Wie sie es schon so oft erklärt hatte, waren sie nicht ein Paar. Ihre Freundin wusste das und zog sie dennoch gerne mit dem Jungen auf. „Ach komm, ich sehe doch, wie ihr euch anschaut." Hope blieb stehen. Beinahe etwas ratlos, sah sie ihre Freundin an. „Ihr habt diesen Blick. So schaut sich niemand an, der nur eine Freundschaft will." Hope sah ihre Freundin schweigend an. In ihr machten sich gemischte Gefühl breit. Sie war es nicht gewohnt, dass Lina so direkt und ehrlich mit ihr sprach. Das überforderte sie. „Hast du es bisher nicht bemerkt oder einfach ignoriert?", lachte Lina. Erneut versuchte Hope, ihr die Umstände klarzumachen. Aber ihr fiel beim besten Willen nichts ein, was sie hätte dem entgegensetzen können. „Na ja, wenn du nach der Schule weg gehst oder was anders macht, wird es für euch beide eh schwer werden", redete ihre Freundin sich in Fahrt. Ein fast schockierter Gesichtsausdruck machte sich auf Hopes Gesicht breit. Lina war über die Reaktion überrascht und merkte, wie ihre Worte in ihr arbeiteten.

„Überlege doch mal. Jetzt gerade seht euch jeden Tag – nehme ich jetzt an. Doch bald sind wir mit der Schule fertig. Wenn du vielleicht auch ins Ausland gehst, was passiert dann? Fernbeziehungen sind immer kompliziert. Ihr findet immer weniger Zeit füreinander, weil euch das Leben einspannt und dann findet einer von euch jemand anderen. Der andere leidet dann unter Herzschmerz und im schlimmsten Notfall, geht es mit viel Drama und hin und her auseinander. Oder ihr bleibt in Kontakt und werdet beide beziehungsunfähig, weil ihr eure Liebe nicht überwinden könnt", sprach Lina weiter. Hope nickte nachdenklich. Sie begann sie zu fragen, ob das, was ihre Freundin gesagt hatte, wahr sein könnte. Sie hatte nie drüber nachgedacht, was zwischen ihr und Elliot passieren könnte, wenn sich in ihrem Leben ein neues Kapitel anfing. Sie schüttelte sich. Darüber konnte sie wann anders nachdenken, nun galt es sich auf die Kurse zu konzentrieren.

Doch so sehr sie auch versuchte, sich auf Linas lautstarke Beschwerde über die vielen Stufen im Schulgebäude zu konzentrieren, schweifte ihre Konzentration ab. Der Gedanke, weit weg von Elliot zu sein, gefiel ihr nicht. Sie waren immer zusammen gewesen. Die einzigen Male, wo sie getrennt waren, war in den großen Ferien im Sommer, wo die Familien einzeln weggefahren waren oder sie ihre Großeltern besucht hatte. Lina bemerkte es und legte ihren Arm um sie. „Hey, das war doch nur ein Szenario. Vielleicht geht eures einfach anders. Man weiß nie", versuchte sie, Hope aufzumuntern. Ein Schuldgefühl machte sich in ihr breit. Das hätte sie nicht sagen dürfen. Dass sie auch nie ihren Kopf einschaltet, bevor sie den Mund aufmacht.

Linas Worte wirkten nachhaltig bei dem Mädchen. Auch als Elliot und sie für den nächsten Tag verabredet waren, musste Hope viel darüber nachdenken. Da das Wetter gut war, gingen sie in einem Park nahe seiner Ausbildungsstelle und der Universität spazieren. Der Junge hatte gerade Mittagspause und Hope hatte heute keine Schule. Es war warm geworden. Die Bäume zeigten sich mit ihren grünen Blätterdächern und die Sonne lud sie dazu ein, die kurze Zeit zusammen, draußen zu verbringen. Im Park war nicht viel los. Während sie die Wege entlangspazierten, bemerkte Elliot, dass sie etwas beschäftigte. Der Junge wollte sie nicht dazu drängen, darüber zu sprechen. Also schwieg er und ließ seinen Blick, genau wie sie in der Umgebung herumwandern.

„Ein wirklich schöner Park", versuchte er nach einer langen Zeit des Schweigens mit ihr ins Gespräch zu kommen. Hope nickte nur geistesabwesend und langsam begann er, sich ernsthafte Sorgen um sie zu machen. Sie liefen weiter den Weg entlang. Nach einer Zeit fanden die beiden auf einer Wiese unter ein paar hohen Birken, eine freie Bank und setzten sich. Sie bisher kaum ein Wort mit ihm gesprochen. Elliot machte sich sichtlich Sorgen und wollte endlich wissen, was in ihrem Kopf vor sich ging. Tief atmete sie durch. Tränen standen ihr in den Augen. Mit einem Zittern in der Stimme begann sie von dem gestrigen Gespräch mit Lina zu erzählen. Über eine Trennung. Das langsame Entfernen voneinander. „Du weißt, dass ich mir bisher nicht wirklich Gedanken gemacht habe, wie es bei mir nach der Schule weitergehen soll. Doch je länger ich über ihre Worte nachdenke, desto realer kommen sie mir vor. Das macht mir Angst", brach es nun endlich aus ihr heraus.

Elliot saß da. Aufmerksam hörte er ihr zu. Sie so geknickt zu erleben, ließ ihm sein Herz schwer werden. Sein einziger Wunsch war es, all diese Schwere von ihr zu nehmen. Der Junge hasste es, sie leiden zu sehen. Er war ein ruhiger Mensch, doch wenn es um sie ging, gab es Ausnahmen. Er zog sie an sich heran und umarmte das Mädchen fest. Auch er hatte bisher nie darüber nachgedacht. Der Gedanke löste genau wie bei ihr, ein mulmiges Gefühl in ihm aus. Er wollte nicht, dass sich zwischen ihnen etwas änderte. „Mach dir darüber nicht zu viele Gedanken. Das wird nicht passieren. Kann sein, dass irgendwann auch mal eine weitere Entfernung zwischen uns liegt. Doch davon solltest du niemals große Entscheidungen abhängig machen oder auf etwas verzichten. Wir sind nicht irgendwer. Wir sind wir. Du bist du und ich bin ich. Gemeinsam werden wir für alles eine Lösung finden. So schnell lasse ich dich nicht los", lachte Elliot. Seine Worte lösten in ihr Herzrasen aus. Sein letzter Satz hatte sie tief im Herzen berührt und machten sie glücklich. Sie beide werden zusammenbleiben. Das war für sie das Wichtigste.

Auf einmal nahm Elliot sie hoch und platzierte sie auf seinem Schoß. „Alles wird gut werden", flüsterte er ihr beruhigend ins Ohr. Sanft gab der Junge ihr einen Kuss auf den Kopf. „Ich habe dich so unendlich lieb. Du bist klasse", antwortete Hope leise mit Tränen in den Augen. Leise lachte er über ihr Kompliment. „Dich nicht mehr an meiner Seite zu haben, ist eine meiner größten Ängste", flüsterte sie ihm leise zu. Sein Lachen verstummte. Ein Versprechen wie dieses zu geben, war gewagt. Das wusste der Junge. Doch auch sie nicht mehr in seinem Leben zu wissen, wäre für ihn unvorstellbar. Sie in seinem Armen zu halten, fühlte sich gut an. Um kein Geld der Welt hätte er dieses Gefühl eingetauscht. Er vergrub sein Gesicht in ihren Haaren und atmete ihren Geruch ein. Obwohl er diese Worte so sicher ausgesprochen hatte, zweifelte er nun selbst. Nie hatten sie drüber nachgedacht, dass es eine Zeit in ihrem Leben geben könnte, wo sie beide nicht zusammen waren. Sie beide verspürten Angst. Elliot wollte nicht weiter darüber nachdenken und die Angst in seinem Inneren siegen lassen. Hope war hier bei ihm jetzt in diesem Moment. Sie fühlte sich warm an. Das war alles, was für ihm gerade zählte.

Sie setzten ihren Spaziergang durch den Park fort. Um der Uhrzeit waren einige Hundebesitzer mit ihren Tieren spazieren. Sie tollten zusammen über die großen Wiesen und ihr Bellen hallte in der Umgebung. Elliot hielt ihre Hand fest in seiner. Seine Anwesenheit hatte ihre Zweifel ein bisschen leiser werden lassen. Doch sie waren nicht weg. Es gehörte wohl zum Erwachsenwerden dazu, auch über solche Dinge zusammen zu sprechen. Es allein schon einmal ausgesprochen zu haben, hatte ihr gutgetan.

Als sie an einem umgestürzten Baum vorbeikamen, stoppte sie. Elliot ging noch einen Schritt weiter. Hope hielt ihn an, da sie seine Hand nicht loslassen wollte. Er blieb stehen. Mit einem Lächeln kam er zu ihr zurück. Sie holte ihr Handy aus der Seitentasche ihres Rucksacks hervor und machte von dem Wurzelwerk des Baumes, dass noch viel der Erde festhielt, ein Bild. Es schien ganz so, als wäre der Baum erst vor kurzem umgefallen. Er besaß einen mächtigen Stamm, starke Wurzeln und ein großes Blätterdach. „Warum er wohl umgefallen ist?", fragte das Mädchen. Elliot trat noch einen Schritt näher an sie heran und legte sein Kin auf ihrer Schulter ab. „Wann glaubst du denn?", flüsterte er leise. Der warme Ton, der in seiner Stimme lag, ließ ihr Herz schneller schlagen. Ihr schoss das Blut in die Wangen und machte sie nervös. „Vielleicht hat er die Bodenhaftung verloren", grinste sie. Der Junge lachte.

Sie gingen weiter. Ein altes Ehepaar kam ihnen entgegen. Auch sie gingen Hand in Hand und unterhielten sich dabei. Hope hatte sie bemerkt. Sie lächelte. Das alte Ehepaar nach all den Jahren der Ehe so verliebt zu sehen, ließ sie lächeln. Das wünschte sie sich für ihre Ehe auch. Das keine Zeit der Welt, ihre Liebe mindert. Die Frau hatte Elliot und Hope entdeckt. „Wie schön junge Liebe ist", sagte sie zu ihrem Ehemann. Dieser stimmte ihr nickend zu und grinste zu ihnen herüber. Hope und Elliot lächelten freundlich zurück.

„So eine Liebe wünsche ich mir auch. Eine, die sogar den Tod überwinden könnte", sagte Hope auf einmal. Er hörte ihr zu. „Die wirst du haben. Ganz bestimmt." Elliot kam langsam an sie herangetreten. Sie suchte verunsichert nach einer Stelle in seinem Gesicht, auf die sie ihren Blick lenken konnte. Ihr Blick landete auf seinen Lippen. „An was denkst du gerade?", fragte er mit einem verschmitzten grinsen. Er sah, wie ihr Blick von seinen Lippen für einen Moment zu seinen Augen wanderte und seinen Blick erwiderte. Ihr stieg das Blut in die Wangen. Schnell senkte das Mädchen ihren Blick wieder. Elliot lächelte, während er sich wieder von ihr entfernte. Das war nicht richtig und erst recht nicht der richtige Zeitpunkt. Tief atmete er durch: „Bist du mit deiner Schwester an der Uni verabredet?" Er kratzte sich am Kopf und mied nun ihren Blick. Hope hatte es die Sprache verschlagen. Noch mit immer geröteten Wangen nickte sie. Ihr Herz raste in ihrer Brust und in ihrem Kopf drehte sich alles.

Vor dem Gebäude der Literaturfakultät hielten sie an. Elliots Mittagspause war bald vorbei. Er durfte nicht zu spät zurück sein. Ihm gefiel der Gedanke nicht, sie allein zurückzulassen. Sie lächelte, denn sie wusste, was den Jungen umtrieb. „Sehen wir uns dann Morgen?" versuchte sie sein schlechtes Gewissen zu vertreiben. Er nickte. Sie umarmten sich zum Abschied. „Du riechst so gut", flüsterte Elliot und drückte sie noch etwas fester an sich. Schlagartig schoss ihr erneut das Blut in den Kopf. „Du auch", antwortete sie mit leiser Stimme. Er musste los. Nun wirklich. Sein Ausbilder hasste Unpünktlichkeit mehr als alles andere. Sie lösten sich aus der Umarmung. Elliot schaute sie einen Moment mit einem beinahe sehnsüchtigen Ausdruck an. Wenn Elliot ehrlich war, wollte er nicht gehen. Er wollte sie noch einen Moment länger in seinem Arm halten. Er ging und Hope sah ihn mit einem Lächeln hinterher.

„Ihr beide seid ein schönes Paar", hörte sie auf einmal Benjamins Stimme hinter sich. Lächelnd sah sie zu dem Professor. Er war gerade aus dem Gebäude gekommen. Mit einer Zigarette in der Hand kam er ihr entgegen. Sie begrüßten einander. Der Mann wusste, dass sie den Geruch von Tabak hasste. Er trat die Zigarette aus und warf sie in einen Aschenbecher, der ein paar Meter weiter stand. Dem Mädchen fiel der umgestürzte Baum aus dem Park ein. Auf ihrem Handy suchte sie das Bild raus, während sie ihm davon erzählte. Aufmerksam hörte dieser ihr zu und betrachtete das Bild des mächtigen Wurzelwerks. Über sein Gesicht huschte ein Schatten. Seine Miene wurde ernst. Hope beobachtete ihn aus dem Augenwinkel. Er wirkte nachdenklich und traurig. Sehnsüchtig und verletzlich. In seinen Augen lag etwas, dass sie nicht ganz deuten konnte.

„Ich fühle mich wie dieser Baum", begann der Professor zu sprechen. In seinem Ton lag ein bitterer Ton. Ihr zog es das Herz zusammen. „Entwurzelt. Ich habe zwar eine Wohnung, aber ein Zuhause ist sie nicht. Ich fühle mich, als würde ich in einer ganz anderen Welt, als du leben." Er seufzte. Ihm war das Herz schwer geworden. Hope schwieg. Sie spürte, dass dies Worte waren, die direkt aus seinem Herzen kamen. Mit einem traurigen Lächeln reichte Benjamin ihr das Handy zurück. „Es ist, als hätte ich bisher immer in einem Vakuum gelebt. Wie, als wäre ich einen langen, dunklen Tunnel entlanggegangen, aus dem kein Entrinnen gab. Wie als wäre ich in einem Labyrinth herumgeirrt, und hätte keinen Ausweg gefunden. Es ist beängstigend und überwältigend. Es fühlte sich an, als hätte ich meine Daseinsberechtigung als Mensch verloren. Ich fühlte mich nicht dazugehörig." Tief atmete der Professor durch. Er wusste nicht genau, woher all diese Worte auf einmal gekommen waren. Sie laut ausgesprochen zu haben, fühlte sich gut an. Etwas überfordert lachte er. „Sie sprachen in der Vergangenheit. Hat sich das geändert?", hakte Hope aufmerksam nach. Bis eben schien seine ganze Art schwerfällig und düster. Doch nun lichtete sie sich. „In mein Labyrinth ist ein einziger Lichtstrahl gefallen." Ein zartes und warmes Lächeln vertrieb die Dunkelheit von seinem Gesicht. Es war ein Lächeln, wie das Mädchen es noch wie zu vor bei ihm gesehen hatte. Es war schön ihn so zu erleben. „Diesem einen Lichtstrahl eile ich nach und ich versuche nach ihm zu ergreifen." Sein Lächeln war ansteckend. „Das Licht kann nicht ergriffen werden. Man lässt sich von ihm leiten." Der Professor blickte in ihre tiefen Augen. Stille breitete sich aus und er musste wieder an die Worte denken, die Mona über sie gesagt hatte: „Sie ist einzigartig. Es gibt nur einen einzigen Menschen, der sie genauso versteht und annimmt, wie sie ist." Insgeheim stimmte Benjamin der Frau zu. Gleichzeitig fühlte er eine Prise Eifersucht dem Jungen gegenüber. Selbst nach der Zeit gelang es dem Professor nicht, ihre Aussagen und Antworten auf seine Worte, vorauszusehen. Vielleicht war es eine Angewohnheit als Literaturprofessor, die einzelnen Menschen genau zu analysieren und einzuordnen. Sie fiel durch jedes Muster. Durch jede analytische Charaktervorlage, die er über die Jahre aufgestellt hatte. Sie war wie ein Puzzle aus vielen. Keines von ihnen wurde ihr seiner Meinung nach gerecht. Umso größer war sein Ansporn, dieses eine Wort zu finden, mit dem er sie beschreiben konnte.

„Ein Zuhause zu haben, ist was sehr Wertvolles. Ich wüsste nicht, wie ich mich fühlen sollte, wenn mir meines entrissen worden wäre. Ich glaube, ich würde mich leer fühlen", griff Hope wieder das Gespräch von eben auf. „Komm mich besuchen.", sagte Benjamin auf einmal. Verwundert über sich selbst, stockte er in seiner Bewegung. Woher kam dieser Wunsch? Vielleicht weil er ihre Reaktion sehen wollte. Nein, er war ein erwachsener Mann. Diese Aussage war unangebracht. Vorsichtig blickte er zu ihr und verspürte die Angst, durch seine Aussage, ihre gerade begonnene Verbindung aufs Spiel gesetzt zu haben. Ihr zu nah getreten zu sein. Zu fordernd oder übergriffig zu sein. Seine Absichten hinter dieser Aussage nicht klar gemacht zu haben. In Hope schien es zu arbeiten. Als würde sie genau in sich hineinhorchen und dort nach einer Antwort forschen.

„Okay. Ich fände es interessant zu sehen, welche Farben sie hat", antwortete sie schließlich mit einem Lächeln. Der Professor wollte nachfragen, was sie meinte. Doch etwas sagte ihm, dass er es sowieso nicht verstehen würde. Sie verabredeten sich für einige Tage später und der Mann gab ihr seine Adresse.

Am Abend lag er in seinem Bett und wusste selbst nicht, wie er sich fühlen sollte. Bis auf Mona hatte er nie zuvor jemand fremdes in seine Wohnung gelassen. So war seine Wohnung nicht vorzeigbar. Er empfand Scham. Scham für sich selbst. Für sein Leben und für die Art und Weise, wie er sein Leben verbrachte. Die Gedanken begannen in seinem Kopf zu kreisen. Er griff nach seinem Notizbuch und einem Stift. Der Professor blätterte eine leere Seite auf und klickte auf den Kugelschreiber. Doch als er seine Hand aufs Buch senkte, war sein Kopf leer. Seine Hände fühlten sich verkrampft an. Sein Handgelenk schmerzte. Seine Gedanken wirbelten in seinem Kopf herum, doch hatten sie weder Gestalt noch konnte er sie definieren. Frustriert startete er einen neuen Versuch, zu schreiben. Doch wieder vergebens. Stattdessen tippte Benjamin mit dem Stift auf eine Stelle, bis sich ein unförmiger großer Punkt, bestehend aus vielen kleinen, bildete. Frustriert schmiss er das Buch beiseite und erhob sich schwerfällig. Seine Augen hatten wieder diesen grauen und matten Ausdruck und er ließ die Schultern hängen. Jeder noch so kleiner Wechsel zwischen seinen Gemütszuständen, spielte sich auf seinem Körper wieder.

Er ging in die Küche. Mit einer ruckartigen Bewegung öffnete der Professor seinen Kühlschrank. Er griff sich eine Bierflasche und öffnete sie. Hastig trank er. Mit demselben stumpfen Ausdruck atmete er tief durch. Seine letzte Mahlzeit war einiges an Zeit her, da nun sein Magen lautstark auf sich aufmerksam machte. Er stieß auf und trank wie als Antwort darauf noch einen langen Zug von der Flasche. Das kühle Getränk lief seine Speiseröhre hinunter in seinen Magen. Der Mann mochte das Gefühl, beschwipst zu sein und all seine Sorgen, Ängste und Probleme für ein paar Momente zu vergessen.

Schnell war die erste Flasche leer und die zweite offen. Rauchend setzte er sich ins Wohnzimmer. Mit der Bierflasche in der einen Hand und der vor sich hin rauchenden Zigarette in der anderen Hand, gab er ein ziemlich klischeehaftes Bild ab. Das wusste Benjamin selbst gut genug. Sein Gefühlschaos war für ihn Grund genug auch die zweite Flasche in ein paar Zügen auszutrinken. Der Alkohol zeige seine ersten Anzeichen. In seinem Kopf begann sich auf ein Neues alles zu drehen. Von dem vielen Nikotin begann er am ganzen Körper zu zittern. Das ihm bekannte pelzige Gefühl legte sich auf seine Zunge. Den bittern Geschmack spülte er mit dem kühlen Hefe-Getränk hinunter und seufzte tief. Es war nicht der richtige Ansatz. Darüber war er sich selbst im Klaren. Für ihn war das der einfachste.

Nach und nach füllte sich der zerkratzte Wohnzimmertisch nicht nur mit Bierflaschen, sondern auch der Aschenbecher, mit ausgedrückten Zigaretten. In der Wohnung wurde die Luft immer schlechter. Es stank wie in einer Kneipe. Ein Dunst von Tabakqualm hing in der Luft wie Nebel am Morgen. Tiefer ließ sich der Professor in sein Sofa sinken. Er hatte sich selbst in einer Gedankenschleife aus depressiven und denunzierenden Gedanken verloren. Durch den Einfluss von Alkohol und Nikotin wurde diese Schleife immer verschwommener. Bald döste er ein und fiel in einen unruhigen Schlaf voller wirrer Träume.

Kapitel 10

Hope war sprachlos, als sie ein paar Tage später in der Wohnung des Professors stand. Er hatte ein paar der Papierstapel vom Boden aufgehoben. Zu mehr hatte er sich in den letzten Tagen nicht aufraffen können. Sie erkundigte sich, wie lange er nun schon hier lebte, während sie sich aufmerksam umschaute. Der Mann kratzte sich verlegen am Kopf. Als er meinte, seit vier oder fast fünf Monaten, fehlten ihr die Worte. Sie sprachlos zu sehen, machte ihn unruhig, während er gleichzeitig über ihre aussetzenden Worte amüsiert war.

Es brauchte einen weiteren Moment, bis Hope sich wieder gefangen hatte. „Was für starke Farben", murmelte sie. Benjamin beobachtete das Mädchen dabei, wie sie zu seinen Jalousien über dem Sofa ging und sie schwungvoll öffnete. Die Jalousien stammten von seinem Vormieter. Sonnenlicht fiel hinein. Sie blinzelten, bis ihre Augen sich an das helle Licht gewöhnt hatten. Hope sah lachend zu ihm. „Viel besser, finden sie nicht?" Er sah sie an. „Wieder ist sie in Licht gehüllt. Was ist das nur, das Wort, was ich nicht finden kann? Was ist das nur, was in ihrem Sein liegt, was sie so einzigartig macht?", sprach er mit sich selbst in seinen Gedanken. Sein Ausdruck bekam etwas Weiches, fast Väterliches. Sie hingegen, hatte einen ernsten Ausdruck. Besorgt fragte Hope sich, wie er so zwischen Kartons in einem lagerhallenähnlichen Zustand hier gut leben konnte. Wie war es möglich, sich hier zuhause und wohlzufühlen? Nun verstand sie auch seine Worte, die er an sie gerichtet hatte. Das Mädchen ließ sich auf dem Sofa nieder. Ihre wachen, braunen Augen betrachteten den Mann aufmerksam. Fast als würden sie ihn durchleuchten. Er seufzte. Der Professor wusste um ihre Sensibilität. Daher machte er sich nicht die Mühe, ihr etwas vorzulügen. Er selbst wusste, dass das kein Zustand war. „Benjamin, in einem ungeordneten Haushalt kann man gar nicht produktiv sein." Ihr Blick wanderte weiter durch den Wohnraum.

In der Wohnung herrschte Stille. Etwas Trauriges überkam ihn. Beschämt senkte er den Kopf. Seine Wohnung war für ihn kein Zuhause. Er hatte seit seinem Umzug nicht einmal die Kisten und Papierstapel durchgesehen. Zudem war es sich im Klaren darüber, dass dieses Chaos, seinen Zustand, sich entwurzelt zu fühlen, nur verstärkte. Jedes Mal, wenn er anfangen wollte, die Kartons auszupacken, hatte Schwerfälligkeit sein ganzes Sein eingehüllt und es ihm unmöglich gemacht noch eine weitere Bewegung auszuführen.

„Diese Wohnung ist wie Ihr Inneres. Sie wissen nicht weiter. Stecken in einem unvollständigen Zustand fest, aus dem Sie nicht heraus wissen. Ihre Gedanken und ihr Herz, Sie sind wie ein aufgewühltes Meer. Sie scheinen die Schönheit dieser Welt und das Wunder, am Leben zu sein, vergessen haben. Sie haben aufgehört zu versuchen, ihr Glück zu suchen", schluchzte Hope. Tränen liefen ihr über die Wangen. Benjamin war wie erstarrt. Ihre Worte hatten ihn getroffen. Mit ihrer direkten Aussage hatte sie recht. Zu seinem Bedauern traf alles, was sie ebnen zu ihm gesagt hatte zu. Er schüttelte sich und holte dem Mädchen ein Taschentuch.

Dankend nahm sie das Taschentuch an. Es klingelte an der Tür. Der Professor öffnete die Tür. Elliot stand im Türrahmen. Etwas verwirrt grüßte der Mann den unangekündigten Besucher. „Ich bin hier, um Hope abzuholen", antwortete der Junge. Benjamin ließ ihn in seine Wohnung herein. Die grünen Augen des Jungen suchten sofort nach ihr. Hope saß nach wie vor auf dem Sofa und trocknete ihre Tränen. Er erschrak etwas, als er sie so vorfand. Mit schnellen Schritten eilte Elliot zu ihr herüber und fragte besorgt, was passiert ist. Hope, antworte nicht sofort. Sein Blick bekam einen bedrohlichen Ausdruck, den er dem Professor schenkte. Er spannte sich an. „Was ist passiert?", fragte Elliot durch zusammengepresste Zähne hindurch. Ohne eine Antwort abzuwarten. Sie griff nach seiner Hand. „Elliot, schau dir doch mal an, wie traurig diese Wohnung ist." Schlagartig änderte sich sein Ausdruck. Er lachte erleichtert. Die Anspannung glitt aus ihm. Er verschränkte seine Finger mit ihren. Zart lehnte er sich gegen sie und atmete den Geruch der Rosen ein, der sie umgab. „Jag mir nicht so einen Schreck ein. Ich dachte schon, dass sonst was passiert ist", flüsterte er schmunzelnd.

Benjamin stand im Übergang zwischen Flur und Wohnzimmer, an die Wand gelehnt. Mit vor der Brust verschränkten Armen betrachtete die beiden. Wieder kamen aus seiner Erinnerung die Worte hoch, die Mona gesagt hatte: „Sie ist einzigartig. Es gibt nur einen einzigen Menschen, der sie genauso versteht und annimmt, wie sie ist. Elliot. Der Junge, der bei uns gewesen war.". Sie hatte recht. Eine Verbindung, wie die beiden sie hatten, war selten. Kostbar. Eine Rarität. Nun waren es sie beide, die in Licht getaucht waren. So, als wären sie beide vertieft in ihrer eigenen Welt, wo nur sie füreinander zählten. Eine Spur der Sentimentalität überkam den Professor. Seine Augen blitzen. Er lächelte, obwohl in ihm sich alles zusammenzog. Die beiden so vertraut miteinander zu sehen, hatten in ihm Erinnerungen wachgerüttelt, die er glaubte, vergessen zu haben und sich fast wünschte, dass sie vergessen geblieben wären.

Elliot nahm den Ärmel seiner Jacke und wischte Hope die letzten Tränen aus dem Gesicht. Dabei lächelte er ein zartes Lächeln, was der Mann nur allzu gut kannte. Leise flüsterte der Junge ihr etwas zu. Dann sprach er lauter: „Was möchtest du jetzt machen?" Hope flüsterte etwas, dass Benjamin nicht verstand. Elliot meldete sich wieder zu Wort und versprach ihr, wenn sie das tun wollte, würde er ihr helfen. In dem Mann machte sich Ungeduld breit. Wie ein Kind, was auf seine Belohnung wartete, trat er von einem aufs andere Bein. Die beiden bemerkten es. Hope lächelte. „Benjamin, lassen Sie uns helfen, ihre Wohnung zu ihrem Zuhause zu machen", sagte sie. Der Mann sah die beiden sprachlos an. Sein Blick wanderte zwischen ihnen hin und her. Er schien sich versichern zu wollen, dass er sich nicht verhört hat. Elliot grinste und meinte, das Wort, nachdem der Professor suchte, Danke sei.

Auf einmal begann der Professor zu lachen. Es war ein heiteres und aufrichtiges Lachen. Die beiden sahen ihnen an. „Na endlich", flüsterte Hope glücklich. Der Junge wusste, was sie meinte. Während Benjamin herzlich lachte, bemerkte er, wie gut dies tat. Es war lange her gewesen, dass er so gelacht hatte. „Wie schön, endlich weicht seinem grau einer Farbe." Der Ton, mit dem sie die Worte sprach, ließen Elliot die Knie weich werden und sein ganzer Körper eine Gänsehaut entlanglaufen.

Es war, als würde etwas Warmes sein Herz einnehmen. Diese Wärme ließ ihn verträumt lächeln.

Als Benjamin sich beruhigt hatte, sah er die beiden an. Sie saßen nach wie vor auf dem Sofa und beobachteten ihn aufmerksam. Röte stieg ihm ins Gesicht. Er fühlte sich entblößt. Doch auf eine unergründliche Weise fühlte sich das gut an. Er fühlte sich lebendig und ausgelassen. „Also abgemacht?", hakte Hope nach. Der Professor nickte. Sie verabredeten sich für den nächsten Tag bei einem nahegelegenen Möbelhaus. An der Tür verabschiedete er sich gut gelaunt von seinen Gästen und schloss die Tür. Er drehte sich um und blickte in seine Wohnung. Sie wirkte auf einmal anders. Ein bisschen mehr wie ein Zuhause. Sein melancholischer Blick ließ er über sein Sofa gleiten. Über die Risse und die Stellen, wo der Schaumstoff herausquellte. Die Kratzer auf dem Glastisch und den staubigen Boden. Den Kabelsalat im Schrank unter dem Fernseher und dem fehlenden Esstisch. „Vielleicht wird es Zeit", flüsterte er nachdenklich.

Pünktlich wie verabredet, stand der Mann am nächsten Tag vor dem großen Eingang des Möbelhauses. Nervös trat er auf der Stelle. Alle 5 Sekunden blickte er auf seine Armbanduhr, um sich zu vergewissern, dass er richtig geschaut hatte. Der Himmel war von einer dicken Wolkenschicht ummantelt und es roch nach Regen. Dementsprechend frisch war die Luft und er fror unter der dünnen Jacke, die er trug.

„Hallo!", rief die ihm so bekannte Stimme des Mädchens. Er blickte auf. Sein Blick erstarrte, als er Mona sah, die im Schlepptau der beiden auf ihn zu kam. Verlegen lächelte sie ihren Kollegen an und suchte in seinem Blick nach einer Bestätigung, dass es okay für ihn war, dass sie hier ist. Seit seiner Entschuldigung ihr gegenüber hatten sie sich ein paar Mal etwas im Aufenthaltsraum unterhalten, doch das hier, war etwas anders. Etwas völlig anders.

Die vier begrüßten sich. Hope bemerkte den Blick des Mannes, der zwischen ihr und ihrer Tante hin und her wanderte. Sie erklärte dem Professor, dass sie ihr gestern am Telefon davon erzählt hatte und Mona daraufhin ihre Hilfe angeboten hatte. „Ein bisschen weibliche Unterstützung ist auch gut", zwinkerte sie ihrer Tante zu. Mit roten Wangen nickte die Frau. Sie hatte auf der ganzen Hinfahrt nach guten Argumenten gesucht, ihre Anwesenheit zu erklären. Dass Hope ihr dies abgenommen hatte, füllte sie mit Dankbarkeit. „Jetzt sagen sie was, sonst fühlt sie sich noch unsicherer", schaltete sich Elliot lachend ein. Benjamin entschuldigte sich und tauchte mit seiner Kollegin ein paar Worte aus.

Das Mädchen, was in die Hände klatschte, löste die unangenehme Stimmung und schob die drei in Richtung des Einganges. Die großen Glastüren öffneten sich. Sie traten ein. Der Mann hatte sich gestern eine Liste erstellt mit Dingen, die er brauchen könnte. An oberste Stelle seiner Liste stand ein neues Sofa. Zu 4 durchstöberten sie die das große Sortiment. Die Auswahl war groß und die Meinung zu einzelnen Stücken war oft sehr geteilt. Es machte Spaß und ließ alle an vergangene Umzüge denken. Nach einer ganzen Zeit hatten sie nicht nur das perfekte Sofa für den Mann gefunden, sondern auch ein paar andere Einrichtungsstücke für seine Wohnung.

Am nächsten Tag trafen sie sich wieder. Mona hatte sich von einem alten Bekannten einen Minibus ausgeliehen. Dieser arbeitete in einer Baufirma und hatte ihr den Wagen bereitwillig zur Verfügung gestellt. Sie fuhren das alte Ledersofa zum Sperrmüll. Der Hausmeister hatte ihnen geholfen, das schwere Möbelstück, die Treppen hinunter in den Wagen zu hieven. Mona fuhr den Wangen. Benjamin sah neben ihr auf dem Beifahrersitz. Zwischen ihnen herrschte peinliches Schweigen. Keiner von ihnen wusste richtig, über was sie sich hätten unterhalten können. Vielleicht über die Arbeit? Oder das Mädchen? Schließlich war es der Mann, dem ein Thema einfiel.

Als die beiden zurückkamen, hatte die Hope und Elliot einiges an Arbeit geleistet. Der Boden war von den Bergen an Papierstapeln, Büchern und Schreibmaterial befreit. Das Mädchen hatte gesaugt und Staub gewischt im Wohnraum. Sie hatten die Kisten in die Mitte des Wohnzimmers gestellt und studieren die bunten Aufschriften. Auf den Kartons standen mehrere und sie waren sich nicht sicher, welche davon die Aktuelle war. Der Professor unterhielt sich lebhaft im Übergang zwischen dem Flur und Wohnbereich mit seiner Kollegin.

Hope, die gerade einen weiteren Karton abgestellte, bemerkte es lächelnd. Elliot, der neben ihr stand, folgte ihrem Blick. „Er scheint zum ersten Mal ein bisschen mehr er selbst zu sein", sagte er gedankenverloren. Sie nickte. „Als ich gestern hier war, war alles düster und schmeckte bitter. Doch nun verdrängt das Licht alles primitive", sprach sie mit warmer Stimme. Elliot räusperte sich. Der Ton in ihrer Stimme ließ sein Herz rasen. Seine Wangen färbten sich rosig und seinen grünen Augen, musterten das Mädchen einen Moment von der Seite. Benjamin hatte es aus dem Augenwinkel mitbekommen. Zusammen mit einem Hauch der befriedigen Überlegenheit eines erfahrenden Erwachsenen gegenüber einem Teenager, grinste er. Mona unterbrach seine heimliche Beobachtung der beiden. Sie musste den Minibus zurückfahren.

Bevor sie aufbrach, blickte sie einen letzten Moment hoffnungsvoll zu dem Professor. Dieser wünschte eine gute Fahrt und ging in die Küche. Sie seufzte. Innerlich hatte sie gehofft, Benjamin würde mitkommen. Dieser hatte nichts die leistete Ahnung. Sie verließ die Wohnung nach einem kurzen Blick auf seinen Rücken. Die hatte gehofft, dass sie nun mehr Zeit auch zu zweit verbringen konnte. Dass er diese Gelegenheit vielleicht nutzte, um mit ihr Zeit zu zweit zu verbringen. Doch da hatte sie sich wohl geirrt.

Während Benjamin in die Küche herüberging, um sich etwas zu trinken zu holen, hörte er das Öffnen eines Umzugskartons. Packpapier raschelte und Elliots Stimme: „Hope, sieh mal." Der Professor drehte sich um. Hope saß neben ihm. Zusammen blickten sie auf das Bild. Der Mann kam neugierig zu ihnen herüber. Als er näherkam und die Kiste wiedererkannte, gefror ihm das Blut in den Adern. Er wusste genau, was für ein Bild, das war und was für eine Kiste der Junge geöffnet hatte. Schnell kam er zu ihnen herüber. Grob riss er Elliot das Bild aus der Hand. „Finger weg!", rief der Professor aufgebracht. Hope sah ihn verängstigt an. Auch Elliot war über sein aufbrausendes Verhalten überrascht. „Wie könnt ihr es wagen, einfach so die Sachen anderer Leute zu durchwühlen? Habt ihr denn keinen Anstand?!" Seine Stimme hallte gewaltig durch den halbleeren Wohnraum und verlor sich in den angrenzenden Räumen. Ängstlich griff sie nach der Hand des Jungen, der neben ihr saß. Wütend und überrascht zugleich sah er hoch zu Benjamin, der sich vor ihnen aufgebaut hatte und sie böse anfunkelte. „Sie meinten doch, wir sollen die Kisten aufmachen. Wieso sind Sie jetzt wütend?", entgegnete der Junge ihm mutig. Dass er dabei so ruhig blieb, brachte den Professor noch mehr auf die Palme. Die Wut übermannte ihn. Er schrie sie an und verlangte von ihnen, seine Wohnung sofort zu verlassen. Hope versuchte ihn zu beruhigen. Alles konnten sie in Ruhe klären. Doch Benjamin wollte davon nichts hören. Aufgebracht funkelte er sie an. „Elliot. Er verklebt sich. Lass uns gehen. Ich habe Angst", flüsterte sie ihm zu. Sie erhoben sich. Elliot flüsterte ihr etwas Beruhigenden zu und griff nach ihrer Hand.

Benjamin stand da. In ihm tobte es. Doch der Satz: Ich habe Angst, war wie ein Pfeil gewesen, der sein Herz getroffen hatte. Diese drei Worte, die das Mädchen ausgesprochen hatte, hatten ihm Einhalt geboten. Schlagartig waren es Erinnerungen, die ihn einholten. So, als würden sie ihn schon lange jagen und nun endlich ergreifen können. In ihm drehte sich alles. Die Wut hatte ihn stumpf werden lassen. „Elliot, ich will weg", hörte er erneut Hopes verängstigte Stimme. Das wäre für ihn der Zeitpunkt gewesen sich zu entschuldigen. Sie vom Gehen abzuhalten. Sich zu beruhigen. Doch die Wut hatte ihn so eingenommen, als wäre er in einem Rausch. Sein rationales Denken setzte aus. Still sah er zu, wie sie ängstlich an ihm vorbeigingen und hörte einen Moment später seine Haustür ins Schloss fallen. Tief atmete der Professor durch. Nun war er erneut allein zurückgeblieben. Er fühlte sich einsam und leer. Wie von seinen schlechten Erinnerungen gesteuert, wankte er in Richtung des Kühlschranks. Riss die Tür auf. Das Bier war leer. Er griff zu der Weinflasche, die geöffnet in der Tür stand. Schnell entfernte er den Korken, der durch den Raum flog und hinter einer der vielen Kartons landete. Er trank einen Schluck.

Das kühle Getränk floss seine Kehle hinab. Mit einem Brummen stellte der Mann die Flasche auf der Küchenzeile ab. Nur um einen Moment später erneut danach zu greifen. Wieder stellte Benjamin die Flasche ab. In seiner Gedankenschleife gefangen, die in seinem Kopf alles Licht vertrieben hatte, sah er sich um. In seinen Blick mischte sich Reue, mit Einsamkeit, Wut, Frustration und Überforderung. „Ich bin so ein Idiot", sagte er zu sich selbst. Er ging zu dem Karton herüber, den Elliot geöffnet hatte. Wie ein nasser Sack ließ er sich auf den Boden fallen. Die Weinflasche neben sich stehen, griff er nach dem Bild. Es war eines der Bilder, das Benjamin mit seiner Ex-Frau Nadja und seiner Tochter Maja zeigte. Auf dem Bild war Maja 1 Jahr alt. Seine untere Lippe zitterte. Tränen stiegen dem Professor in die Augen und sein Herz schmerzte. Durch den Alkohol waren seine Sinne betrübt und er verlor sich auf dem Grund der Weinflasche.

Lange blieb er regungslos vor dem Karton sitzen. Der Alkoholanteil hatte seine volle Wirkung entfaltet. Betrunken wankte er sanft von einer zur anderen Seite, als wäre er auf seinem Schiff, das sanft hin und her schaukelte. In seinem Kopf spielten sich tief verborgene Erinnerungen in Dauerschleife ab. Momente, die er mit ihnen erlebt hatte. Dinge, die sie sagten, und den einen Satz, den Hope vorhin gesagt hatte: Ich habe Angst. Ihre Worte und ihr verängstigter Blick, mit dem sie ihn angesehen hatte, warfen ihn endgültig aus der Kurve. Er hatte all diese Dinge vor langer Zeit fest in einer Kiste in seinem Herzen verschlossen und sie in einem der hintersten Winkel gelegt. Doch nun war sie aufgegangen. Ihr Inhalt überrumpelte den Mann und das Einzige, was half, war der Wein. Seine Zunge fühlte sich taub an und er verspürte ein Hungergefühl.

Schwerfällig erhob er sich und ging in die Küche. Auf der Arbeitsplatte lag sein Handy. Benjamin griff danach und suchte einen bestimmten Kontakt heraus. Es war der von Nadja. Sie hatten seit Jahren nicht gesprochen. Gerade, als er auf den Anruf Bottom drücken wollte, hielt er inne. Tränen stiegen ihm erneut in die Augen. Der Professor kämpfte mit sich selbst. Dann ließ er davon ab und senkte sein Handy.

Gerade als er von der Küche zurück ins Wohnzimmer ging, stolperte er über eine der Kisten, fiel und krachte unsanft zu Boden. Die Weinflasche zersprang und ein roter See bildete sich aus dem restlichen Wein, der sich noch in der Flasche befunden hatte, den Küchenfliesen. Der Wein hatte ihn schläfrig werden lassen. Er versucht nicht einmal aufzustehen und döste ein.

„Dr. Bin, was ist passiert?", stand auf einmal Mona in der Tür. Der Hausmeister hatte der Frau aufgeschlossen und linste vorsichtig in die Wohnung hinein. Benjamin schlug die Augen auf. Er war eingeschlafen. Als er sich aufrichten wollte, erinnerten ihn seine Kopfschmerzen und das kreisende Gefühl an den vielen Wein, den er getrunken hatte. Zudem erlaubten es ihm die stechenden

Rückenschmerzen kaum sich zu bewegen. Sie kreischte laut, als sie die rote Pfütze entdeckte und sie für Blut hielt. Er bremste sie und stellte klar, dass es ihm gut gehe und dass nur Rotwein ist. Mona kniete sich zu ihm herunter und musterte den Mann sorgenvoll. Der Geruch von Tabak und Wein, der von ihm ausging, ließ in ihre leichte Übelkeit aufsteigen. Sie rümpfte die Nase. Der Hausmeister stand nach wie vor in der Tür und wusste nicht, was er tun sollte. Also wünschte er einen schönen Tag und verzog sich schnell. „Ich hatte mir Sorgen gemacht. Bei ihnen brannte Licht, aber Sie öffneten nicht. Hope meinte, es sei was vorgefallen und Sie wollten allein sein. Geht es ihnen gut?", fragte Mona. Ihre Stimme überschlug sich fast, so schnell redete sie. Benjamin setzte sich unter Schmerzen auf und nickte. „Ich bin wohl noch etwas betrunken", blinzelte er. Vorsichtig massierte er sich mit den kalten Händen die Schläfen. Seine Glieder fühlen sich steif an und seine Rückenschmerzen raubten ihm jeden Nerv.

Die Frau atmete erleichtert durch. Vorsichtig stand sie und begann die Scherben aufzusammeln. Der Professor blieb sitzen. Er brauchte noch einige Momente, deine Gedanken halbwegs zu ordnen. Aus dem Augenwinkel betrachtete er Mona, die mit Tüchern den Boden trockenlegte und mit einem Kehrblech die Scherben zusammenkehrte. „Dr. An...", begann er. Die Frau unterbrach ihn sofort mit der Bitte, sie beim Vornamen zu nennen. Sie wollte warten, bis er ihr das Du anbot, doch sie war das Warten satt. „Mona, was tun Sie hier?", fragte der Mann seine Kollegin. „Ich wollte nach ihnen sehen. Hope hörte sich aufgewühlt am Handy an. Ich wurde misstrauisch", antwortete sie auf seine Frage. Sie erhob sich und warf die Scherben weg, die mit einem klirrenden Geräusch Mülleimer landeten. Vorsichtig erhob der Professor sich und bat sie um Verzeihung. Er hatte die Fassung verloren, sich falsch verhalten. Sie reagierte nicht drauf, sondern konzentrierte sich aufs Auffegen der Scherben. Ein unangenehmer, stiller Moment entstand.

„Vielleicht wissen sie es noch nicht. Aber Hope ist ein sehr sensibles Mädchen. Schon als Kind wurde bei ihr festgestellt, dass sie hellfühlig ist und synästhetische Züge hat. Für ihre Familie ist es schwer, mit ihrer Art die Welt wahrzunehmen, klarzukommen und wenn aufgeheizte Situationen entstehen, ist das für die doppelt so intensiv wie für uns." Ein leises Lachen entfuhr Benjamin, was Mona sauer machte. Wütend sah sie ihren Kollegen an. „Was daran ist lustig?", fragte sie aufgebracht mit spitzer Zunge. „Es fühlte sich gerade an, als hätte ich ein Déjà-vu. Vielleicht spricht aus mir auch nur der Alkohol." erklärte er sein Verhalten. Mona kam zu ihm mit einem Glas Wasser. Streng forderte sie ihn auf zu trinken. Er gehorchte und trank es in ein paar Zügen leer. Die Frau füllte das Glas erneut für ihn auf. Noch immer kreiste sein Kopf. Noch immer spürte er die Folgen seiner gestrigen Trinkaktion. Die Nähe eines anderen Menschen bei sich zu spüren, der sich kümmert, war angenehm und tat ihm gut. Mona meinte, er sollte duschen gehen und sich was anderes anziehen. Sie wollte bleiben, bis die neuen Möbel geliefert worden waren. Benjamin war zu erschöpft, um nun mit ihr zu diskutieren und seine Rückenschmerzen verlangten nach Ruhe und Wärme. Müde trottete in Richtung Badezimmer.

Das Wasser, welches aus dem Duschkopf kam, übergoss ihn. Langsam ließ die Wirkung des Alkohols nach.

Mit einem Handtuch wischte er den beschlagenen Spiegel ab und betrachtete sich selbst. Sein Dreitagebart zeigte sich deutlich und er griff nach einem Rasierer.

Als der Professor ins Wohnzimmer zurückkam, trug ein Team von Möbelpackern gerade sein Sofa ins Wohnzimmer hinein. Mona stand mit verschränkten Armen da und passte genau auf, das nichts zerkratzte. Als sie den Mann bemerkte, drehte sie sich über die Schulter zu ihm um und lächelte. Die Möbelpacker stellten das Sofa vorsichtig auf der Stelle ab, wo das alte stand. Er betrachtete genau wie seine Kollegin das Spektakel aufmerksam überwachte. Es war das dritte Mal, das andere Menschen außer ihm, in seiner Wohnung waren. Inzwischen störte es sich an Besuch nicht mehr so wie zu Beginn und freute sich innerlich über die Wohnung, die sich langsam wie sein Zuhause anfühlte.

„Passt fantastisch. Findest du nicht?", fragte sie ihn, nachdem sich die Möbelpacker verabschiedet hatte. Vorsichtig machte sie eine Sitzprobe. Benjamin stand immer noch an derselben Stelle und sah ihr dabei zu. Ein kleines Lächeln entfuhr ihm. Sie bekam es mit und erwiderte seinen Blick. Einen Moment trafen sich ihre Blicke und in ihnen machte sich eine bekannte Nervosität breit. Sie lächelte. Eine Pause entstand. Diese ihm bekannte Nervosität machte ihm Angst und er ging in die Küche. Er hörte ihre Schritte, die sich ihm näherten. „Ich würde gerne wissen, was zwischen ihnen und den Kindern vorgefallen ist", sprach die Frau erneut das Thema an. Der Professor musste an den Moment denken, wo Hope in sein Büro kam, um zu fragen, was zwischen ihm und Mona passiert war. „Ich werde das Gespräch zu ihr suchen. Ich habe aber keine Nummer von ihr ...", dachte er laut. Mona mischte sich in seinen Gedankengang ein und meinte, sie werde mit ihnen sprechen. Dankbar lächelte er. Es war ihm unangenehm, seinen kindlichen Gefühlsausbruch ihr erklären zu müssen. Sie würde nach einem Wieso fragen, nach Hintergründen. Ihr davon zu erzählen, war er nicht breit – zumindest noch nicht.

Die Frau hielt ihr Versprechen. Ein paar Tage später traf Benjamin sich mit den beiden in seinem Büro. Unruhig wartete er auf sie. Blickte zur Uhr, die über der Tür angebracht worden war und wieder auf sein Laptop, wo eine Worddatei geöffnet war. Der Professor konnte nicht stillsitzen. Also stand er auf und ging in seinem Büro auf und ab. Die Aufregung ließ ihn unruhig werden. Er hatte bereits vor Aufregung letzte Nacht kaum geschlafen. Er wollte sich entschuldigen. Doch das hieß, sich erneut seiner Vergangenheit stellen zu müssen. Dass er sich offenbaren musste. Nun galt es, seine sichere Festung, die er über die Jahre geschaffen hatte, zu verlassen und sich auf fremdes Land zu begeben. Dieser Gedanke machte ihm Angst und schnürte ihm die Kehle zu. Er ging zu seinem Schreibtisch. In seiner obersten Schublade lag das Bild, das der Junge im Karton gefunden hatte. Neben dem eingerahmten Bild lag eine volle Schachtel Zigaretten. Der Professor griff nach der Schachtel und nahm sich eine Zigarette heraus. Er klemmte sie sich zwischen die Lippen und suchte nach einem Feuerzeug in seiner Hosentasche. Kurz bevor er die Zigarette ankokeln konnte, hielt er inne. Sie mochte den Geruch nach verbranntem Tabak nicht. Er legte die Zigarette samt Feuerzeug zurück in die Schublade und schloss sie schwungvoll. Ruhig bleiben. Ganz ruhig. Er wollte nicht erneut die Fassung verlieren.

Im nächsten Moment klopfte es an der Tür. „Herein!", rief er. Sein Blick wanderte im selben Moment zur Tür, wo Hope im Schlepptau des Jungen eintrat. Schüchtern, beinahe vorsichtig, grüßte sie den Professor. Dieser stockte einen Moment in seiner Bewegung, bevor er den beiden einen Platz anbot. Zusammen kamen sie etwas verunsichert näher. Sie setzte sich und Elliot blieb neben ihr stehen. Mit einem Lächeln beobachtete er den süßen Umgang der beiden. Unter den wachsamen grünen Augen des Jungen ließ auch er sich auf seinem Stuhl nieder. „Danke, dass ihr gekommen seid", versuchte er mit unsicherer Stimme, das Gespräch zu eröffnen. Sein unsicherer Blick wanderte zwischen ihnen beiden hin und her. Vor allem Hope wirkte nach wie vor etwas verängstigt und ihr Lachen, wirkte gequält. „Wir waren nicht sicher, ob wir kommen sollten", mischte Elliot sich ein, um seine Aufmerksamkeit von ihr abzulenken. Seine Stimmlage verriet, dass auch er verletzt war und eine Erklärung verlangte. Der Professor lehnte sich nach vorne auf den Tisch. Still reichte er ihnen das Bild von gestern. Elliot nahm es entgegen und ließ das Mädchen mit drauf blicken.

„Ich möchte mich bei euch entschuldigen. Ich habe mich euch beiden gegenüber unfair verhalten. Das tut mir ehrlich leid", begann Benjamin. Hope blickte ihn zum ersten Mal, seit sie sich gesetzt hatte, mit ihrem durchleuchtenden Blick direkt an. Sie fragte sie ihn, ohne dabei ein Blatt vor den Mund zu nehmen, wie viel Alkohol er in den letzten Tagen getrunken hatte. Die beiden sahen das Mädchen überrascht an. Der Geruch von Tabak und gegorenem Wein, der ihr in die Nase stach, hatte diese Frage aufkommen lassen. Elliot schaute kurz zu dem Professor herüber. Dieser gab seufzend zu, in den letzten Tagen regelmäßig getrunken zu haben. „Sie waren auf einen guten Weg. Doch nun, sind sie alle zu ihnen zurückgekehrt. Sie werden mehr werden, wenn Sie so weiter machen", sprach sie mit ernster Stimme. Der Professor blickte zu Elliot. Seine Aufmerksamkeit lag auf dem Mädchen neben ihn. Bei diesen Worten legte sich Sorge auf sein Gesicht und er fing den Blick des Mannes, der auf ihm ruhte, ein. Elliot wusste, dass er nachfragen würde, was genau Hope gemeint hatte. Somit kam er auf das Foto und den Inhalt der Kiste zu sprechen. „Richtig", räusperte der Mann sich. Wie als Gegenreaktion auf sein Räuspern lehnte sich Hope gegen den Jungen, um Schutz und Bestärkung bei ihm zu finden. Benjamin bemerkte es und veranlasste ihn dazu, seine Worte noch einmal neu zu wählen. Es tat ihm weh zu sehen, wie ängstlich das Mädchen ihm gegenüber war und er war sauer auf sich selbst, seinen Frust an ihnen ausgelassen zu haben. „Ihr habt es vielleicht schon vermutet. Das Bild zeigt mich mit meiner Ex-Ehefrau und meiner Tochter. Es ist ein sehr altes Bild. Die Kiste beinhaltete Sachen, die ich aus der Ehe habe. Bilder, Dokumente, meinen Ring, den Smoking, den ich anhatte an unserer Hochzeit. Briefe von Maja und Nadja. Einfach alles. Vor einigen Jahren haben meine Frau und ich uns scheiden lassen. Sie bekam das Sorgerecht für unsere Tochter Maja. Nachdem ich mein Sorgerecht verloren hatte, begann ich mit der Zeit zu begreifen, was für Fehler ich getan hatte. Ich war nicht so für mein Kind dagewesen, wie sie es damals gebraucht hat. Ich habe damals vieles nicht richtig gemacht. Das tue ich heute auch nicht." Der Professor kratzte sich verlegen am Kopf und sah die beiden an. Er suchte in ihren Gesichtern nach Anhaltspunkten, um sich in Sicherheit zu wiegen und um Verständnis – vergebens.

„Hope hat mir von ihrer Tochter erzählt. Auch, dass sie zu ihr keinen Kontakt pflegen. Das muss sicher hart sein", rang Elliot nach Worten. Benjamin lächelte den Jungen dankbar an. Dann richtete sich sein Blick auf sie. „Vermissen sie ihre Tochter?", fragte Hope. Er nickte. „Wissen sie, was sie falsch gemacht haben?", stellte sie ihre nächste Frage. Er nickte erneut. „Und was sagen sie, wie soll es weiter gehen?" Der Professor blickte auf. Wartend sah sie den Mann aus ihren braunen Augen an. Sie legte das Bild zurück auf den Schreibtisch. „Sie scheinen offensichtlich mit der Situation nicht glücklich zu sein. Also, was werden Sie tun?" In seinem Kopf fuhren seine Gedanken Karussell. Er wusste nicht, was er von ihr zu erwarten hatte, wenn er es ihr erzählte. Diese Frage hatte ihn getroffen, wie so viele ihrer Fragen, war sie direkt und ehrlich. Ratlos zuckte Benjamin mit den Schultern. „Erinnern Sie sich, was ich ihnen über meine Sicht auf die Erwachsenen erzählt habe?" Benjamin nickte. „Niemand außer ihnen selbst ist für ihr Glück verantwortlich. Wir wissen immer noch sehr wenig, was das anbelangt. Aber eine Situation verändert sich nicht, wenn sie sitzen bleiben und nichts tun. Vielleicht ist es angsteinjagend oder eine Herausforderung. Aber wenn sie nicht irgendwann aus ihrer Opfermentalität herauskriechen, werden sie irgendwann ihre Menschlichkeit verlieren. Dann sind Sie nur noch ein Geschwür aus Dunkelheit." Elliot griff nach der Hand des Mädchens. Ja, sie hatte recht, aber war das Grund genug, den Mann so offen auf seine Situation hinzuweisen? Seine grünen Augen wanderten von ihr zu dem Mann. Sichtlich war ihm anzusehen, wie es in ihm arbeitete.

„Das ist kompliziert. Vielleicht bist du auch einfach zu jung, das zu verstehen", sagte er, wissend, wie sehr sie diese Worte hasste. Seine Angst war zu mächtig, als dass er es schaffen würde, sie zu besiegen. „Sie haben einen ersten Schritt bereits getan." mischte sich Elliot ein. Der Professor sah ihn an. Der Junge hatte einfach geschlussfolgert, dass auch die Möbel und viele der Einrichtungsstücke, aus Ehezeiten waren. Und damit hatte er recht. „Mit dem Entfernen dieser Möbel haben sie einen ersten Schritt gemacht. Sicher ist es noch ein langer Weg, aber ein Prozess braucht Zeit. Sie haben die Möglichkeit, sich diese zu nehmen", sprach er die versöhnungsvollen Worte. Benjamin fühlte sich geborgen und verstanden. Er brach in Tränen aus. „Endlich", flüsterte sie. „Endlich beginnen sie sich zu lösen." Elliot drückte ihre Hand.

Kapitel 11

Einige Tage später, trafen sie sich Benjamins Wohnung. Er hatte sie um Hilfe gebeten, die Umzugskartons final auszuräumen und beim Durchschauen und Ordnen der Unmengen an Papierbergen zu helfen. Der Professor führte sie in seine 4 Wände hinein. Allein schon durch die neuen Möbel, wirkte der Wohnraum einladender und ein bisschen mehr wie ein Zuhause. Zudem hatte er sich endlich aufraffen können und hatte bereits etwas geputzt, das Geschirr gespült und mit dem Aufräumen angefangen.

Auch Mona war wieder dabei und half vor allem beim Putzen der Fenster mit. Hope und Elliot hatten sich die Papierberge in seinem Schlafzimmer vorgenommen und als das Mädchen die Jalousien öffnen wollte, waren die dünnen, vergilbten Bänder gerissen und die einzelnen Lamellen hatten sich auf dem Boden verteilt. Sie entschuldigte sich mehrmals bei dem Professor dafür. Dieser lachte nur. Er hatte nur auf den Tag gewartet, wo es passieren würde. Irgendwie war auch das für ihn, wie ein weiteres Stück auf dem Weg zu einem Neuanfang.

Mona hatte für alle etwas zu essen mitgebracht. An dem kleinen Esstisch, den der Mann sich vor ein paar Tagen ebenfalls im Möbelhaus ausgesucht hatte, aßen sie zu viert, redeten und lachten. Benjamin genoss es in Gesellschaft zu sein. Hopes Anwesenheit würde auch ins tiefste Grau die Farbe bringen und sie zusammen mit dem Jungen in ihrem Umgang zu sehen, ließ sein Herz vor Glück hüpfen. Eine Verbindung, wie die beide sie hatten, war einzigartig und kostbar, das wusste auch er. Und irgendwie beneidete er die beiden darum. Seit der Scheidung vor ein paar Jahren hatte er keine Frau mehr an sich rangelassen. War auf eine Verabredung gegangen oder hatte solch einen Abend überhaupt in Betracht gezogen. Aber wer würde ihn in seinem Alter und Zustand, schon haben wollen? – hatte er sich selbst immer vorgehalten.

„An was denkst du gerade?", fragte Mona ihn. Er lachte und meinte, wie schön er die Innigkeit zwischen Hope und Elliot fand. Und auch, wie lange es her war, dass er eine Verabredung mit einer Frau hatte. „Das letzte war in meiner Ehe. Also viele Jahre her." Sie sah ihren Kollegen an. „Wollen wir mal ..." Mona sah ihm in die Augen und schluckte, bevor sie den Satz beendete. „...mal miteinander ausgehen?" Die Worte hallten in seinem Kopf nach. Angespannt sah Benjamin zu ihr herüber. Nervös wartete die Frau auf eine Antwort oder nur eine Gegenreaktion. Er schwieg. „Auf ein Date meine ich", versuchte sie erneut, ihren Standpunkt klarzumachen. Auch auf diese Ergänzung hin schwieg er.

Nach einer kleinen Pause, wo sie so verharrten, wandte sie ihren Blick mit roten Wangen ab. Mit einem verletzten Ton in ihrer Stimme entschuldigte sie sich für ihre Direktheit. In ihren Augen war deutlich zu sehen, wie viel Mut es die Frau gekostet hatte, diese Worte an ihn zu richten. Sie erhob sich und brachte das schmutzige Geschirr in die Küche. Der Professor hatte nicht bemerkt, dass Hope und Elliot die sehr einseitigen Anfragen auf ein Date mitbekommen hatten. Auffordernd blickten sie ihn an. Der Junge sprach leise seine Empfehlung an ihn aus, der Frau nachzugehen und sich zu erklären. Dem Professor schoss das Blut in die Wangen. Die beiden erhoben sich. Für sie war es höchste Zeit zu gehen. Leise schlichen sie zur Tür. Benjamin blickte ihnen einen langen Moment nach. Dann sammelte er sich, erhob sich etwas unbeholfen und kam ihr nach. „Tut mir sehr leid. Ich bin dazu noch nicht bereit. Zudem wüsste ich nicht, was du an mir interessant finden könntest", rang er um Worte. Mona lächelte. Sie versuchte mit ein paar halbherzigen Versuchen sich selbst vor einer weiteren Enttäuschung zu schützen. „Sprichst du da nicht eher über mich?" Er sah sie an. Sein Korb hatte sie in ihrer Unsicherheit bestärkt. Benjamin schüttelte den Kopf. Erneut startete er einen Versuch, ihr klarzumachen, dass sie nichts mit seiner Absage zu tun hatte. Doch je länger er versuchte, seinen Standpunkt klarzumachen, desto unglaubwürdiger wurden seine Argumente.

„Vergiss es. Okay? Tun wir einfach so, als sei nichts passiert", fiel sie ihm nach einer Weile ins Wort. Ohne seine Reaktion abzuwarten, wandte die Frau sich von ihm ab. Etwas überfordert sah der Professor ihr hinterher. Vergebens suchte er nach den richtigen Worten. Er wollte etwas tun, doch wusste er nicht, was das Richtige war. Sie beide schwiegen und er ärgerte sich über sich selbst. Über seine Hilflosigkeit. Über sein nun aussetzendes Talent sich gewählt auszudrücken. Wieso nur, waren ihm seine Worte ausgerechnet in solch einer Situation entfallen? Er ballte seine Hände zu Fäusten. Deutlich war Mona anzumerken, dass sie verletzt war. Dazu musste er sie nicht einmal direkt anschauen. Seine Zweifel und selbstdenunzierenden Gedanken machten ihn handlungsunfähig. Noch immer stand sie da und hoffte auf eine Reaktion seinerseits. Auf ein spontanes Umentscheiden. Seine Angst, deren Ursprung in alten Prägungen lag, lähmte ihn.

„Ich werde jetzt gehen. Ich habe Morgen viele Vorlesungen", sprach sie. In ihrer Stimme war die Enttäuschung deutlich zu hören. Ihn so offen nach einer Verabredung zu fragen, hatte Mona viel Mut und Selbstüberwindung gekostet. Sein Schweigen traf sie dadurch noch härter. Es gab doch Momente, wo Worte wertvoller waren als Schweigen. Handlungsunfähig blieb Benjamin in der Küche zurück. Still sah er zu, wie sie ihre Sachen zusammenpackte, knapp sich von ihm verabschiedete und die Wohnung verließ. Nun war er wieder allein. Die unangenehme Stille von eben, wirkte in der Leere des Raumes nach. Seine Wut auf sich selbst sorgte für Herzschmerzen in seiner Brust. Schwerfällig schleppte er sich zum Schreibtisch, der nun einen neuen Platz hatte. Der Professor nahm sich ein Manuskript, was er neu zugeschickt bekommen hatte, sein Notizbuch und einen Stift. Er spürte den Drang, zu schreiben. Innerlich hatte er die Hoffnung, dass das Schreiben helfen könnte, den Druck von seinem Herzen zu nehmen. Sich abzulenken oder es vielleicht sogar für ein paar einsame Momente ungeschehen zu machen.

„Die Liebe ist ein seltsames Phänomen. Sie ist voller Ironie und Ungewissheit. Kann sogar ein Mensch wie ich es bin, sich eines Tages wieder voll auf die Liebe einlassen? Ich habe die Liebe mit ihren guten und schlechten Seiten kennengelernt. Ich habe Liebe vergeben, sie gesucht und eines Tages für ein paar Augenblicke erhalten. Schon bald hatte ich ihre Kostbarkeit für selbstverständlich hingenommen. Ab diesem Zeitpunkt ist sie mir zu allen Seiten entwichen. Die Liebe ist wie das

Licht. Weder kann ich es einfangen noch festhalten. Ich habe keinen Einfluss drauf, in wen ich mich verliebe oder, für wen meine Liebe entschwindet. Ich bin ein Mensch mit Macken und Fehlern. Vorlieben und Dingen, die ich nicht mag. Auch ich habe ein Herz. Ein Herz, das ins Licht will. Ein Herz, das sie erreichen konnte. Wie ein Sturm kam sie in mein Leben gewirbelt und hat nach und nach jede Mauer meiner Festung abgetragen. Nun bin ich nur noch ich. Ich, der nun entscheiden muss, wie es weiter gehen wird. Ich habe jegliche Kontrolle verloren und stehe auf einem mir fremden Untergrund. Blind taste ich mich voran. An manchen Tagen gelingt es mir gut. An anderen nicht. Ich bin ein Mensch mit viel Dunkelheit und sehne mich nach dem Licht."

„Haben Sie den Text geschrieben?", fragte Hope und reichte Benjamin, der ihr in der Bahn gegenübersaß, sein Notizbuch zurück. Er nickte und erzählte ihr von dem Buch, an dem er schreibt. „Spannend. Wenn es fertig ist, geben Sie es mir dann zu lesen?", lächelte das Mädchen. Er nickte erfreut über ihr Interesse an seiner Arbeit. „Egal, ob es sich um einen Roman oder sein einfaches Notizbuch handelte, jedes behandelte sie, als sei es wertvoll wie ein Schatz. Mit ihren braunen Augen streichelte sie es. So als würde sie sich dem Buch vorstellen, bevor sie liest", dachte er und musste lächeln. Sie spürte sein Lächeln und blickte auf. „Genauso ein Lächeln hast du, wenn du mit Elliot zusammen bist", sprach der Professor seinen Gedanken aus. Hope sah ihn an. Auf ihrem Gesicht lag ein Ausdruck, den er nicht deuten konnte. „Euer Umgang miteinander, ist sehr besonders. Woher kennt ihr euch?", fragte er neugierig. Einen Moment hielt Benjamin inne in der Sorge, die Frage zu fordernd gestellt zu haben.

„Elliot ist ein Mensch, der ganz hell und warm leuchtet. Er hat ein warmes und gutes Herz. Er ist frei von Dingen, die mich bei anderen Menschen überfordern. Ich weiß, dass ich mich immer auf ihn verlassen kann. Das ich bei ihm, immer ich selbst sein kann. Er nimmt mich auf, mit allem, was ich bin, mitbringe und alles, was noch kommen wird. Elliot ist der Mensch, mit dem ich alles, was ich habe, teilen möchte. Jemand, bei dem ich spüren will, wie sein Blick auf mir ruht. Uns verbindet ein besonderes Band. Es ist stark und kraftvoll gesponnen. Ich spüre mich von diesem Band fest in den Arm genommen und beschützt." Hope machte eine Pause, bevor sie weitersprach. Ihre Augen leuchteten und ihre Wangen waren rosig. Sie lächelte verträumt und wirkte glücklich und unbeschwert. Der Professor war fasziniert davon, mit wie viel Liebe und Wärme in der Stimme sie über Elliot sprach. Es war etwas, das sie sonst versuchen musste, zu verstecken und doch immer wieder über alle Rationalität siegte. Sie hob den Blick. „Bei ihm zögere ich nicht. Zweifle ich nicht an mir selbst und bin zuversichtlich in jeder Sekunde. Er ist mal ungestüm, aber ich liebe ihn für all das. Wenn ich mit ihm zusammen bin, fühle ich mich mit Liebe ausgefüllt." Ihre Augen funkelten. Ihre Lippen umspielte ein glückliches Lächeln.

Die Sonne schien zum Fenster hinein. Benjamins Blick lag nach wie vor auf ihr: „Sie leuchtet ganz hell. Sie ist wie der Mittelpunkt der Welt. Wie das Zentrum des Lichts. Was ist es nur? Das Wort, um sie zu beschreiben? Reicht eines dafür aus? Ich kann nicht anders, als von ihr fasziniert zu sein. Sogar ihre Art zu lieben, ist bunt, hell und in Licht gehüllt." In seinen Augen funkelte es. Ihm war

etwas eingefallen. Doch Hope war noch nicht mit ihrer
Erzählung am Ende und er freute sich über jede Sache,
die sie mit ihm teilte. Das Mädchen erzählte, wie sie und
Elliot sich kennengelernt haben. Er und Holly waren in
Parallelklassen gegangen. Hope hatte den Jungen durch
einen Zufall auf dem Pausenhof kennengelernt. „Für
mich ist Elliot ein besonderer und wertvoller Mensch.
Eine Welt ohne ihn könnte ich mir nicht vorstellen." Ihr
Blick streifte nach draußen. Für einen Moment überfiel
ihr Gesicht, ein dunkler Hauch. Es war wohl ein kurzer
Moment der Ungewissheit. Ein Moment der menschlichen Frage: Was wäre, wenn? Der dunkle Hauch verschwand von ihrem Gesicht, als sie ihren Blick nach draußen schweifen ließ. Der Professor folgte ihrem Blick. „Wie
schön es heute ist. Endlich ist es warm geworden", sprach
sie vertieft in ihre Gedanken. Der Mann nickte. Wieder
kamen ihm neue Worte. Er nahm einen Stift aus seiner
Tasche und begann zu schreiben. Füllte eine Zeile nach
der anderen: *„Was wohl ist die wahre Natur der Liebe? Wo
fängt sie an und wo hört sie auf? Wo sind ihre Grenzen, oder
gibt es diese nicht? Sie liebt der Liebe willen. So unergründbar, wie dieses Gefühl ist, so unergründbar kommt mir ihre
ganze Existenz vor. In ihrer Liebe – in ihr und in ihm – liegen
ganze Universen. Es scheint fast so, als würde es bei ihnen, die
Leichtigkeit der Unendlichkeit geben. Die Kostbarkeit eines
einzigen Augenblickes, der für sie mehr Wert ist als die Frage, was für Auswirkungen dies haben könnte. Liebt sie mutig
oder einfach kindisch?"*

Als er das letzte Satzzeichen geschrieben hatte, war Hope
lange ausgestiegen. Sie hatte es nicht übers Herz gebracht,
ihn in seinem Schreibfluss zu stören. Der Professor sah sich

um. Seine Haltestelle hatte er längst verpasst. Schwungvoll erhob er sich und brauchte ein paar Momente, um sich zu orientieren. In diesem Teil der Stadt war auch er erst selten gewesen. An der nächstmöglichen Haltestelle verließ er die Tram. In ihm hatte sich ein Gefühl tiefer Zufriedenheit eingenistet. Endlich nach so langer Zeit, konnte er wieder schreiben. Seine Gedanken und Gefühle ausdrücken. Sie zu Papier bringen. Seinen philosophischen Fragen freien Lauf lassen. „Ich bin glücklich." stellte er fest. Er fühlte sich leicht und lachte. Eine solche Leichtigkeit hatte er seit Jahren nicht empfunden. Er fühlte sich so leicht, als müsse er nur hochspringen, um zu schweben. Ausgelassen lachte er. Die Menschen um ihn herum sahen ihn etwas verwirrt an. Fast so, als würden sie ihn für jemanden halten, der etwas durch den Wind war. Benjamin waren die Blicke der anderen egal. Alles, was für ihn zählte, war die Erkenntnis dieses Moments. Ihm kam es so vor, als sei eine weitere, mächtige Mauer von Hope abgetragen worden. Wie Eis, das durch zu viel Wärme gesprungen war.

Der Professor verließ den Bahnsteig und lief die Straße hinunter. Es war warm geworden. Er war heute ohne Jacke aus dem Haus gegangen. Er fühlte sich, wie in einem Rausch. Er spürte sich. Seinen Herzschlag. Hörte seine Schritte, die von dem gepflasterten Weg widerhallten. Den Lärm des Verkehrs. Die Bahn, die die Station verließ. Er fühlte sich leicht und unbeschwert. „Vielleicht muss ich Gott, heute doch einmal danken, dafür, dass ich glücklich bin."

Gerade, als der Professor den Campus betreten hatte, traf er auf Mona. Die Frau kam von einem Seitenweg auf ihn zu. Als sie einander bemerkten, blieben sie stehen. Ihre Blicke trafen sich für einen langen Moment. Mona atmete tief durch und trat auf ihn zu. Freundlich wünschte sie ihm einen guten Morgen. Seine Abfuhr hatte sie beschäftigt und ihr in der letzten Nacht den Schlaf geraubt. Sie war fest entschlossen, ihre Abmachung einzuhalten und zu tun, als sei nichts passiert. Sie wollte sich weitere Demütigungen und Peinlichkeiten ersparen. Die Abfuhr hatte an ihrem Ego gekratzt. Benjamin lächelte. Er war erleichtert darüber, dass sie nach wie vor mit ihm redete. An der Universität war sie ihm am vertrautesten, das wollte er nicht verlieren.

Zusammen setzten sie ihren Weg zum alten Fakultätsgebäude fort. Sie schwiegen sich an. Der Grund war eine Mischung aus, Unsicherheit und dem Wunsch, dass sie sich einander ohne ausgesprochene Worte erklären konnten. Aus dem Augenwinkel betrachtete er die Frau. Sie war nicht viel kleiner als er und hatte sich ihren Ansatz nachgefärbt. Ihre asiatischen Wurzeln konnte er deutlich in ihrem Gesicht sehen. Die Kleidung, die sie trug, rundete ihr Auftreten ab. Sie kleidete sich immer gut. Das war auch ihm bereits aufgefallen. Sie hatte seinen Blick bemerkt und erwiderte ihn. „So etwas solltest du lassen. Mach mir keine Hoffnungen, wo es keine gibt." Der Professor biss sich auf die Lippe. „Wir sind auch Kollegen. Daher werden wir uns weiterhin regelmäßig sehen. Also schauen wir einfach, dass wir keine falschen Signale aussenden und dafür sorgen, dass es nicht seltsam zwischen uns wird." Während sie sprach, hoffte sie, eine andere Antwort von ihm zu hören als sein Einverständnis oder einer weiteren Entschuldigung. Als hätte sie es geahnt, entschuldigte er sich verlegen für seine Unbeholfenheit. Sie lächelte. Seine Reaktion war süß. „Du bist wirklich streng mit dir selbst", lachte sie. Er atmete tief durch. Sie beide hatten es nicht vergessen. Doch sie lachen zu hören, erleichterte ihn.

Der Tag war im Nu vorbei. Benjamins Stundenplan war voll mit Vorlesungen und viele der Manuskripte, die er lektorierte und mitbegleitet hatte, standen kurz vor wichtigen Terminen. In seinem Büro hatten sich Papierstapel gebildet. Sein Laptop hatte sich so heiß gelaufen, dass es kurz vor dem Absturz stand. Draußen war die Sonne untergegangen. Die meisten waren bereits nicht mehr im Gebäude. Er hatte Hope nicht bemerkt, die hineingekommen war. Das Mädchen stand an der Tür und lächelte ihm entgegen. Sie trug den Rucksack von heute Morgen. In der Hand hielt sie eine Tüte, die einen leckeren Geruch nach gebratenen Nudeln im Raum verteilte. „Ich habe angeklopft, aber Sie haben nicht reagiert", kam sie zu seinem Schreibtisch herüber. „Mona hatte mich darum gebeten, ihnen etwas zu Essen vorbeizubringen. Sie hatte wohl Angst, dass Sie wieder wegen Mangelernährung und Erschöpfung umfallen." Der Professor lächelte dankbar. Es fühlte sich gut an, zu wissen, dass es jemand gab, der sich um ihn kümmerte. Sie stellte ihm die Tüte auf eine freie Stelle seines Schreibtisches. Sie war bis eben in der Bibliothek gewesen. Mona hatte sie gebeten, ihrem Kollegen etwas zu vorbeizubringen. Die Frau selbst wollte nicht inkonsequent handeln und hatte deswegen ihre Nichte vorgeschickt.

Erst jetzt fiel Hope auf, dass der Mann Tinte im Gesicht hatte. Grinsend machte ihn drauf aufmerksam. Er wurde etwas rot und wischte die Tinte weg. Er sah aus, als hätte er eine Pause nötig. Sie stellte ihren Rucksack ab und bahnte sich einen Weg zum Fenster. Die Luft stand im Raum. Ein Hauch von Tabak lag in der Luft. Kaum hatte sie das große Fenster geöffnet, strömte frische Abendluft hinein. Tief atmete sie durch. Benjamin hatte sich so in die Arbeit vertieft, dass er die Zeit komplett aus den Augen verloren hatte. Hope nahm wieder gegenüber von ihm Platz. Erneut bedankte er sich bei dem Mädchen. Er holte sein Portemonnaie hervor, während er sich nach dem Preis erkundigte. Mona hatte das Mädchen schon vorgewarnt. Bewusst hatte die Frau das Essen gekauft. So konnte der Professor den Preis nicht wissen. Mit dieser Aussage gab er sich für den Moment zufrieden. Zu groß war sein Hunger.

„Die Absage an meine Tante hat mit ihrer Ex-Frau zu tun, oder?", fragte sie in die Stille hinein. Der Mann verschluckte sich. Laut begann er zu husten. Hope kam, um ihm auf den Rücken zu klopfen und ihm etwas Wasser einzuschenken. Erneut hatte sie mit ihrer Vermutung, recht. „War ihre Ex-Frau ihre erste Liebe?", fragte sie ihn vorsichtig. Der Professor horchte auf. Seine Miene verdunkelte sich ein bisschen. „Ja, war sie. Es ist eine lange Geschichte." „Ich habe Zeit", antwortete Hope mit einem warmen Tonfall in der Stimme. Er nahm sich alle Zeit, die Nudeln in Ruhe aufzuessen. Ihm war durch diese Frage der Appetit vergangen. Innerlich hatte der Mann gewusst, dass diese Frage eines Tages aufkommen würde. Er hatte aber gehofft, dass dieser Tag noch weit entfernt lag.

„Nadja und ich haben uns zur Schulzeit kennengelernt. Sie war im Jahrgang über mir. Als ich sie zum ersten Mal sah, war es um mich geschehen. Seit diesem Tag suchte ich nach jeder Möglichkeit, in ihrer Nähe zu sein. Jede Information, die ich über sie erfuhr, bewahrte ich wie ein Schatz. Als sie im Abschlussjahr war, konnte ich den Mut aufbringen und sie nach einem Date fragen. Ich dachte, wenn sie weg geht, werde ich sie nie wieder sehen. Zu meiner Überraschung stimmte sie einem Date mit mir zu. Ich weiß noch, wie aufgeregt ich damals war." Er lachte. Hope saß ihm gegenüber und schmunzelte. Ein Lächeln lag ihm auf den Lippen. Die lebhafte Art, mit der er erzählte, ließen sie so in die Geschichte eintauchen, als würde er ihr ein Buch vorlesen. „Bei unserem ersten Date gingen wir in ein Restaurant, das ihre beste Freundin mir empfohlen hatte. Dafür ging mein ganzes Taschengeld drauf. Ich war so nervös. Meine Hände schwitzten die ganze Zeit und ich hatte Angst, etwas Falsches zu sagen oder zu machen. Wir gingen auf weitere Dates und ich fragte sie, ob sie meine Freundin sein wollte. Sie stimmte zu. Ich konnte es kaum fassen. Es war alles perfekt. In der Schule zeigen wir uns. All meine Freunde und Klassenkameraden bewunderten mich. Manche fragten mich nach Tipps. Bald darauf machte sie ihren Abschluss. Sie hatte sich dazu entschieden, in einer anderen Stadt zu studieren. Wir wussten beide lange nicht, wie es weiter gehen sollte. Wir mieden dieses Thema bis zur allerletzten Sekunde. Ich hatte Angst, dass wir Schluss machen würden. Vor allem, da sie kurz zuvor meine Eltern kennengelernt hatte und wie soll ich es sagen? Meine Kindheit war nicht leicht. Das Verhältnis zu meinen Eltern war an vielen Stellen sehr toxisch. Zu meinem Glück schreckte sie all das nicht ab. Sie meinte, wir würden unseren Weg gehen. Dass wir einander unterstützen werden, egal für was für einen Weg wir uns entscheiden werden in Zukunft. Sie hatte wohl gewusst, dass meine Eltern mich zum Militär schicken wollten. Ein paar Wochen später machte sie ihren Abschluss und wir blieben zusammen. Sie wurde von der Universität in einer anderen Stadt angenommen. Sie bekam sogar ein Stipendium. Eine Fernbeziehung zu führen, war hart. Wir haben uns die größte Mühe gegeben, einander so oft es ging zu sehen. Es gab Zeiten, wo ich Angst hatte, dass sie die ständige Reiserei satthätte und mich verlassen würde. Vor allem da es viele Jungs in ihrem Umfeld gab, die sie auf Dates einluden. Ich zählte die Tage, bis zu meinem Abschluss. Ich nahm all meinen Mut zusammen und sagte meinen Eltern, ich wolle keine Karriere bei der Bundeswehr machen. Als ich in deinem Alter war, galt noch die Wehrpflicht. Nach diesem Jahr, zog mit ihr zusammen. Ich schrieb mich in ihrer Universität für Literatur ein. Ich habe schon als Kind viel gelesen. Höchst wahrscheinlich, um aus der Welt, in der ich aufgewachsen bin, für ein paar Momente zu entfliehen. Nadja und ich waren glücklich. Ich war glücklich, dass sie nun endlich immer bei mir war und gab mir die größte Mühe, die zwei Jahre, die wir getrennt verbracht hatten, mit kleinen Gesten auszufüllen. Als ich meinen Abschluss machte, verlobten wir uns. Wir hatten damals nicht viel Geld. Unsere Hochzeit war einfach. Unsere Familie waren über unsere Ehe wenig begeistert. Nach unserer Heirat begann ich sofort an meiner alten Universität zu arbeiten. Meine Eltern schämten sich für mich. Die Beziehung zu ihnen wurde komplizierter. Ich begann zu trinken und zu rauchen und gab mir in meiner Ehe keine Mühe mehr. Sie wurde schwanger mit unserer Tochter. Ich arbeitete zu dieser Zeit ununterbrochen, auch als Lektor. Ich verwendete die Ausrede Überstunden zu machen, um in irgendeiner Bar zu trinken. Ich hatte Angst davor Vater zu werden und alle zu enttäuschen. Zudem graute es mit davor, dass ich in der Erziehung genauso bin, wie mein Vater es mit mir war. In einer dieser Nächte kam unsere Tochter zur Welt. Am frühen Morgen, während ich bei einem Kollegen meinen Rausch ausschlief. Nadja war zutiefst verletzt und sauer auf mich, dass ich sie im Krankenhaus im Stich gelassen hatte. Verständlich. Ich versprach, mich zu bessern. Unsere Tochter Maja ist niedlich und ich liebe sie sehr. Eine Zeit gab ich mir Mühe. Es funktionierte besser. Bis ich erneut begann, in alte Muster zu fallen. Wir stritten viel. Früher haben wir uns kaum gestritten. Als Reaktion darauf trank ich noch mehr. Jeden Tag. Nicht so viel, um jedes Mal komplett betrunken zu sein, meist war es eine halbe Flasche. Bald begann ich sie und unser Kind psychisch zu misshandeln. Ich ließ meinen Frust an ihnen aus. Setzte sie unter Druck und wenn sie nicht gehorchten, auf Liebesentzug. Ich begann also Muster aus der Erziehung zu übernehmen, die ich als Kind erlebt hatte. Dabei konnte Maja für unsere kaputte Ehe nichts. Sie war damals noch ein Kleinkind. Alkohol verändert das Gemüt. Ich wurde depressiv und aggressiv. Meine Ehe und mein Job standen auf der Kippe. Und da ich meinen Frust darüber an ihnen ausließ, kurbelte ich den Prozess an. So ging es eine ganze Zeit. Eines Tages wurden wir zur Leitung des Kindergartens gerufen, da meine Tochter sich mit einem anderen Kind gestritten hatte. Ich war so wütend. Als wir zuhause waren, rutschte mir betrunken die Hand aus. Das war das erste und einzige Mal, das ich sie geschlagen habe. Maja begann zu kreischen und zu weinen. Ihre Wange war noch Tage geschwollen. Das war einer der schlimmsten Streits, die wir je hatten. Ein paar Tage später, verließ Nadja mich und nahm unsere Tochter mit sich. Sie war sehr anfällig für Krankheiten und mit den Jahren, in denen ich sie in den Ferien sah, wurde ihr psychischer Zustand immer instabiler. Lange war sie in Therapie. Man verbot mir mit ihr Kontakt zu haben, als bei ihr Depressionen diagnostiziert wurden. Da war sie in der Mittelstufe. Sie ging wohl in eine besondere Therapie von dort an, um mit ihren Depressionen und die Panikattacken loszuwerden. Ich hatte alles und habe durch mein Trinken und meine Art, die beiden zu behandeln, alles ruiniert. Ich habe mein eigenes und einziges Kind verstoßen. Ihre Panikattacken waren immens. Es reichte der kleinste Kontakt zu mir, und sie bekam eine solche Attacke. Ich schäme mich. Bestimmt hasst sie mich heute. Ich würde es ihr nicht verübeln." Benjamin begann zu weinen und sackte förmlich in sich zusammen.

Hope saß da. Sprachlos und aufgewühlt. Ein dicker Kloß stecke ihr im Hals. Ihr Herz schmerzte, als würde es jemand mit der bloßen Hand zerdrücken wollen. Sie suchte nach Worten. Nach etwas, das sie sagen konnte. Doch fand keine. Stattdessen reichte sie dem Mann ein Taschentuch. Eine beklemmende Stille breitete sich im Raum aus. Seine Erzählung ging dem Mädchen sehr nah. Tief atmete sie und hatte ihre Hände zusammengefaltet. Schweigend horchte Hope dem leisen Schluchzen des Mannes zu. „Haben Sie mit dem Trinken aufgehört?", fragte das Mädchen vorsichtig in die Stille hinein. Der Professor schüttelte den Kopf. Hope war anzusehen, wie verunsichert sie war. Wie nah ihr seine Erzählung ging. Langsam erhob sie sich und meinte, dass sie gerne gehen wolle. Benjamin blickte auf. Er wollte etwas sagen, doch stockte. Wie ein Fisch klappte er stumm den Mund wieder zu. Sie verabschiedete sich an der Tür von ihm, bevor sie diese hinter sich schloss. Der Professor blieb sitzen und sah ihr nach. Tiefe Reue machte sich in ihm breit. Zu seinem Erstaunen spürte er in seinem Herzen einen Funken der Erleichterung.

Die Tür öffnete sich und Hope streckte ihren Kopf hinein. Er richtete sich auf. „Danke für ihre Ehrlichkeit. Ich glaube nicht, dass ihre Tochter Sie hasst. Sie sind ihr Vater. Allein genetisch gesehen besteht sie zu 50 % aus ihnen. Ich muss nur, um ehrlich zu sein, das alles etwas verarbeiten. ‚Gute Nacht'", verabschiedete sie sich und war wieder verschwunden. Benjamin saß nach wie vor auf seinem Stuhl. Nachdenklich blickte er auf die Tür, hinter der sie verschwunden war. Tränen liefen ihm übers Gesicht und er lauschte, wie ihre Schritte, sich in der Weite des Flurs verloren. Nun war es wieder still. Sein Büro kam ihm leer und leblos vor. Ein Dunst lag in der Luft, wie ein hässlicher Abdruck einer schweren Last und ließ ihn schwer schlucken. Er fuhr sich übers Gesicht. Ihre Worte hallten nach. Wie eine kaputte Kassette. Ein Gefühl der Leere machte sich in ihm breit und mischte sich mit den Gedanken, dass er Hope auch nun nie wieder sehen werde. Der Professor lehnte sich nach vorne. Alles drehte sich. Er nahm seine Brille von der Nase. Erschöpft massierte er sich seine Augen. Seine Hände waren kalt. Sein Herz pochte schmerzhaft in seiner Brust. „War das richtig gewesen?", fragte er sich selbst leise.

Schwerfällig stand er auf und packte sein Zeug zusammen. In seinem Kopf debattierte er weiterhin über die Frage, ob er sich richtig verhalten hatte. Nun war es passiert. Ihre Worte fuhren in seinem Kopf Achterbahn. Das Bild ihrer ersten Begegnung flackerte wie eine Glühbirne mit Wackelkontakt vor seinem geistigen Auge auf. „Und wieder bin ich ganz allein", flüsterte Benjamin. Erneut liefen ihm die Tränen über die Wangen. Trotzig wischte er sie mit seinem Ärmel weg. Schwer ließ er sich wieder in seinen Stuhl fallen. Alles fühlte sich schwer an. Alles tat weh. Er fühlte sich so leer, dass es kaum auszuhalten war und ihm beinahe die Luft zum Atmen raubte.

Kapitel 12

Hope lief so schnell sie konnte die Flure entlang. Ihre Schritte trugen sie durch die großen Eingangspforten in die Nacht hinaus. Die kühle Luft nahm sie in sich auf. Tief atmete sie durch. Es war spät geworden. Sie fröstelte. Tränen standen ihr in den Augen. Tief atmete sie ein paarmal ein und wieder aus, bis sich das beklemmte Gefühl von ihrem Herzen löste. Der Himmel war zugezogen. In der Ferne grollte der Donner und der Geruch des nahenden Regens mischte sich unter den Geruch der Stadt. Die Geschichte, die Benjamin ihr erzählt hatte, war wie aus einem Buch. Diesmal doch, war sie real und Hope wusste nicht, wie sie damit umgehen sollte. Sie versuchte, dass dieses Wissen über ihn, nicht ihren Eindruck von ihm beeinflusste. Sie konnte sich nichts vormachen. Nun wirkte er bedrohlicher und befremdlicher auf sie. Ein Hauch der Angst kam in ihr auf.

Der Ton eines Anrufs auf ihrem Handy holte sie ins hier und jetzt zurück. Sie nahm ab. Ihre Stimme zitterte. Elliot, der an dem anderen Ende der Leitung saß, fragte besorgt, was passiert sei. Sie bekam keinen Ton heraus. „Hope, hallo? Wo bist du? Was ist passiert? Schicke mir deinen Standort, ich komme dich abholen." In seiner Stimme war deutlich Sorge zu hören. Sie legte auf und schickte ihm ihren Standort, nachdem sie sich ein paar Meter weiter auf einer Bank niedergelassen hatte. Der Junge schrieb ihr, dass er gleich da sei. Nachdenklich ließ Hope ihr Handy sinken und zog die Knie an. Sie hatte das Gefühl, als hätte ihr jemand Ketten umgelegt, die sie schwer an den Boden fesselten und ihr die Kehle zuschnürten. Angst, Einsamkeit, Leid und Kummer. Eine Mischung aus so vielen negativen Emotionen ließen ihr Herz schwer werden. Still starrte sie zu Boden und wippte nachdenklich leicht von einer zur anderen Seite.

Elliots besorgte Stimme, holte sie aus ihrer Trance heraus, als er auf sie zu rannte. Inzwischen hatte es angefangen zu regnen. Sie war so in Gedanken gewesen, dass sie es nicht gespürt hatte. Als er auf das Mädchen zukam, war sie bereits vom Regen durchnässt worden. Er hielt vor ihr an. Aufgewühlt fragte er, was passiert sei. Seine grünen Augen wanderten hastig über sie. „Mein Herz tut weh", schaffte sie es endlich, etwas zu sagen und brach in Tränen aus. Elliot legte ihr seine Jacke um. Er wollte, dass sie aufstand. Hope, die zitternd vor ihm saß, fühlte sich so schwer, dass sie nicht in der Lage war, sich zu erheben. Also kniete er sich vor sie hin und trug sie huckepack bis zu seinem Auto. Dieses stand gute 10 Minuten entfernt. Der Regen fiel auf sie beide nieder. Er spürte, wie sie zitternd sich an ihn drückte. Elliot wusste, dass ihr Zittern nicht nur von der kalten Luft stammte. Still liefen ihr die Tränen über die Wangen. Den Jungen so nah zu spüren, tröstete sie. Sie war nass. Er auch. Trotzdem fühlte er sich warm an. Diese Wärme fühlte sich gut an. Schützend. Sie umarmte ihn etwas fester.

Als sie seinen Wagen erreicht hatten, ließ er sie behutsam auf dem Beifahrersitz nieder. Vorsichtig schloss er die Tür. Hope saß da. Zitternd. Er warf ihren Rucksack auf die Rückbank und stellte die Heizung an. Im Handschuhfach lagen Taschentücher, die er ihr reichte. Langsam wurde er unruhig. Er wollte wissen, was passiert war. Sie war so am Weinen, dass sie nicht sofort seinen Wissensdurst stillen konnte. Er wusste das. Elliot zog sich an ihrer Hand zu sich hin und schloss sie in die Arme, bis Hope sich nach und nach beruhigt hatte. Fest hielt sie die Hand des Jungen, die genau so kalt war wie ihre eigene. Die warme Luft der Klimaanlage wärmte sie etwas auf und die Kleidung klebte kalt und nass an ihrem zierlichen Körper.

Einiges an Zeit später, hatte sie sich etwas beruhigt. Sie hatte aufgehört zu zittern. Ausführlich erzählte sie Elliot, der neben ihr saß, was mit Benjamin vorgefallen war. Sie erzählte von Mona und ihm. Von der Geschichte seiner Vergangenheit, die er ihr anvertraut hatte. Sie erzählte von all den Schmerzen, die er hatte und sie spürte wie ihr Herz schmerzte. „Ich fühle den Kummer, den er seit Jahren fühlt. Es tut so weh. Mein ganzer Körper", schluchzte sie. Elliot sah sie mitleidig an. Der Junge lehnte sich zu ihr rüber und legte seine Stirn an ihre. Er spürte ihren Atem auf seinem Gesicht. Er musste sich beherrschen, die Nähe zu ihr und die Stimmung nicht auszunutzen und sie zu küssen. Tief atmete er durch, um diese Gedanken aus seinem Kopf zu vertreiben. „Hope, dass du so empfindest, ist deine große Gabe. Doch das ist sein Kummer. Also gibt ihn ihm diesen zurück. Ich bin hier. An deiner Seite. Es ist alles gut. Niemand wird dir wehtun, das werde ich nicht zulassen", flüsterte er ihr beruhigend zu. Zart gab er ihr einen Kuss auf die Stirn, ohne dass sie es bemerkte. So verharrten sie eine ganze Weile.

„Mein Körper tut weh. Ich kann nicht aufhören zu weinen. Wie schlimm muss es für ihn sein, der diesen Schmerz schon so viele Jahre in seinem Herzen trägt?

Elliot ist hier. Er ist ruhig und hält mich fest. Meine Kleidung klebt nass an meinen Körper. Mir ist etwas kalt. Auf das Dach des Autos trommelt der Regen. In der Ferne grollt der Donner. Obwohl ich durchnässt bin. Obwohl mir alles wehtut. Obwohl ich nicht aufhören kann zu weinen, wieso macht es mich dann so glücklich, Elliot so nah zu spüren? Was ist das nur?", fragte Hope sich im Stillen selbst. Sie war glücklich und traurig zugleich. Wie ein Wirbelsturm an gegensätzlichen Gefühlen, der in ihrem Inneren wütet. Seine Anwesenheit stoppte und bestärkte diesen Wirbelsturm gleichzeitig. Auch er war inmitten dieses Gegensatzes.

Vor Erschöpfung war Hope in Elliots Armen eingeschlafen. Er stellte die Heizung höher und reif Holly an. Mit ein paar kurzen Worten erklärte er ihr die Situation. Holly versprach sich um ihre Schwester zu kümmern.

Als Elliot mit dem Auto vor dem Haus parkte, stand das Mädchen mit einem Regenschirm vor der Haustürtür. Er stieg aus und sie begrüßten sich. Holly hielt ihren Regenschirm über ihn. Sie selbst trug eine Regenjacke und sah den Jungen direkt an. „Wie geht es ihr?", fragte sie besorgt. Er erzählte, dass sie sich in den Schlaf geweint hatte, während er behutsam die Beifahrertür öffnete. Er reichte Holly den Rucksack von der Rückbank. Dann schnallte er Hope ab und hob sie aus dem Auto heraus. Holly hielt ihren Schirm über die beiden. Es war spät. Alle schliefen schon und das sollte auch so bleiben. Das Letzte, was sie nun gebrauchen konnten, war, dass Lily und Finn wach wurden. Leise gingen sie ins Haus und schlichen die Treppe hoch zu den Schlafzimmern. Behutsam legte er Hope in ihr Bett. Holly gab leise zu verstehen, dass sie Decken und eine Wärmflasche holen wollte. Der Junge nickte. Kaum war das Mädchen weg, setzte er sich leise auf den Rand der Matratze. Sorgenvoll und sehnsüchtig zugleich betrachtet er Hope einen langen Moment. Sie so zu sehen, ließ sein Herz schwer werden. Auch bei ihm war ihr Gespräch über eine Zukunft getrennt voneinander in Erinnerung geblieben. Er wollte sich nicht ausmalen, wie solch eine aussehen würde. Allein bei dem Gedanken dran begann Elliot sie zu vermissen. Zart drückte er ihre kalte Hand. „Versprich mir, dass wir zusammenbleiben", flüsterte er und strich ihr eine Strähne aus dem Gesicht. Elliot bemerkte nicht, dass Holly bereits zurück war und alles mit angesehen hatte. Sie lächelte, als sie die beiden so sah. Er fühlte sich offensichtlich erwischt und wurde rot. Holly legte ihrer kleinen Schwester die Wärmflasche auf die fast trockene Kleidung und deckte sie behutsam mit ihrer eigenen Decke und einer zweiten, die Holly aus ihrem Zimmer geholt hatte zu. Hope war inmitten der wichtigen Klausurenphase, eine Erkältung wäre das Letzte, was sie nun gebrauchen könnte. Elliot beobachtete das schlafende Mädchen. Er wollte nicht gehen. Er wollte bleiben. Sie fest an sich drücken und sie vor allem bewahren, was ihr Schaden zufügen wollte. Doch sie brauchte nun Ruhe und auch er sehnte sich nach Schlaf.

Leisen verließen die beiden Hopes Zimmer. Behutsam schloss Holly die Tür hinter sich. Flüsternd bedankte das Mädchen sich bei Elliot, für seine Fürsorge. Er fragte nach, ob sie wissen wollte, was passiert sei. Sie schüttelte den Kopf. Das wollte sie lieber von Hope selbst erfahren. Mit einem Schirm begleitete sie den Jungen bis zu seinem Wagen. „Komm gut nach Hause. Ich werde ihr sagen, dass sie sich bei dir melden soll, sobald sie wach ist", verabschiedete Holly sich. Er nickte dankbar und fuhr. Einen Moment sah sie den roten Rückstrahlern seines Autos im Regen nach, seufzte und ging ins Haus zurück.

Am nächsten Morgen wachte Hope früh auf. Wirre Träume hatten sie aus dem Schlaf gerissen. Verwirrt sah sie sich um. Sie brauchte einen Moment, um zu begreifen, wo sie sich befand. Auf einer Matratze neben ihr schlief Holly. Dankbar lächelte sie, als sie ihre große Schwester bemerkt hatte. Es gab dem Mädchen Sicherheit und Ruhe, ihre Schwester neben sich zu wissen. Leise schlich sich an ihr vorbei ins Badezimmer und nahm eine Dusche. Ihre Kleidung roch nach Zigaretten und ein Hauch von Alkohol. In ihrem Kopf spielte sich in Dauerschleife, die Geschehnisse des gestrigen Abends ab.

Als das Mädchen in ihr Zimmer zurückkehrte, war Holly wach geworden. Sie erkundigte sich besorgt, wie es ihrer kleinen Schwester ging. Mit einem aufmerksamen Blick betrachtete Holly sie. Hope versuchte zu lächeln. Doch sie brachte ein sehr schiefes und verkrampftes Lächeln zustande. Ihre Schwester erhob sich. Ihre Eltern waren Brunchen gegangen. Somit hatten die Schwestern alle Zeit, sich in Ruhe auszutauschen. Holly gab ihrer Schwester etwas Zeit sich umzuziehen und den Jungen anzurufen. Das war sie ihm für alles schuldig, ihm mal wieder den Vortritt zu lassen. Sie ging in die Küche und setzte Wasser für einen Tee auf. Das Haus, welches verschlafen da lag, beruhigte sie. Sie genoss die Ruhe, die sie heute Morgen mal allein mit ihrer Schwester genießen konnte. Holly hoffte inständig, dass ihre Schwester ihr von den Ereignissen erzählen würde. Sie hatte es so satt, sich immer ausgeschlossen zu fühlen. In der letzten Zeit hatte sie das Gefühl bekommen, dass inzwischen sogar die Erwachsenen in der Familie mehr über das Küken der Familie – Hope, wussten als sie selbst.

Das Küken der Familie war in ihrem Zimmer geblieben und wählte Elliots Nummer, die sie unter Favoriten auf seinem Handy eingespeichert hatte. Es tutete einen Moment, bis der Junge abnahm. „Hey", sagte sie und begann zu lächeln. Seine Stimme zu hören, beruhigte sie und verriet er, dass auch er gerade erst wach geworden war. Ein paar Minuten unterhielten sie sich. Er erkundigte sich danach, ob es ihr heute besser ging und sie, ob er gestern gut nach Hause gekommen war. Sie war dankbar, Elliot an ihrer Seite zu wissen. Das war keine Selbstverständlichkeit und Hope nahm sich vor, dass auch nie als selbstverständlich anzusehen.

Als das Mädchen ins Wohnzimmer kam, saß Holly eingekuschelt in eine Decke auf dem Sofa. Sie wärmte ihre Hände an der warmen Tasse, die mit heißem Tee gefüllt war. Sie gesellte sich zu ihr und kuschelte sich ebenfalls in eine Decke ein, die akkurat zusammengefaltet in einem Korb daneben langen. „Möchtest du mir davon erzählen?", suchte Holly das Gespräch. Sie sah Hope dabei zu, wie sie einen langen Moment überlegte. Es gab vieles, was Holly verpasst, hatte im Leben ihrer kleinen Schwester. „Du kennst doch Benjamin, der Mann, dem wir beim Umgestalten seiner Wohnung geholfen haben." Holly schüttelte den Kopf. Das Mädchen hielt inne. Sie hatten sich lange nicht mehr über ihre Leben ausgetauscht. Früher hatte Hope ihr regelmäßig von der Schule erzählt. Doch seit Holly zur Universität ging und bei Hope ihr Abschluss näher rückte, war es vor allem der Vergleich der Erwachsenen gewesen, der die Schwestern in ihrer Vertrautheit entzweit hatte. Somit war klar, dass Hope ganz am Anfang der Geschichte beginnen musste. Ausführlich erzählte sie von ihren Begegnungen in der Tram, ihrem ersten Gespräch und dass sich dann herausgestellt hatte, dass der Professor ein Kollege von Mona ist. Von den Unterhaltungen, die sie mit ihm über Bücher führte und das, was sie in seiner Gegenwart an Tristheit, Schwere und Mattheit empfand. Schließlich kam Hope endlich auf den letzten Abend zu sprechen, ohne dabei zu sehr ins Detail zu gehen. Sie hatte das Gefühl, dass diese Informationen vertraulich waren und sie wollte das Vertrauen, was Benjamin ihr entgegengebracht hatte, nicht missachten.

Als sie fertig war mit ihrer Erzählung, schwiegen die beiden sich eine ganze Zeit an. Ihre Worte von eben wirkten in ihnen nach. Aus dem Augenwinkel betrachtete Hope ihre Schwester nachdenklich. Etwas an ihr hatte sich verändert, doch sie konnte nicht genau sagen was. „Holly sag mal, bist du glücklich?", fragte sie in die Stille hinein. Holly blickte überrascht von der Tasse, die sie mit beiden Händen hielt, auf. Etwas unsicher suchte sie in dem Blick ihrer kleinen Schwester nach Anhaltspunkten. Langsam nickte Sie. Ja wie war glücklich. Im Großen und Ganzen. Wenn sie ehrlich war, hatte sie bisher nicht groß über ihr Glück nachgedacht. Hope sprach weiter. Ihr war aufgefallen, dass Holly in den letzten Worten nicht mehr so beschwingt, wirkte wie früher. Schon seit sie richtig in ihrem neuen Leben an der Universität angekommen war. „Wenn du die Moralpredigten von Papa meinst, dann mache dir nicht zu viele Gedanken. Stimmt, unterbewusst kann das stressig sein, wenn sie mich mit ihren Fragen durchbohren. Ich glaube einfach, dass ich mich zu sehr bemühe, seinen Erwartungen zu entsprechen", seufzte Holly. „Wieso? Glaubst du denn, er würde dich weniger lieben, wenn du deinen Weg gehen würdest und dabei glücklich wärst? Mich liebt er auch, obwohl ich nicht nach seinen Vorstellungen lebe. Auch wenn er manchmal Schwierigkeiten hat, dies zu zeigen." Hope grinste ihre Schwester frech an. Diese lachte. Sie beneidete Hope um den Mut, mit dem sie Finn die Stirn bot. Um ihren Mut, laut und selbstverständlich das auszusprechen, was ihr gerade im Kopf herumschwirrte. „Du schämst dich nicht dafür, anders zu sein als die anderen. Oder aufzufallen. Ich kann das nicht. Obwohl ich von der Zahl mehr Freunde habe als du, beneide ich dich um die Beziehung, die du mit Elliot hast. Und um die Nähe, die du zu Mona pflegst. Manchmal habe ich fast das Gefühl, dass du mich nicht magst", lachte sie verlegen. Hope antwortete empört. Sie liebte ihre große Schwester und es tat ihr weh, zu denken, dass sie es anders wahrnahm. Holly stiegen die Tränen in die Augen. Sie lehnte sich zu ihrer kleinen Schwester herüber und umarmte sie. Es fühlte sich gut an, Holly von all den Vorkommnissen der letzten Wochen zu erzählen. Sie erzählte von Benjamin und Mona. Von ihrer Freundin Lina und der Schule. Auch die Schwestern hatten aufgrund ihrer Unterschiede phasenweise sich voneinander abgewandt. Doch nun sind sie einen Schritt zurückgegangen – aufeinander zu und das war wichtig gewesen. Sie hätten sich nicht durch die fehlinterpretierte Art ihres Vaters, seine Liebe und Fürsorge zu zeigen, entzweien lassen dürfen.

Es war bereits nachmittags, als Hope vor Benjamins Wohnhaus stand. Sie wollte mit ihm sprechen. Holly hatte ihr dazu geraten. Bevor das Mädchen auf die Klingeln drückte, atmete sie tief durch. Was sollte sie zu ihm sagen? Diese Frage stellte sie sich, seit sie zuhause losgegangen war. Elliot wusste Bescheid und Holly wollte sie später abholen. Sie drückte den kleinen, leicht vergilbten Knopf und wartete. Die Stimme des Professors fragte, wer da sei. „Hallo Benjamin, hier ist Hope", sagte sie mit einem leichten Zittern in ihrer Stimme in die Sprechanlage hinein. Das surrende Geräusch der Tür war wie eine Erlösung. Kraftvoll stemmte, sie die Tür auf und trat ins Innere des Hauses ein.

Während Hope die Stufen hinaufstieg, hörte sie, wie sich ein paar Stockwerke höher ein Schlüssel im Schloss umdrehte und eine Tür sich öffnete. Als sie sein Stockwerk erklommen hatte, stand er an der Tür und lächelte ihr entgegen. „Ich hoffe, ich störe nicht", begrüßte sie ihn schüchtern. Der Professor schüttelte den Kopf. Er wirkte erfreut darüber, sie zu sehen und fragte neugierig, fast zurückhaltend, nach dem Grund ihres Besuches. „Das Wetter ist schön, wollen wir einen Spaziergang machen?" Ihm gefiel die Idee. Schnell zog er sich seine Schuhe an. „Wie wäre es mit einem Kaffee?", fragte er, während er die Haustür abschloss. Hope nickte. Sie war erleichtert, dass er für ihr Gehen gestern Abend nicht böse auf sie war.

Bei dem Café, die Straße hinunter, besorgte Benjamin für sie beide einen Kaffee. Zuerst führten sie etwas Smalltalk während sie die Straße hinunterliefen. Die Sonne schien und die Temperaturen waren sommerlich. Sie erreichten einen Grünstreifen, der in seiner Mitte eine kleine Kirche hatte. Still gingen sie nebeneinanderher. Der Weg war mit Schotter ausgelegt und die Blumenbeete waren liebevoll angelegt worden. Bunte Blumen blühten. Es gab einen kleinen Brunnen. Ringsum waren Kirschblütenbäume gepflanzte worden, die nun schon am Verblühen waren. Auf einer der Wiesen spielte ein Vater mit seinen Kindern Fußball. Der Professor blieb stehen, als er sie entdeckte und lächelte. Hope blieb etwas abseitsstehen. Sie wollte ihm den Freiraum geben, diesen Anblick zu genießen. Innerlich fragte sie sich, ob ein solches Bild, ihn melancholisch stimmte. Sie blickte ihn von der Seite an. Er lächelte und wirkte glücklich. Für einen Moment hatte der Professor vergessen, dass sie da war. Er hatte sich so in den Anblick des Vaters mit seinen Kindern verloren, dass für einen kleinen Moment, er alles um sich herum vergessen hatte. Er musste an seine Tochter denken und fragte sich, was sie gerade tat.

Als er sich zu Hope umdrehte, lächelte er ihr zu. Sie lachte ihn an und sie gingen weiter. Für Kaffee war es fast etwas zu warm. Vor allem in der Sonne war es warm. Bald würde der Sommer kommen und sie die Schule beendet haben. Doch was kam danach. Sollte sie diese eine Idee, die ihr im Kopf schwirrte, wirklich ins Visier nehmen? Sie schüttelte sich. Auf ihrer Zunge lag der leckere, leicht bittere Nachgeschmack des Kaffees. Die kleinen Steinchen knirschten unter ihren Schuhsohlen. In den Bäumen ringsherum, zwitscherten die Vögel.

Sie schwiegen und ließen dem anderen den Freiraum, die Gedanken in die Ferne schweifen zu lassen. „Wollen wir in die Kirche gehen?", fragte sie. Benjamin nickte und folgte Hope, die bereits vorgegangen war. Das Mädchen spürte seinen Blick, der auf ihr ruhte. Sie wollt es ansprechen, wusste aber nicht, wie. Also schwieg sie. Die Tür der Kirche war aus dunklem massivem Holz. Die

Türgriffe waren goldfarben und in sie war ein Mosaik eingraviert. Hope stemmte sich dagegen und ließ den Mann eintreten.

In der Kirche war es still. Durch die Fenster schien die Sonne hinein und tauchte das Innere des kleinen Gotteshauses in eine einladende, fast filmreife Kulisse. Das Design war sehr schlicht gehalten, was sie sehr angenehm fand. „Ich war noch nie hier, aber die ist echt hübsch", flüsterte sie in Benjamins Richtung. Langsam ging Hope den breiten Gang zwischen den Gebetsbänken hindurch nach vorne. Ihre Schritte hallten bis in die hinterste Ecke des Gebäudes hinein. Sie atmete tief durch. Sie beide waren allein, kein anderer war hier. Sie spürte, wie der Professor ihr nachkam und in der vordersten Reihe der Bänke Platz nahm. Sie verschränkte die Hände zum Gebet. Still nahm sie sich einen Moment dafür Zeit. Ihre Lippen umspielte ein Lächeln. Sie fühlte sich mit Liebe aufgefüllt. Es war ein angenehmes Gefühl, das sie kaum jemand anderem hätte erklären können, der zuvor nie ein solches Erlebnis gehabt hatte. Hope spürte die Anwesenheit des Mannes, der seinen Blick durch die Kirche schweifen ließ. Als sie fertig war, kam sie zu ihm und setzte sich mit etwas Abstand neben ihn. Zwischen ihnen herrschte eine ganze Zeit Stille.

„Ich hätte nicht gedacht, dass ich dich wiedersehe nach gestern", sprach er endlich den Gedanken aus, der bis eben ungesagt in seinem Kopf herumgeistert, hatte. Schüchtern lächelte er. Hope entschuldigte sich und versuchte ihm zu erklären, dass dies viel auf einmal gewesen war für sie und sie gegangen war, um Raum zu haben, seine Erzählung wirken zu lassen. „Ich wusste, dass Sie gelitten haben. Aber diese Geschichte, ist wie aus einem schlechten Film." Er stimmte ihr lachend zu. Er selbst hatte sich damals auch nicht vorgestellt, dass sein Leben mal so verlaufen würde. Sein jüngeres Ich würde ihm bestimmt eine saftige Ohrfeige verpassen. Hope hörte ihm dabei zu. Der Professor bat sie um Entschuldigung, ihr zu viel zugemutet zu haben. Doch sie meinte, dass sie sich freute zu sehen, dass es ihm besser zu gehen schien. Benjamin roch heute Morgen weder nach Alkohol noch nach Zigaretten. Er schien geduscht zu haben und trug gebügelte Kleidung. Er wirkte leichter und fröhlicher. Sie sprachen leiser als sonst. Die Kirche gab ihnen beiden ein Gefühl der Sicherheit und Geborgenheit, dass sie durchströmte.

„Haben Sie es eigentlich je bereut, andere Wege gegangen zu sein als die, die ihre Eltern sich für Sie vorgestellt haben?" Der Professor sah sie an und schüttelte den Kopf. Sie nickte nachdenklich. Noch bevor er nachhaken konnte, ergriff sie das Wort. Sie erzählte ihm von ihren Eltern. Von ihrem Wunsch, dass sie einen Beruf mit Beständigkeit und Zukunft wählte. Etwas Sicheres, wie ihr Vater es nannte. Benjamin nickte verständnisvoll. Er kannte diese Situation nur allzu gut. „Dabei geben sie mir nicht die Zeit und den Raum, genau das für mich herauszufinden. Ich möchte nun erstmal meine Prüfungen machen, die noch offen sind. Dann erst möchte ich über meinen nächsten Schritt nachdenken." Aufmerksam hörte er dem Mädchen zu. Es war ihm anzusehen, wie erleichtert er war, dass der gestrige Abend und seine Ehrlichkeit, nichts an ihrer Verbindung zueinander geändert hatte. Das Mädchen seufzte und erzählte von ihrer Schwester und ihrem unrealistischen Wunsch, immer diesen Erwartungen zu entsprechen.

„Meine Eltern waren auch so. Ich bekam Liebe, wenn ich Leistungen brachte – Noten und Ergebnisse. Und obwohl ich es so gehasst habe, verlangte ich dasselbe von meiner Tochter." Er lachte abfällig. Er wunderte sich, wie leicht es ihm inzwischen ihr gegenüber fiel, so über seine Tochter zu sprechen. Es freute ihn. Endlich fühlte sich sein Herz dabei nicht mehr schwer an. Nach wie vor hatte er Schuldgefühle und bereute vieles, aber endlich konnte er es in die Welt hinausrufen, dass er ein Vater ist. Rein biologisch gesehen. Sein Blick wandert zu Hope. Sie sah ihn lächelnd an. „Irgendwann kommst du in deinem Leben an den Punkt, wo du dir Gedanken machen musst, wer du sein willst. Wie ist das bei dir?" Sie zuckte mit den Schultern. Einen Moment zögerte sie, doch dann erzählte das Mädchen ihm von den paar ungenauen Ideen, die gestaltenlos in ihrem Kopf existierten. Der Professor nickte. Einen Moment entstand, wo jeder seinen Gedanken nachging und die neuen Informationen einzuordnen schien.

In Hope arbeitete es. So vieles war passiert. So vieles hatte sich geändert. Bald war ihre Schulzeit vorbei. Und wie würde sich neuen Herausforderungen stellen müssen, dessen Volumen sie jetzt noch nicht kannte. Das machte ihre Angst. „Ich erinnerte mich gerade an einen Text, den mir meine Oma mal geschrieben hatte. Wollen sie ihn lesen?" Neugierig wie ein kleines Kind nickte Benjamin. Sie kramte aus ihrer Tasche ihr Notizbuch heraus und suchte die richtige Seite. Dann übergab sie ihm das Buch: *„Ich lebe in der süßen Genugtuung nicht alles zu wissen. Meine Unwissenheit ist ein Segen. Denn wüsste ich alles, hätte ich gegen all mein Wissen, meine Menschlichkeit eingetauscht. Das nicht wissen, ist etwas Gutes. Etwas zu* *lernen, noch besser. Ich weiß nicht alles, was ich weiß. Ich weiß nicht, ob das, was ich weiß, das ist, was ich glaube zu wissen. Wir Menschen wissen im Grunde gar nichts. Nur so ist es uns möglich ein Leben als Mensch zu führen. Wenn Wissen Macht ist, sind wir machtlos. Wenn Wissen Leben ist, ist es ein Wunder, dass wir existieren. Ich bin gesegnet damit, so unwissend zu sein. Unwissenheit ist Unvollständigkeit. Aus Unvollständigkeit entspringt die Individualität."*

„Ist mit ihnen allen okay?" riss ihn die Frage aus den Gedanken. Die Augen des Professors musterten sie. Still reichte er dem Mädchen das Notizbuch zurück. Dieser Moment mit ihr hatte ihn nachdenklich werden lassen. „Weißt du, um meine Lebenserfahrung mit dir zu teilen. Die anderen gibt es schon. Es gibt schon ihre Berufe, ihre Philosophien, ihre Bauten, ihre Bilder, ihre Worte und ihre Arten zu leben. Finde deine eigene Art. Die anderen gibt es bereits, wieso also willst du zu ihnen werden? Das Leben ist zu kurz, um es damit zu verbringen, irgendwelchen Erwartungen zu entsprechen und sich ihnen unterzuordnen. Mach dich auf die Suche. Finde deinen Weg. Es ist egal, wie einzigartig, kurvig oder außergewöhnlich dieser sein mag, nimm den Mut zusammen und gehe ihn. Folge deinem Herzen. Rede nicht lange drum herum und lass das weg, was dich unnötig belastet. Sei gut zu den Menschen, die dich lieben und sich um dich Sorgen. Folge deinen Werten. Begeistere die Leute. Lebe dein Leben so, wie es dich glücklich macht." Er schaute sie etwas überfordert an. Tränen standen dem Mädchen in den Augen. „Sagen sie mir das, weil Sie sich jenseits ihres Pfades bewegt haben?" Benjamin zuckte zusammen. Ihr Gespür erstaunte ihn immer wieder aufs Neue. Er nickte traurig. Sein Fehler war es gewesen, nach den Vorstellungen anderer zu leben. So war er von seinem Weg abgekommen. Er hatte in seiner Jugend alles gemacht, was seine Eltern von ihm gefordert haben in der Hoffnung, so ihre Zuneigung und Liebe zu gewinnen. Fast hätte er einen Berufsweg eingeschlagen, der ihn vielleicht nicht ausgefüllt hätte. Nur dank seiner Ex-Frau wusste er, dass eine Liebe, nichts wert war, wenn er sie sich erarbeiten musste. „Jeden Tag bin ich neben meinen Eltern erfroren. Jede einzelne Sekunde habe ich gehasst, mich verbiegen zu müssen. Um funktionieren zu müssen, um in das Raster, welches meine Eltern aufgestellt hatten, hinzuzupassen. Und obwohl ich es gehasst hatte, so aufgewachsen zu sein und mich so zu fühlen, habe ich diese Wesenszüge mit in meine Partnerschaft und Ehe genommen. Ich habe genau dasselbe Raster für meine Tochter aufgestellt. Ich habe alles gemacht, was ich so hasste als Kind. In dieser Zeit ist es mir nicht ein einziges Mal aufgefallen. Das wurde mir erst klar, als es lange zu spät war. Also begann ich mein Glück in anderen Dingen zu suchen. Wie auf dem Grund von Weinflaschen zum Beispiel." Er lachte, doch es war ein gezwungenes Lachen.

„Und wie ist es jetzt?", fragte Hope. „Wie wollen Sie ihr Leben jetzt verbringen? Sind Sie denn endlich auf ihren Weg zurückgekehrt?" Ihre Blicke trafen sich für einen Moment. Er schmunzelte. „Na ja so halb. Ich gehe bald in Rente und das Einzige, auf das ich zurückblicken kann, ist einen Beruf, wo meine Studenten meinen Unterricht langweilig finden. Meine Arbeit als Lektor, mit der ich gefühlt nicht vorankomme und seitdem meine Eltern nicht mehr mit mir geredet haben. Meine Tochter, die seit Jahren ihr Leben ohne mich beschreitet." Seine Glieder begannen bei dieser Vorstellung zu schmerzen. Sein Herz zog sich zusammen. Seine Hände zitterten und in seinen Ohren begann es zu rauschen.

„Dann verändern Sie was", drang ihre Stimme durch das Rauschen in seinen Ohren. „Noch sind Sie nicht in Rente. Noch ist Zeit, etwas zu ändern. Schreiben Sie das Buch zu Ende, an dem Sie schon so lange arbeiten. Gestalten Sie ihre Vorlesungen anders. Für einen Neuanfang ist es nie zu spät." In ihren Augen war die Euphorie zu sehen, die auf Benjamin übersprang. Er begann herzlich zu lachen. Die dunklen Schatten von eben, verschwanden von ihm. „Du bist ziemlich weise für dein Alter. Weißt du das?" Sie grinste und meinte das kommt durchs viele lesen. Der Professor war sich sicher, dass dazu mehr gehörte als eine lange Liste an gelesenen Büchern.

„Das ist es!", rief Hope auf einmal. Sie hielt sich die Hand vor den Mund, als ihre Stimme laut durch die Kirche hallte. Sie sprang auf und meinte, sie müsse los. Der Professor schaute sie an. Er war von ihrem abrupten Aufspringen überrumpelt. Hope bedankte sich bei ihm und rannte los. Sie stieß die Tür auf und trat ins Licht. Die Sonne begrüßte sie. Das Mädchen rannte weiter und griff nach ihrem Handy. Sie wählte die Nummer ihrer Schwester und während sie schnell die Straße hinunterrannte, erklärte sie in kurzen Worten alles.

Ein paar Straßen weiter, hielt ihre Schwester mit dem Firmenwagen ihres Vaters und Hope stieg ein. Die Schwestern begrüßten sich mit einem Lächeln. Vor Aufregung waren ihre Wangen gerötet. Ihre Augen funkelten abenteuerlustig. „Und du bist dir sicher?", hakte Holly nach.

Hope nickte. „Gut, dann werde ich dir helfen." nickte sie und trat aufs Gas. Ihre kleine Schwester lehnte das Angebot ab. Das war eine der Sachen, die sie allein durchziehen musste. Holly sah zwar auf der einen Seite etwas enttäuscht aus, doch auf der anderen, freute sie sich, dass ihre Schwester nun endlich eine Idee hatte. Die gute Laune sprang auf sie über. „Okay, doch wenn du meine Hilfe brauchst, bin ich für dich da." Hope lächelte ihr dankend zu.

Zusammen fuhren sie zurück nach Hause. Ihre Eltern waren bereits da. Sie saßen im Wohnzimmer und unterhielten sich. Beide waren sichtlich verwundert als ihre beiden Töchter den Raum kamen und Hope sie um ein Gespräch bat. „Viel Glück. Ich gehe hoch. Hole mich dazu, wenn was ist", flüsterte Holly ihr zu und zog sich aus dem Wohnzimmer zurück. Zu dritt nahmen sie an dem Esstisch Platz. Lily holte für sie etwas zu trinken. Ihr Vater begann einer seiner Moralpredigten vorzubereiten und ihr dominant erneut seinen Standpunkt klarzumachen, als sie ihn höflich mit der Bitte unterbrach, ihr zuerst einmal zuzuhören. Die Aufmerksamkeit ihrer Eltern richtete sie nun auf sie. Hope atmete tief durch, verschränkte für einen Moment die Hände ineinander und begann zu sprechen: „Ich wollte mich mit euch unterhalten …"

Kapitel 13

An dem Tag ihrer letzten Abschlussprüfung holte Elliot sie an der Schule ab. Die beiden hatten sich ein paar Tage nicht gesehen. Stürmisch fiel sie dem Jungen um den Hals zur Begrüßung. Hope war sichtlich erschöpft, jetzt wo der ganze Stress vorbei war, aber auch glücklich. „Meinen Glückwunsch, das hast du super gemacht", flüsterte er ihr ins Ohr. „Lass uns, was Schönes machen. Etwas entspanntes", flüsterte sie mit einem Lächeln zurück. Sie lösten sich aus der Umarmung. Es gab etwas, das sie dem Jungen unbedingt erzählen wollte. Mit einem Zwinkern ließ sie ihn das wissen. Ihm war förmlich aus dem Gesicht abzulesen, wie neugierig er war. Sein Versuch, es mit Lässigkeit zu überspielen, blieb erfolglos. Dafür kannte sie ihn zu gut.

Sie stiegen in sein Auto. Während das Mädchen sich anschnallte, betrachtete Elliot sie mit einem Lächeln. Als sie fragte, was los sei, grinste er und stellte ihr eine Tüte auf den Schoß, die bis eben noch auf der Rückbank gelegen hatte. Hope sah zwischen der Tüte und ihm, hin und her. Mit einer Kopfbewegung forderte er sie auf, hineinzuschauen. Sie griff in die Tüte hinein. Ihre Finger erfühlten ein würfelförmiges Geschenk. Vorsichtig holte sie es heraus. Sie betrachtete es. Das Kästchen war mit Stoff überzogen. Der weiße Stoff passte perfekt zu der großen Schleife, die der Junge gebunden hatte. Es hatte etwas von einem Schmuckkästchen. „Das sieht wunderschön aus. Hast du es verpackt?", fragte sie, während sie in ihrer Tasche nach ihrem Handy suchte. Er nickte. Sie machte ein Bild und betrachtete das kleine Geschenk glücklich. Es sah eigentlich zu schön aus, um es kaputt zu machen, doch Hope war neugierig, was im Inneren war. Behutsam zog sie an dem Band und die Schleife öffnete sich. Das Band fühlte sich weich zwischen ihren Fingern an. Ihr Herz klopfte ihr bis zum Hals. Vorsichtig öffnete sie das Kästchen. Es war mit Packpapier ausgelegt. Und auf diesem drauf lagen zwei Lederarmbänder. Als Hope die Bänder wiedererkannte, begannen ihre Augen zu leuchten. Es waren Armbänder, die sie sich gegenseitig vor ein paar Jahren auf einem Sommerfest gebastelt hatten. Elliot erzählte er, wie er die Bänder letztens beim Aufräumen gefunden hatte. Sie repariert und auf ihren jetzigen Handgelenksumfang angepasst hat. „Holly hatte mir dabei geholfen. Wie findest du es?", fragte er schüchtern. „Ich liebe sie. Vielen Dank. Ein wunderbares Geschenk." Ihn überkam eine Gänsehaut bei ihren Worten. Sie beugte sich zu ihm herüber und gab ihm einen Kuss auf die Wange. Dann nahm sie die Bänder heraus. Sie fühlte das braune Leder, welches fest zusammengeflochten war unter ihren Fingerkuppen. Hope zog seine Hand zu sich und befestigte das Band an seinem Handgelenk. Elliot betrachtete sie dabei mit einem Funkeln in den Augen. Dann reichte sie ihm ihr Armband. Sie hielt ihm ihre Hand hin. Vorsichtig schlug er es herum und verknotete es sorgfältig. Das Mädchen betrachtete es glücklich. Sie freute sich sehr über das herzliche Geschenk. Als Andenken machten sie ein Bild der Armbänder an ihren Handgelenken. Dann fuhren sie los. „Wohin möchtest du? Hast du Hunger?", fragte er. „Ich möchte mich am liebsten in einem Park einfach in die Sonne legen und nichts tun." Wie als Antwort setzte Elliot den Blinker und fuhr in Richtung des kleinen Stadtparks in Nähe der Universität.

Ganz in der Nähe fanden sie einen Parkplatz. Vor einiger Zeit hatte Hope in seinem Kofferraum eine Decke platziert, die sie nun herausnahm und in ihre Tasche stopfte. Sie schloss den Kofferraum. Ihr Blick fiel dabei wieder auf das Lederband. Wärme breitete sich in ihr aus. Ihr Herz machte einen Sprung. Elliot stand auf dem Gehweg und wartete auf sie. Mit einem Lächeln kam sie zu ihm herüber. Sie war müde von den letzten Wochen. Doch der noch immer anhaltende Stresspegel und die vielen Gefühle, die sie in sich trug, ließen sie ihre Müdigkeit nicht spüren. Es war ein schöner Tag. Schnell hatten sie Platz zum Liegen gefunden. Der Platz lag im Halbschatten auf einer der Liegewiesen, an dem kleinen Ententeich. Sie ließ sich auf die Decke fallen. Für einem Moment schloss Hope die Augen und gähnte. Sie spürte, wie sich der Junge neben sie legte. Sie hob ihren Kopf etwas, das er seinen Arm herunterschieben konnte. „Bequem?", fragte er. Sie lächelte und öffnete die Augen wieder. Über ihnen leuchteten die grünen Blätter im Sonnenlicht und wogen sich leicht hin und her in dem leichten Wind. Sie hörten das Plätschern des Teiches, indem die Enten schwammen. Das Bellen eines Hundes, der von seiner Besitzerin an der Leine weitergezogen wurde. Die Enten schwammen entspannt im Teich umher, ohne dem kläffenden Hund groß Aufmerksamkeit zu schenken.
Hope hob ihren Arm. Mit einem glücklichen Lächeln betrachtete sie das Armband. Elliot hatte die Augen geschlossen. Sie hörte sein Atmen und wie sich sein Brust-

korb gleichmäßig hob und senkte. Sie fühlte sich wohl und geborgen. Es war einer dieser Momente, der eine kleine Ewigkeit dauern könnte, wenn es nach ihnen ging. „Wie war dein Tag?", fragte sie ihn. „Gut", antwortete er. Sie hatte seine Stimme schon unzählige Mal gehört. Dennoch konnte sie den Klang seiner Stimme nicht oft genug hören. Seine Stimme war nicht sehr tief, aber sehr angenehm. Vor allem mochte das Mädchen den Klang, den er beim Sprechen hatte. Sie lächelte. Eine tiefe Zufriedenheit füllte sie auf, „Wir haben Glück. Das Wetter ist wunderschön heute", flüsterte Hope. Wie als Antwort darauf räusperte der Junge sich und rollte sich auf sie Seite, um sie anzuschauen. Seine Augen wanderten über ihr Gesicht. Sie rollte sich ihm zu und stupste ihn sanft mit ihrer Stirn gegen seine. Er lächelte. „Und ich bin gerade richtig glücklich", fügte sie ihren Aussagen hinzu. Obwohl Elliot seinen Gedanken nicht aussprach, spürte sie, dass auch er glücklich ist. Zusammen genossen die beiden den Moment und spürten die Anwesenheit des anderen mit allem, was sie aussagen sollte.

Es war das Klingeln von Hopes Handy, dass den Moment irgendwann beendete. „Ich will nicht drangehen", murmelte sie, ohne sich auch nur einen Zentimeter zu bewegen. Sie wusste selbst, dass sie besser den Anruf annehmen sollte. Seufzend setzte sie sich auf, um das Handy aus ihrer Tasche zu fischen. Es waren ihre Eltern, die wissen wollten, wann sie nach Hause kommen würde. Elliot hörte mit und nickte ihr zu, als sie ihn anschaute. „Ich komme bald. Wir sind im Park und machen uns gleich auf den Weg", beantwortete sie die Frage ihrer Eltern und legte auf. Der Junge setzte sich ebenfalls auf. „Ich will nicht gehen", murmelte sie. Zumindest noch nicht. Noch einen kleinen Moment, wollte sie hier mit ihm sein. „Wir können wiederkommen. Deine Eltern warten. Ich möchte keinen Ärger bekommen, weil ich dich ihnen vorenthalte", grinste er. Hope wusste, dass er recht hatte und dennoch wollte sie bleiben. Nur noch ein kleines bisschen länger. Zudem gab es da noch diese Sache, von dem sie ihm unbedingt erzählen wollte.

Elliot erhob sich. Aufmerksam hielt er ihr seine Hand hin. Mit einem kräftigen Ruck zog er sie hoch. Er hielt ihre Hand noch einen Moment länger fest als unbedingt nötig. Dann wandte er sich ab und rollte die Decke zusammen. Das Mädchen nahm sich ihre Tasche, die im Gras stand. „Müssen wir wirklich los?", fragte sie erneut. Sie wusste selbst, dass sie sich wie ein schmollendes Kind anhörte, doch dieser Moment mit ihm, waren etwas besonders für sie. Wertvoll. Sein herzliches Lachen riss sie aus ihren Gedanken. Er kam zu ihr herüber und legte ihr einen Arm um. Hope lächelte glücklich. Wenn er ehrlich war, wollte auch er noch bleiben und ihre Zweisamkeit ein paar Augenblicke länger genießen.

Zusammen machten sie sich auf den Weg zurück zum Auto. Es war früher Nachmittag. Der Park war nicht groß besucht. Die meisten arbeiteten um diese Zeit. Hope wurde unruhig, sie wollte ihm davon erzählen, aber wie sollte sie nur beginnen? „Ich weiß jetzt, wie es weitergehen soll bei mir", sprach sie es endlich an. Neugierig und erwartungsvoll sah er sie an. „Ich habe diese Idee schon länger. Lina hat mich darauf gebracht." Hope machte eine kleine Pause. Ihre Schritte verlangsamten sich. Er ging noch ein paar Schritte weiter, bis er es bemerkte. „Elliot, ich werde weggehen." Die Worte hallten in seinem Kopf nach.

Seine Augen weiteten sich. Sprachlos drehte er sich zu ihr um. Ungläubig sah er sie an. Er konnte nicht fassen, was er gehört hatte. Er hoffte inständig, sich verhört zu haben. Er musste sich verhört haben. Oder? Seine Kehle war wie zugeschnürt. Sein Mund trocken. In seinem Kopf dreht sich alles. Wieder und wieder überlegte er, ob er ihre Worte richtig verstanden hatte. Sein Herz zog sich in seiner Brust zusammen. „Was?", würgte er heraus. Sie sprach weiter, erzählte ihm, dass sie schon länger drüber nachgedacht hatte. Doch erst im Gespräch mit Benjamin vor ein paar Tagen, der sie ermutigt hatte ihren eigenen Weg zu gehen, hatte diese Idee eine Gestalt angenommen. Lina hatte ihr den Kontakt von ihrer Nachbarin weitergeleitet. Das soziale Programm setzt sich für Meeresschutz ein und sie suchen nach Freiwilligen. Als sie ihm erzählte, dass sie bereits mit ihrer Familie gesprochen hatten, entglitt Elliot der letzte Funken Hoffnung, sich verhört zu haben. Er unterbrach sie in ihrer Erklärung. Hope sah ihn an und lächelte. Er brauchte ein paar Momente, um all das zu verarbeiten. Costa Rica. Weggehen. Freiwilligendienst. Sie ging weg? Weg von ihm? Wieso? Warum tat sie das? War das nun der Abschied? Er ballte seine Hände zu Fäusten. Hope bemerkte es. Unsicher suchte sie seinen Blick. „Wie lange wirst du weg sein?", fragte er. „Vielleicht ein Jahr. Vielleicht etwas länger." Ihre Stimme wurde mit jedem Wort unsicherer. Seine Stimme glich einem Zischen, als er fragte, seit wann sie beschlossen hatte ins Ausland zu gehen und wieso er nichts davon wusste. Ruhig versuchte sie erneut, es ihm in Ruhe zu erklären. Elliot konnte bei aller Liebe kein Verständnis für sie aufbringen. Alles stand für ihn Kopf. „Wieso bist du sauer?", fragte sie ihn. „Das weißt du nicht? Ist das dein Ernst?" Er kam zu ihr. Aufgebracht packte er sie an den Armen. Seine grünen Augen sahen sie aufgewühlt an. Er verspürte Angst. Angst von ihr getrennt zu sein. Angst sie zu verlieren. Angst, dass sie weg ging und vielleicht nicht wieder kam. Angst, dass sie jemanden kennenlernt und ihn vergisst.

Hope löste sich aus seinem Griff. Er fuhr sich mit den Händen übers Gesicht. „Was ist mit uns?", stellte Elliot die alles entscheidende Frage. Doch er unterbrach sie. Er wollte die Antwort nicht hören. Er hätte sie sich selbst geben können. Verunsichert fragte sie ihn, was er von ihr verlangte. Er war es doch gewesen, der sie bestärkt hatte, ihren Weg zu gehen. Dass er da sein würde, an ihrer Seite. Die Stimme des Jungen bebte. „Elliot, bitte lass mich auch mal etwas sagen." Sie sprach mit ruhiger, fester Stimme. Elliot sah sie an. Fragte, ob sie wirklich weggehen würde. Innerlich betete er, dass das alles ein böser Traum war. Ein schlechter Scherz. Sie antwortete, dass sie gerne dieses Programm wahrnehmen würde. „Ich will dir nicht zuhören. Ich werde jetzt gehen." Alle aufbrausenden Gefühle von eben, waren aus seiner Stimme entwichen. Tränen standen ihm in den Augen. Sein Herz schmerzte. Hope ging es gleich. Sie bat ihn zu bleiben. Elliot lehnte ab. Er wollte nur noch weg. Er sah ihr einen letzten Moment in die Augen, bevor er sich von ihr abwandte. Sie rief ihn bei seinem Namen. Bat ihn erneut, zu bleiben und ihr zuzuhören. Der Junge stockte einen Moment in seiner Bewegung. Dann schüttelte er sich und entfernte sich von ihr.

Hope blieb weinend zurück. Sie rief seinen Namen mehrere Male. Der Junge reagierte nicht. Sie weinte bitterlich. Es war ihr egal, dass ein paar Leute vorbeikamen.

Die das Mädchen teilweise sorgenvoll und teilweise ignorant betrachteten. Das war in dieser Situation alles egal. Alles schmerzte. Alles tat weh. Ihre Augen brannten. Ihre Tränen schmeckten salzig. Ihr war schlecht. Sie fühlte sich leer. Transparent. So als seien ihre Seele und ihr Körper in zwei Teile gerissen worden. Das Mädchen flüsterte seinen Namen und griff ihr Handy. Sie wollte seine Nummer wählen, doch ihre Finger fühlten sich verkrampft an. Sie wollte ihm hinterherrennen, doch sie war wie angewurzelt. Ihr Herz schrie laut seinen Namen und pochte unter Schmerzen tapfer weiter.

Gut eine halbe Stunde später stand sie mit aufgequollenen, roten Augen, schniefend an der Tram-Station und wartete auf ihre Bahn. Sie trug ihre Kopfhörer, aber es lief keine Musik. Die Menschen um sie herum hielten Abstand zu ihr. Hope nahm ihr Handy hervor und versuchte den Jungen nun schon zum zwölften Mal zu erreichen. Er nahm ihre Anrufe nicht entgegen. Sie öffnete den Chat mit ihm. Etwas verschwommen sah sie die vielen Nachrichten, die sie ihm geschrieben hatte. Jede Nachricht hatte sein Handy erreicht, doch er war nicht online gekommen, um sie zu lesen. Traurig ließ das Mädchen ihr Handy wieder in ihrer Tasche verschwinden. Die Tram fuhr ein. Sie ließ sich von der Menge mitziehen und erzielte einen Sitzplatz am Fenster. Traurig und wütend zugleich fühlte sie sich. Überfordert und allein gelassen. Sie hoffte, dass es nur ein Traum war. Das sie endlich aufwachte. Sie und Elliot hatten sich noch nie gestritten. Es war seltsam und machte ihre Angst. In Gedanken versunken, lehnte sie ihren dröhnenden Kopf gegen das kalte Glas der Fensterscheibe. In ihr war alles aufgewühlt. Wie ein Sturm, der in ihrem Inneren tobte.

Ihr Handy klingelte. „Elliot!", dachte sie. Nein, es war ihre große Schwester, die nachfragte, wo sie blieben. Hope versuchte sich nichts anmerken zu lassen und meinte, dass dem Jungen etwas dazwischengekommen war und sie die Bahn nahm. Ihre große Schwester reagierte empört. Mit einem schnippischen Ton fragte sie, was der Grund war. Hope war nicht in der Stimmung dagegenzuhalten. Allein das Reden fiel ihr schwer. Beherrschte sie sich nicht, kamen ihr erneut die Tränen. „Hope. Was ist passiert?", fragte Hollys vertraute Stimme besorgt. Es war wie ein Tropfen, der in ein volles Fass fiel und es zum Überquellen brachte. Erneut brach sie in Tränen aus. Ihre Schwester bemerkte es. Ihre Eltern, die im Hintergrund mitgehört hatten, sprachen aufgeregt durcheinander. Holly sprach kurz mit ihnen und nahm ihr Handy ans Ohr. „Ich hole dich ab. Bis gleich." Sie nickte unter Tränen dankbar und legte auf.

Kaum hatte Hope die Bahn verlassen, entdeckte sie ihre Schwester, die zusammen mit ihren Eltern auf dem Bahnsteig stand und sich nach ihr umblickte. Sie setzte ihre Kopfhörer ab und rannte auf die drei zu. Sie warf sich bitterlich weinend Holly in die Arme. Sie spürte, wie ihre kleine Schwester am ganzen Körper zitterte. Ihr Vater wollte etwas sagen. Lily verhinderte dies, indem sie nach der Hand ihres Mannes griff und ihm liebevoll etwas zuflüsterte. Schnell hatten sie verstanden, dass Hope zu aufgewühlt war, um ihnen etwas mitzuteilen. Zu viert gingen sie zurück nach Hause. Holly wich nicht von der Seite ihrer kleinen Schwester. Liebevoll nahm sie sich dem kleinen Häuflein Elend, was Hope gerade war, an und kümmerte sich aufmerksam um sie. Hope selbst wollte nur noch schlafen.

Der Stress der letzten Wochen und die Anspannung minderten sich. Das viele Lernen, die starke Belastung für Körper und Seele, hatten ihr eh zugesetzt. Doch das mit Elliot hatte sie ihre letzte Kraft gekostet. Sie fühlte sich müde, kraftlos und ausgelaugt. Holly fragte, ob sie bei ihr bleiben sollte, und reichte ihr ein Taschentuch. Ihre Eltern wollten sich einmischen, doch das Mädchen hielt sie davon ab. Für Diskussionen und gut gemeinte Ratschläge war der falsche Zeitpunkt. „Schneidet ruhig den Kuchen an", sagte Hope mit kratziger Stimme. Sie war blass. Sichtlich war ihr anzusehen, dass sie nun dringend Ruhe benötigte. Holly folgte ihr in ihr Zimmer. Zusammen legten sie sich neben ihre Schwester aufs Bett. Hope griff nach dem Teddybären, der auf dem Kopfkissen thronte. Sie war traurig und verletzt, wütend und erschöpft.

Draußen wurde es dunkel. Vor Erschöpfung hatte Hope sich in den Schlaf geweint. Sie schlief bis zum übernächsten Tag durch, ohne einmal aufzuwachen. Ihre Familie spähte ab und zu bei ihr herein. Überprüfte, dass sie noch lebte. Sie alle machten sich Sorgen um sie und da Elliot nicht rüberkam, um nach ihr zu schauen schlussfolgerten sie, dass zwischen den beiden etwas vorgefallen war. Sie überlegten, sie aufzuwecken und sie zur Rede zu stellen. Zum Glück konnte Holly sie überzeugen, dies nicht zu tun. Mona kam vorbei. Auf Finns Wunsch brachte sie Benjamin mit. Der Mann hatte über den Professor am Rande was mitbekommen und wollte mal ein Gesicht dazu sehen.

Sie hatten ihn zum Mittagessen eingeladen. Finn begrüßte den Professor mit einem festen Händedruck.

Prüfend sah er Benjamin an, der gut einen Kopf kleiner war als er. Mona blieb die ganze Zeit über, an seiner Seite. Der Professor erkundigte sich nach Hope. Als Holly meinte, dass sie angeschlagen sei und sich ausruhe, war auf dem Gesicht des Mannes Sorge abzulesen. „Richte ihr bitte gute Besserung von mir aus", lächelte er. Das Mädchen nickte. Sie setzten sich auf die Terrasse. Lily hatte etwas für sie alle gekocht. Benjamin musste sich einem Verhör unterziehen. Mona versuchte am Anfang noch, es zu unterbrechen. Bald allerdings gab sie es auf. Finn war in diesem Punkt konsequent und ließ sich nicht so einfach von seinem Vorhaben abbringen. Nach und nach verstand der Professor immer mehr, wie diese Familie tickte. Er fand es erstaunlich, wie ähnlich die Schwestern sich sahen, dass er Mona nachfragte, ob sie Zwillinge seien. „Was flüstern Sie da?", fragte Finn mit eindringlicher Stimme. Benjamin war sichtlich von dem Mann eingeschüchtert. Ehrlich beantwortete er die Frage des Vaters. „Haben sie denn Kinder?", fragte er weiter. „Ja eine Tochter. Sie ist in Hollys Alter", antwortete er ruhig. Finn fragte, wieso er dann keinen Ehering trug. „Wir sind geschieden. Meine Tochter wuchs die meiste Zeit bei ihrer Mutter auf." Irgendwann wurde es auch dem Professor zu viel. Innerlich hoffte er, Hope anzutreffen. Er wollte sie sehen. Sich vergewissern, dass es ihr gut ging. Doch das Mädchen schlief nach wie vor und ließ sich nicht blicken.

„Es war nett Sie kennenzulernen", verabschiedete sich Lily von Benjamin. Dieser war sichtlich erleichtert, dass das Essen vorbei war. Mona schein es ähnlich zu gehen. Es folgten ein paar Verabschiedungsfloskeln. Dann gingen sie. Die drei atmeten tief durch.

Als Hope am nächsten Tag in der Mittagszeit aufwachte, schaute sie auf ihr Handy. Elliot hatte nicht zurückgerufen oder auf ihre vielen Nachrichten reagiert. Erneut stiegen ihr die Tränen in die Augen. Trotzig wischte sie sie weg. Sie stand auf und ging ins Badezimmer. Das Haus lag still da. Keiner schien zuhause zu sein. Auf der einen Seite freute sich Hope Zeit allein zu haben. Doch auf der anderen Seite fühlte sie sich einsam. Ihr Magen machte lautstark auf sich aufmerksam. Sie verspürte vor Hunger bereits Übelkeit. Barfuß tapste das Mädchen die Stufen herunter. Zu ihrer Überraschung traf sie Holly in der Küche an. Diese machte sich gerade einen Kaffee und wirkte erfreut, sie wach zu sehen. „Möchtest du etwas essen? Mama hat dir dein Lieblingsessen gemacht und uns verboten, auch nur eine Gabel zu essen", lacht sie. Ohne die Antwort ihrer Schwester abzuwarten, holte die Box aus dem Kühlschrank. Hope kamen die Tränen. Diesmal aber aus Rührung und dem warmen Gefühl der Liebe, die ihre Familie ihr schenkte. „Setze dich, ich mache es dir warm." Das Mädchen ging zum Esstisch und setzte sich auf ihrem Platz. Nachdenklich zog sie die Beine an und beobachtete ihre Schwester beim Aufwärmen des Risottos. Das Mädchen lauschte dem blubbernden Geräusch der schmelzenden Butter in der heißen Pfanne. Ein Hauch wehte von ihr herüber. Wieder einmal schaute sie auf ihr Handy. Von Elliot fehlte jedes Lebenszeichen. Seufzend ließ sie ihr Handy zurück auf die Tischplatte sinken. Wirklich Lust etwas zu Essen verspürte sie nicht. Ihre Übelkeit erlaubte es ihr nicht, noch eine Mahlzeit auszulassen. In ihrem Kopf drehte sich alles und Hope begann, ihre Entscheidungen zu überdenken und alles zu hinterfragen. Hatte sie richtig entschieden? War das der richtige Weg? „Erwachsenwerden ist manchmal echt schwierig", murmelte sie nachdenklich. Holly, die gerade aus der Küche mit Teller und Besteck zu ihr kam, hörte es. „Im Leben wirst du noch häufiger Situationen erleben, die nicht einfach zu handhaben sind. Doch je öfters du sie hast, desto routinierter wirst du. Das kommt mit der Zeit." „Ich will aber nicht, dass das wieder passiert", entgegnete das Mädchen dem Argument ihrer Schwester trotzig. Sie ließ sich von ihrer großen Schwester in den Arm nehmen und aß dann etwas, während Holly neben ihr saß und sich Zusammenfassungen schrieb.

Als Hope aufgegessen hatte, konnte sie die Kraft aufbringen, ihrer Schwester von den Geschehnissen mit Elliot zu erzählen. Holly verstand nun, wieso Hope so aufgelöst war. Sie überlegte, was sie sagen könnte, um sie zu trösten. So richtig wollte ihr nichts einfallen. „Soll ich einmal mal bei ihm vorbeigehen?", überlegte das Mädchen laut. Holly riet ihr davon ab. Sie wusste, dass er nun Zeit und etwas Freiraum brauchte. Ihn unter Druck zu setzen brachte nichts. Sie hatte auch noch nicht verstanden, wieso er sich so verhalten hatte. Sie meckerte über sein launisches Verhalten, was Hope noch trauriger machte. Ja sie war auch etwas wütend und hatte es nicht verstanden. Das war aber noch lange kein Grund, über ihn herzuziehen. Eindringlich bat sie ihre Schwester drum, ihren Eltern nichts davon zu erzählen. Sie wollte nicht, dass ihre Familie einen schlechten Eindruck von ihm bekam. Er ist ein guter Mensch. Das war nicht fair. Doch dieses Verhalten passte nicht zu ihm. Auch nicht, so emotional zu reagieren. Sollte er sich nicht eher für sie freuen? Er war immer der ruhige und geduldige Typ von ihnen. Ihr Fels in der Brandung. Ihr sicherer Hafen, indem sie sich wohl, geborgen und geliebt fühlte. Wo alle

Reize, die sie überfluteten, für einen Moment verstummten. Doch jetzt, fühlte sie sich wie in der Mitte eines riesigen Meeres, wo sie allem auf einmal schutzlos ausgeliefert war. Wo sie seinen Namen rief und keine Antwort erhielt. Wo sie nach ihm suchte, ihn aber nicht fand. Es war beängstigend und fühlte sich für sie furchtbar an. Eine Welt ohne ihn war eine Welt, in der sie nicht leben wollte. Eine Welt, die in ihren Augen einem schlechten Abklatsch, einer unperfekten Illusion oder einem nachgeahmten Trugbild gleichkam. Hope ging wieder in ihrem Kopf alles durch und fragte sich nur, wie es so weit hat kommen können. Hope war so in ihre Gedankenwelt vertieft, dass sie alles um sich herum vergaß. Als wäre Holly nicht da, trug das Mädchen ihr benutztes Geschirr in die Küche und kehrte in ihr Zimmer zurück. Holly ließ es geschehen. In dieser Situation entschuldigte sie ein solches Verhalten. Sorgenvoll blickte sie dem Mädchen hinterher. Wut machte sich in ihr breit. Sie war kurz davor selbst zum Handy zu greifen und den Jungen zur Rede zu stellen. Schnell ließ sie wieder von dieser Idee ab. Hope war kein kleines Mädchen mehr. Sie und Elliot mussten selbst regeln.

In ihrem Zimmer angekommen, ließ das Mädchen sich träge auf ihr Bett fallen. Sie kramte Papier und einem Stift aus ihrer Nachtschrankschublade und begann zu schreiben. Zuerst waren ihre Sätze strukturlos und ergaben weder Sinn noch konnte sie die Bedeutung ihrer eigenen Worte halbwegs ahnen. Hope seufzte, schlug das Blatt um. Während sie erneut versuchte, das weiße Papier mit ihren widersprüchlichen Gedanken zu füllen, flossen ihr leise die Tränen über die Wange und tropfen von ihrem Kinn auf die Bettdecke und das Papier. Irgendwann tat ihre Hand weh. Das Mädchen rollte sich auf die Seite und schloss die Augen. Auf dem Papier standen die klaren Worte: „*Zweifle nicht. Zögere nicht. Gehe voran. Auch wenn es mal schwierig ist. Auch wenn dir nach aufgeben zu Mute ist und du weinst, egal geh weiter nach vorne. Na los. Lass mich dir wieder folgen. Ergreife die Hand, die ich dir entgegenstrecke. Wir können diesen Weg gemeinsam gehen. Du musst es nur wollen. Alles wegzuschmeißen und die Augen zu verschließen, ist keine Lösung. Handle. Wenn dich etwas stört, ändere es. Du bist klug und intelligent. Du kannst mehrere Sprachen sprechen und du hast die einzigartige Gabe, die Menschen in deinem Umfeld leicht von dir zu überzeugen. Also los. Geh voran. Ich erlaube es dir nicht aufzugeben. Ich erlaube es uns beiden nicht. Solche Erwachsenen wollten wir nie sein.*"

In ihrem Zimmer herrschte absolute Stille. Nur der gleichmäßige Atem des Mädchens war zu hören, die den Teddybären fest in ihrer Umarmung hielt. Draußen war gutes Wetter. Aber ihr war nicht danach rauszugehen. Alles erinnerte sie an ihn. Hope hatte das Gefühl, neben sich zu stehen und nicht in sich zu ruhen. Sie war aufgewühlt wie ein reißender Fluss. Als hätte sie sich in freien Fall begeben und hatte nun Angst, auf ewig zu fallen. Es war ein Gefühl, das für sie beängstigend war. Sie betrachtete das Armband, was sie nach wie vor trug. Es ließ ihr Herz schwer werden.

Holly hatte ihr Versprechen gehalten und ihren Eltern nichts von Elliot erzählt. Ein paar Tage später, ging es dem Mädchen ein kleines bisschen besser. Ihre Prüfungen waren vorbei, doch ihr war nicht nach feiern zu Mute. Lina schrieb sie mehrmals an, doch Hope sagte jede Verabredung ab und verkroch sie mit haufenweisen Büchern in ihrem Zimmer oder der Universitätsbibliothek.

Kapitel 14

Benjamin war in seine Arbeit vertieft, die überhaupt kein Ende mehr fand. Er hatte sich Hopes Rat zu Herzen genommen und sich erste Gedanken darüber gemacht, wie er seine Vorlesungen besser und vor allem interessanter gestalten konnte. Die Notizen in seinem Buch waren ernüchternd. Dem Professor wollte die bahnbrechende Idee nicht einfallen. Schon seit Stunden saß er an seinem Schreibtisch in der Universität und brütete über dieser einen Frage. Sein Kopf rauchte. „Wie wäre es mit Mittagessen?", hörte er auf einmal eine Stimme. Er sah auf. Mona stand in der Tür und lächelte ihn an. Er begrüßte sie. Nach kurzem Überlegen bemerkte er, dass eine Pause und etwas zu essen ihm guttun würden. Seine einzige Vorlesung für heute hatte er bereits gehalten. Schneller als der Professor schauen konnte, war der Vormittag durchgerauscht. „Na gut", nickte er. Er schloss sein Buch und griff nach seinem Handy und der Karte für die Mensa. Die Frau nickte erfreut über die Zusage. Neugierig fragte sie an was er so intensiv arbeitete. Ihm war es peinlich, also log er und meinte, es habe mit einem Manuskript zu tun.

Zusammen verließen sie sein Büro und zusammen spazierten sie den Flur hinunter. Die Gedanken des Mannes schweiften ab. Hin zu Hope. Beim Essen in ihrem Elternhaus hatte er sie nicht gesehen. Nur ein einziges Mal auf dem Campus vor ein paar Tagen. Sie hatte nicht gut ausgesehen. Als würde sie neben sich stehen. Ein bisschen erinnerte er sie in diesem Zustand an ihn, bevor sie in sein Leben gekommen war. Auf seiner Stirn bildeten sich Sorgenfalten. Er wollte wissen, was mit ihr los war. Vielleicht war es sein Beschützerinstinkt, den er ihr gegenüber entwickelt hatte – oder auf sie projizierte. Was konnte er schon tun? Nichts. Er war der Situation ausgeliefert, so wie sie nun war. Diese Machtlosigkeit machte ihn wütend. In ihm breitete sich ein Gefühl aus, das er nicht ganz deuten konnte. War es angst? Die Angst vor der Vorstellung, dass sie ihr Licht verlieren könnte? Wieso? Sie ist ein mutiger und starker Mensch. Sie würde sich ihr Licht nicht entreißen lassen. Oder? Benjamin ballte seine Hände zu Fäusten. Mona bemerkte es und sprach ihn an. „Über was denkst du nach?" Er blickte auf. „Entschuldige, ich war in Gedanken", versuchte hinter einem Lächeln seine Sorge zu verstecken. Sie musterte ihn einen Moment eindringlich. Dann schien sie sich mit seiner Aussage zufriedenzugeben.

Die Mensa lag in einem anderen Gebäude und lag zu Fuß gute 15 Minuten entfernt. „Jetzt ist das Wetter schön, sie hat Zeit und dann verkriecht sie sich ständig", sprach Mona unbewusst ihren Gedanken laut aus. Er horchte auf. Meinte sie Hope? „Das arme Ding. Liebeskummer ist ätzend." „Liebeskummer?", hakte er nach. War zwischen Elliot und ihr was vorgefallen? Mona erzählte ihm von ihrer Idee ins Ausland zu gehen. „Hope will nichts sagen, aber normalerweise steht Elliot immer auf der Matte, wenn es ihr schlecht geht. Doch nun hat ihn seit Tagen niemand mehr gesehen. Deswegen vermuten wir, dass da was passiert ist. Vielleicht haben sie sich gestritten. Oder vielleicht haben sie sich einander missverstanden. Es ist immer hart, wenn derjenige, den du liebst, nicht mit dir redet. Das ist furchtbar", schüttelte sie sich. Der Professor fragte halb in Gedanken und halb laut nach. Die Frau lachte und fragte ihn, ob ihm das wirklich nie aufgefallen sei. „Ich glaube, dass wir alle es wissen. Ich glaube, dass sie es auch wissen aber es ein Stück weit ignorieren." Ihre Miene wurde wieder ernst. „Aber eine so vertraute und innige Verbindung, wie die beiden sie haben, gibt es kein zweites Mal. Das ist was Besonderes." Der Professor kam auf einmal das in den Sinn, was Hope über ihn gesagt hatte: „Elliot ist ein Mensch, der ganz hell und warm leuchtet. ... Uns verbindet ein besonderes Band. Es ist stark und kraftvoll gesponnen. Ich spüre mich von diesem Band fest in den Arm genommen und beschützt."

Nachdenklich runzelte der Professor die Stirn. „Egal was zwischen ihnen vorgefallen ist, dass müssen sie untereinander regeln. Ihre Eltern haben kein Recht, sich einzumischen. Ihre Aufgabe ist es, Hope freizulassen und ihr zu vertrauen. Das gilt hier und auch in Zukunft bei allem anderen." Röte stieg ihm ins Gesicht. Mona blieb stehen und sah ihn fast so an, als hätte er sie gerade gefragt, ob sie ihn heiraten wollte. Sie lächelte. Benjamin hatte sich verändert. Aus ihm sprach gerade der Vater in ihn. So weit hergeholt war es nicht. Seine Erfahrung in der Erziehung eines Kindes war nichtig, aber er hatte sie. Auch er war ein Vater und auch er teilte solche Gefühle. Nun verstand er, wieso sie an dem Tag aus der Kirche gerannt war. Es war wohl der Zeitpunkt gewesen, wo sie sich fürs Ausland entschieden hatte. Als er sie hat aus der Kirche rennen sehen, blickte er ihr hinterher, bis die Türen sich geschlossen hatten. Es war ein Bild, wie aus einem Film. Er wollte sie wieder so sehen. Lachend und leicht. Frei und ganz in Frieden mit sich selbst.

„Vielleicht musste das zwischen den beiden passieren. Vielleicht ist nun das Fass ihrer unausgesprochenen Worte übergelaufen." Sie stimmte ihm zu. Stille kehrte zwischen den beiden ein und hielt an, bis sie sich in der Mensa einen Tisch zusammennahmen. Schnell verwickelten sie einander in ein oberflächliches Gespräch über ihre Arbeit und das Wetter. Er hasste solche Themen eigentlich, doch nun lenkten sie ihn etwas ab und er war dankbar dafür, dass Mona nicht weiter nachhakte und ihn einfach so stehen ließ. Er war generell dankbar, dass er Mona an seiner Seite hatte. Obwohl Benjamin sie weggestoßen hatte, ist wie immer wieder zu ihm gekommen. Das war eine der wenigen Eigenschaften, wo er fand das zwischen ihr und dem Mädchen parallelen existieren.

Nach dem Essen kehrten sie zusammen zum Fakultätsgebäude zurück. Wieder war der Professor in Gedanken versunken, wie schon den ganzen Tag. „Hallo, was machst du hier?", fragte Mona auf einmal verblüfft. Er sah auf. Hope stand an Eingang und lächelte ihnen entgegen. Sie sah besser aus als ein paar Tage zuvor, doch das mit ihr was nicht stimmte, konnte jeder deutlich sehen. „Ich habe auf euch gewartet, ich wollte Benjamin um eine Buchempfehlung bitten", sagte sie und sah den Mann nun direkt an. Er freute sich, dass sie auf ihn zugekommen war. Die Frau hingegen, schien fast etwas enttäuscht zu sein. Mona verabschiedete sich und ließ die beide allein. Hope lächelte und winkte ihrer Tante. Dann richtete sich ihr Blick wieder auf ihn. „Ich habe begonnen zu überlegen, wie ich meine Vorlesungen besser gestalten könnte", sagte Benjamin. Neugierig sah sie ihn an und fragte, wie es lief. Um seine Unsicherheit zu überspielen, lachte er schief und meinte, dass es nicht voranging. „So eine Sache dürfen sie nicht erzwingen. Haben sie vielleicht auch andere um Rat gefragt? Wie wäre es denn mit Dr. von Hild?", schlug sie vor. Dem Professor graute es davor, den Mut aufzubringen, Außenstehende nach Rat zu fragen. Je länger er darüber nachdachte, desto mehr stellte er fest, dass sie recht hatte. Sein Chef war ein beliebter Professor und das bestimmt nicht nur wegen seiner immer gut gelaunten Art. Er wippte den Kopf, als würde er Einsicht zeigen und sie zwinkerte ihm zu.

Zusammen liefen sie zu seinem Büro. Sie bestärkte ihn seine Kollegen auf Impulse anzusprechen und sie um Rat zu bitten. Er war dankbar über ihre Ehrlichkeit und dankbar für ihre Direktheit. Für einen Moment war sie wieder da, was ihn glücklich machte. Sie setzten sich in seinem Büro. „Mona hat mir erzählt, dass du ins Ausland gehen möchtest", sagte er. Schlagartig verdunkelte sich ihre Miene. Hope nickte. Sie erzählte ihm von dem sozialen Projekt und auch, dass Elliot es nicht gut aufgenommen hatte und sie seitdem ignorierte. „Das muss hart für dich sein." sah er sie mitfühlend an. Sie nickte. Erneut standen ihr Tränen in den Augen. Er konnte sehen, wie ihr Herz wehtat. Dann beugte er sich zu ihr nach vorne und legte seine Arme auf dem Tisch ab. „Hope. Ich sehe dich. Du bist so jung. Du hast noch so viele Jahre deines Lebens vor dir. Der Gedanke, dass du auf meinen Rat gehört hast und deinen eigenen Weg gehst, macht mich sehr glücklich. Ich habe deine Eltern kennengelernt. Es war sehr aufschlussreich. Noch besser finde ich, dass du dich dem gestellt hast. Denn der Gedanke, dir würde es genauso ergehen wie meiner Tochter damals macht mich heute krank. Ich bin schon alt. Ich gehe bald in Rente, doch wenn ich ehrlich bin und an den Punkt in meinen Leben zurückkehren könnte, an dem du dich befindest, bin ich mir sicher, ich hätte vieles anders gemacht oder sogar einen ganz anderen Weg eingeschlagen. Also lebe mutig. Mache nicht denselben Fehler, wie ich ihn einst machte. Sei nicht so idiotisch und töricht, wie ich es einst war. Lebe bunt und vielfältig, genauso wie du bist."

Das Mädchen begann zu lachen. Es war ansteckend. Er hatte eine andere Reaktion erwartet, irgendeine, aber nicht diese. Doch sie tat gut. Der Professor lachte weiter, während sie ihm versprach, seine Worte zu beherzigen. Das zu hören machte ihn glücklich und ließ ihn an seine Tochter denken. Fragen kamen in ihm auf. Fragen, auf der er keine Antwort fand. Hope bemerkte es und meinte, wenn er etwas über das Leben seiner Tochter erfahren wollte, musste er sie selbst fragen. „Kein anderer Weg wird Sie aus ihrer Unwissenheit, in der Sie gefangen sind, herausführen. Zudem könnten Sie nicht ewig Groll gegen sich selbst schieben, irgendwann müssen Sie sich selbst verzeihen", lächelte sie. Benjamin musste schmunzeln. Wie konnte dieses Mädchen für ihr alter nur so weise Worte sprechen. Sie war faszinierend.

Auf einmal wurde ihr bis eben leichter Ausdruck ernst. Ein Schatten huschte über ihr Gesicht und sie senkte den Kopf. Der Mann bemerkte es. Tief atmete sie durch. Erneut standen ihr Tränen in den Augen, die sie nur mit Mühe und Not zurückhalten konnte. Der Professor lächelte sanft und reichte ihr ein Taschentuch. Er kannte es nicht, sie so zu erleben. Er machte sich Sorgen und war wütend. Wütend, dass Elliot, sie zum Weinen gebracht hatte und in tiefer Sorge, wie es nun weiter gehen würde. „Wische dir erstmal deine Tränen weg." In seiner Stimme lag ein väterlicher Unterton. An ihrer ganzen Art war förmlich abzulesen, wie sehr ihr diese Situation mit dem Jungen zusetzte. Das Mädchen so aufgewühlt vor sich sitzen zu haben, löste in ihm ein Flashback aus. Ein Flashback von dem ersten Streit, den er mit Nadja gehabt hatte. „Hope, hast du denn ihm alles erzählt?", fragte er. Sie hob den Kopf und sah ihn fragend an. Langsam nickte sie. Benjamin hakte nach, ob sie sich damit sicher war. Wieder nickte sie und fragte, auf was er hinauswollte. „Für dich ist er nicht nur ein Freund, oder?", fragte der Professor sie vorsichtig. Ihre Augen weiteten sich. Die Röte stieg ihr in die Wangen, was sie noch niedlicher wirken ließ. „Weiß er davon?", fragte er. Sie schüttelte heftig den Kopf, als würde die ein Tief abschütteln wollen, das auf ihren Platz genommen hatte. Elliot war nicht dumm. Sicher wusste er, dass auch sie Gefühle für ihn hatte, die weit über freundschaftliche Zuneigung hinausging. Doch das war der einzige Punkt in ihrer Beziehung, indem sie nie ehrlich zueinander gewesen waren. Benjamin beobachtete sie amüsiert und nippte an dem Kaffee. Tief atmete er den leckeren Geruch des Getränkes ein. Der bittere Geruch der Kaffeebohnen, die gemahlen wurden, mischte sich unter den leicht süßlichen Geruch der Milch und dem Stück Würfelzucker, das er untergerührt hatte.

Er wusste, dass alles gesagt war. Sie wusste nun, was sie zu tun hatte. Ihr ganzer Körper bebte. Die Vorstellung die Dinge auszusprechen, die sie immer gemieden hatte, machte ihr Angst. Vielleicht sollte er doch noch etwas sagen. Er holte Luft, doch in selbem Moment sprang sie auf und er verschluckte sich beinah an seiner eigenen Spucke. „Ich muss weg", sagte Hope, griff nach ihrer Tasche und verabschiedete sich von ihm. Mit einem vielsagenden Lächeln, das sie ihm schenkte, rannte sie los. Als sie gerade aus der Tür hinaus war, bremst sie ab, drehte sich um und kam für einen Moment zu ihm ins Zimmer zurück. „Das gilt auch für Sie. Seien Sie mutig und erlauben Sie sich auch nochmal zu lieben", lachte das Mädchen, machte erneut kehrt und rannte den Gang hinunter. Der Professor war etwas überwältig von ihrem schnellen Abgang. Er blickte ihr hinterher. Ihre Haare wehten im Gegenwind, der ihr Rennen verursachte. Der Anhänger an ihrer Tasche baumelte lebhaft von links nach rechts. Ihr schnellen Schritte hallten durch den Flur hin bis zu ihm. „Und wieder, ist sie inmitten von Licht", flüsterte er leise. Es war eines dieser Bilder, die sich in sein Gedächtnis eingebrannt hatten. Wie ein Schatz, den er gut bewahrte und rausholte, wenn es ihm nicht gut ging. Wie ein Glas voller Lieblingssüßigkeiten, die man essen konnte, um diesen einen Moment nochmal zu erleben. Er war sich sicher, dass sie ihren Weg gehen würde. Erst jetzt realisierte er, was es hieß, wenn sie bald ins Ausland ging. Auch ihre Zeit gemeinsam würde zum Erliegen kommen. Dieser Gedanken ließ es ihm das Herz schwer werden.

Die Gedanken begannen in seinem Kopf Karussell zu fahren. Szenen mit ihr, Worte, die sie ausgesprochen hatte, diese Bilder, die er wie einen Schatz bewahrte. Er nahm sich sein Notizbuch zur Hand, seinen schönen Füller, der halb eingetrocknet im hintersten Winkel seines Federmäppchens in Vergessenheit geraten war und begann zu schreiben. *„Dies ist eine Geschichte über ein Mädchen, das Licht und Liebe zu einem Herz vereinte. Unsere Leben folgen einem bestimmten Muster, dass uns die Gesellschaft vorgeben will. Wir bewegen uns innerhalb von Rastern. Ich* *bin da keine Ausnahme gewesen. Wieso ich über mein Vergangenes Ich rede, nun, es änderte sich an einem Tag, wo ich auf sie traf. Das Mädchen, das meine Welt in Farbe tauchte..."* Flüssig tanzte die Feder über das Papier. Während er schrieb, wurde mit jedem Wort, was er zu Papier brachte, sein Herz ein kleines bisschen leichter. Die Worte flossen, ohne zu stagnieren einfach in seine Hand, die sich locker über das Schreibpapier bewegte. Sein Füller lag ihm auf einmal leicht in der Hand.

Mona kam hinein. Sie blieb in der Tür stehen und beobachtete ihn mit einem verträumten Lächeln. Sie schlich sich hinein und ließ sich auf dem Stuhl nieder. Leise nahm sie ihr iPad heraus und begann zu arbeiten. Benjamin hatte sie bemerkt und lächelte. „Wenn ich fertig bin, wollen wir heute Abend essen gehen?", fragte er. Sie sah überrascht auf. Glücklich nahm sie die Einladung des Professors an. Aus dem Augenwinkel beobachtete sie, wie er weiter seine Worte zu Papier brachte. Sie lächelte breit und bekam rosige Wangen. Sie sah ihn lächeln, ohne ihn dazu ansehen zu müssen.

Währenddessen kam Hope atemlos an der Station an. Sie atmete tief durch und brauchte einen Moment, ehe sich wieder richtig Luft bekam. Aus ihrer Tasche fischte sie ihr Handy und wählte Elliots Nummer. Es klingelte. Auf einmal war sie innerlich aufgeregt. Ihr Herz machte kleine Sprünge und die Stimmung des Augenblickes, ob er abnehmen würde, war zum Zerreißen angespannt.

„Bitte geh ran", betete sie still in ihrem Kopf. Eine knurrige Stimme rührte sich an dem anderen Ende der Leitung. Sie durchfuhr ein Blitz, als sie seine Stimme hörte. Sie lächelte, immer noch etwas außer Atem. Elliot fragte etwas abweisend, was sie wolle. „Wir müssen uns treffen. Jetzt gleich. Bist du zuhause?", fragte sie. „Nein", antwortete er. Doch Hope ließ nicht locker und fragte weiter, wo er sich befände und meinte, dass es wichtig war. Doch Elliot legte wieder auf. Etwas ratlos blickte sie auf ihr Handy und hätte fast die U-Bahn verpasst. Schnell noch huschte sie herein. Als ihr eine Idee kam, lächelte sie und fuhr eine Station bis zum Park, indem sie bereits häufig spazieren gegangen waren.

Kaum öffneten sich die Türen, sprintete das Mädchen los. Mit einem Lächeln schlängelte sie sich gekonnt an den einzelnen Menschen vorbei und hüpfte die Treppen hoch. Sie rannte weiter bis zu dem Park, wo sie hoffte, den Jungen anzutreffen. Die Sonne schien. Es war warm. Ihre Haare wehten im Wind und sie hielt ihre Tasche fest, dass sie nicht von ihrer Schulter fiel. Ein paar Menschen drehten sich nach ihr um, als sie an ihnen vorbeirannte. „Elliot, bitte sei da", dachte sie. Hope sollte recht behalten.

Schon von Weitem sah sie den Jungen, der auf einer Bank am Weiher saß. Er hatte Kopfhörer auf und las in einem Buch. Auf dem Weiher schwamm eine Entenfamilie. Die Weidenbäume rauschten im Wind. Sie rief seinen Namen. Er reagierte nicht.

In Wahrheit las er nicht. Schon seit einer Stunde saß Elliot einfach da und starrte eine beliebige Seite an. Mit seinen Gedanken war er bei ihr. Bei der Offenbarung mit dem Ausland, die sie ihm unterbreitet hatte. Genau wie sie sah auch er nicht gut aus. Hatte blasse Haut und glasige Augen. Er sah müde und abgemagert aus. „Habe ich zu forsch reagiert?", fragte er sich selbst, als er gedämpft durch seine Kopfhörer etwas hörte. Elliot sah auf und entdeckte das Mädchen, das auf ihn zugerannt kam. Ihr

Anblick überwältigte ihn so, dass er nicht wusste, was er tun sollte. Still schaute er sie einfach an, wie sie näherkam. Sein Herz klopfte. Ein warmes Gefühl machte sich in ihm breit.

Sie blieb mit einer Vollbremsung vor ihm stehen. Hope beugte sich nach vorne, um nach Luft zu schnappen. „Was ist los?", fragte der Junge und setzte die Kopfhörer ab. Er war noch immer zutiefst verletzt und hatte Angst vor dem, was sie nun zu ihm sagen wollte. Doch innerlich hoffe er, sie hätte ihre Meinung geändert. Vielleicht war dieser Wunsch egoistisch. Doch Elliot wollte nicht von ihr getrennt sein. Keine einzige Sekunde. Hope lachte und meinte, dass sie so schnell gerannt war, wie sie konnte. „So aus der Puste war ich lange nicht mehr. Aber es hat Spaß gemacht." Er konnte sich nicht mehr zurückhalten. Egal was passiert war, ihre Fröhlichkeit war einfach ansteckend. Er nahm ihr ihre Tasche ab und reichte ihr, ihre Trinkflasche. Sein Gesichtsausdruck wurde wieder ernst, als ihm einfiel, wieso er hier war. Erneut fragte er, was sie wollte. In seinen Augen hatten sie alles gesagt. Er wusste auch, dass er sie nicht bitten konnte, zu bleiben. Das wäre nicht richtig gewesen. Doch seitdem zögerte er. Innerlich hatte er immer gehofft, dass der Tag kommt, wo aus ihrer Freundschaft mehr wurde. Doch nun da sie gehen wollte, zweifelte er an ihren Gefühlen für ihn.

Er ließ sich mit verschränkten Armen wieder auf die Bank zurückfallen. Dabei kam er sich selbst lächerlich vor. Wie ein kleines Kind, das schmollte, weil es keine Süßigkeiten vor dem Abendessen essen durfte. „Du hast mich nicht ausreden lassen." schnappte sie nach Luft und richtete sich auf. Hope stellte sich ihm gegenüber. Ihre

Blicke trafen sich. Einen Moment verharrten sie so. Sie hatte seinen grünen Augen so vermisst. Den Klang seiner Stimme. Das warme Gefühl, was sie in seiner Anwesenheit verspürte. Elliot unterbrach ihren Blickkontakt, da er ihrem Blick nicht weiter standhalten konnte. „Was glaubst du, wieso ich dir von dem Auslandsjahr erzählt habe", sprach sie mit fester Stimme weiter. Er sah sie verwirrt an. Elliot hatte keine Ahnung, auf was sie hinauswollte, doch der Klos, der sich in seinem Hals gebildete hatte, schnürte ihm die Stimme ab. Also zuckte er nur mit den Schultern. Er kämpfte mit sich selbst, denn er wusste nicht, was er nun tun sollte. Sollte er aufstehen und gehen? Wieso es sich nochmal anhören? Wieso sich noch mal so bloßstellen? Doch etwas hielt ihn zurück. Der Funken seiner Liebe, der ihn hinderte, zu gehen. Ein Funke der Hoffnung, dass sie vielleicht die Worte aussprechen würde, die er so gerne hören wollte.

„Ich werde gehen. Das steht fest." Er schloss die Augen. Es war wie ein Stich ins Herz. „Dann haben wir nichts mehr zu besprechen." erhob er sich, ohne sie noch einmal anzuschauen. Er wandte sich von ihr ab. Fassungslosigkeit machte sich in ihm breit. Wut. Wie konnte sie dabei so lächeln? Wieso das alles? Hatte er sich so getäuscht? Er drehte ihr den Rücken zu und wollte gehen. Hope bat ihn zu bleiben, doch er machte noch einen Schritt. Sie griff nach seiner Hand. „Nein, ich wünsche mir, dass du mir zuhörst ... Bitte." Ihre gerade noch so feste Stimme war nun zittrig und hatte etwas flehendes. Tief atmete der Junge durch. Sein Herz schmerzte und er hatte genug davon, sich falsche Hoffnungen zu machen. Er sprach ihren Namen aus. Sie horchte auf. Er bat sie, ihn loszulassen.

Sie lehnte ab. Er bat noch einmal, sie verneinte wieder. Sein ganzer Körper spannte sich um. Wütend schlug er ihre Hand weg. Sein Körper bebte. „Willst du mich noch weiter quälen ... du" Er drehte sich um. Seine Worte erstickten, als sie ihn umarmte und fest an die drückte. Sie zitterte am ganzen Körper und weinte. Das Blut schoss ihm schlagartig in den Kopf und er hatte Angst, dass sie spürte, wie sein Herz bebte.

„Komm mit mir", flüsterte sie zwischen ihren Tränen in sein T-Shirt hinein. Er horchte auf. „Komm mit mir ins Ausland. Lass es uns versuchen. Ich liebe dich." Elliot griff nach ihren Schultern und drückte sie von sich weg, fassungslos von sich weg. Überrumpelt von dem, was sie gesagt hatte. In den einzelnen Wortfetzen, die er hervorbringen konnte, frage er, was sie eben gesagt hatte. Hope liefen die Tränen über die Wangen, doch sie lächelte. Ihre Augen leuchteten. Er wusste nicht, ob ihr Funkeln durch ihr Lächeln kam oder dem Fakt, dass ihre Augen mit Tränen gefüllt waren. „Bist du wirklich so schwer von Begriff? Ich habe dir eben gesagt, dass ich dich liebe. Und das ich will, dass du mitkommst. Lass uns auf dieses Abenteuer gehen..." Weiter kam sie nicht, weil Elliot sie an sich gezogen hatte und sie küsste. Fest hielt er sie in seinem Arm, still lief ihm eine Träne über die Wange. Sie erwiderte den Kuss und schlang ihre Arme um ihn.

Erst einige Momente lösten sie sich etwas voneinander und er stieß zart seine Stirn gegen ihre. Beide lächelten. „Lass es uns probieren. Gehen wir auf dieses Abenteuer", flüsterte er mit strahlendem Gesicht. Sie nickte mit leuchtenden Augen. Sie ließen sich auf der Bank nieder. Ihre Finger verschränkt ineinander. Ein Filmreiches Bild gaben die beiden ab. So sitzend. Nah beieinander. Ruhig und glücklich. Als sie sich aus seinem Griff lösen wollte, um ihr Handy zu suchen, hielt er ihre Hand fest. „Nicht. Ich habe Angst, dass wenn ich deine Hand loslasse, ich aufwache und feststellte, dass alles nur ein Traum war." Hope lächelte und griff nach seiner Hand. Leise flüsterte sie, dass dies kein Traum sei. „Dann bleib einfach so bei mir. Eine Weile. Nur dass ich sichergehen kann", lächelte er verliebt. Sie nickte. Tief atmete Elliot durch. Ihr so bekannter Geruch, der ihn kirre machte, war endlich so nah bei ihm. Endlich konnte er sie einfach in den Arm nehmen oder nach ihrer Hand greifen. Endlich.

Kapitel 15

Einige Tage später bekam Hope mitgeteilt, dass sie bestanden hatte und gut einen Monat später war der Tag der offiziellen Zeugnisverleihung. Mona brachte Benjamin als ihre Begleitung zu der Feier mit. Sie waren bereit auf zwei Dates gegangen, doch hatten beschlossen, sich mit allem Zeit zu lassen. Dennoch wirkten sie sehr glücklich miteinander, was Hope freute. Sie und Elliot waren glücklich zusammen. Alle hatten etwas verdutzt ausgesehen, als sie ihre Beziehung ihren Familien mitgeteilt hatten. Und wie es sich als Vater gehörte hatte Finn Elliot eine Warnung mit auf den Weg gegeben, die der Junge mit einem gekonnten Lächeln entgegengenommen hatte. Seit Hope sich fürs Ausland entschieden hatte, war in der Familie Ruhe eingekehrt. Finn unterließ seine permanenten Moralpredigten und die Schwestern waren erleichtert, dass auch die ständigen Vergleiche nun positiver ausfielen.

Am Tag darauf besuchten Hope und Elliot den Professor an der Universität. Es war ein sonniger Tag. Benjamin hatte sich dazu aufraffen können, seinen Chef nach ein paar Tipps zu fragen, dieser war beinahe vor Begeisterung in Tränen ausgefallen, als der Professor auf ihn zugekommen war. Die Impulse und Ratschläge, die der Mann mit ihm geteilt hatte, waren sehr aufschlussreich gewesen. Die Gegenreaktion seiner Studenten und wie sie sich in seine Vorlesungen einbrachten, ließen ihn seine Arbeit ein bisschen mehr mögen. Er außerdem so gut gelaunt, da er ein langes und sehr gutes Gespräch mit seiner Ex-Frau geführt hatte. Nadja hatte ihm etwas von ihrer gemeinsamen Tochter erzählt. Maja hatte eine Kunsthochschule besucht und arbeitete nun in einer Kunstgalerie. Nadja hatte vor gut achtzehn Jahren neu geheiratet und wohnte nun mit zwei Stiefkindern und in Amsterdam. Zudem war die erneut schwanger geworden und hatte mit ihrem jetzigen Ehemann einen Sohn bekommen. Die ehemaligen Eheleute hatten ein harmonisches Gespräch am Telefon geführt und die Frau hatte ihn versprochen, Maja davon zu erzählen. Es hatte ihm gutgetan, einige Dinge nach all der Zeit endlich aus- oder anzusprechen und ihm dabei geholfen, mit all den Dingen der Vergangenheit, abzuschließen.

Gerade war der Professor in einer Vorlesung, als er durch die Glastüren aus dem Augenwinkel Hope und Elliot entdeckte. Sie standen Hand in Hand an der Tür und lächelten ihm zu. Sie sahen, wie sehr der Mann sich geändert hatte. Es war kein Vergleich mehr zu seinem alten ich. Er lächelte beschwingt in den Hörsaal hinein und schien mit seinen Studenten mehr auf Augenhöhe zu sprechen. Elliot schaute zu dem Mädchen, dessen Hand er hielt. Selbst nach der Zeit, der sie nun zusammen waren, konnte er kaum glauben, dass sie nun wirklich seine Freundin war. Alles lief natürlich. Es war leicht und funktionierte einfach. Er dachte immer, dass sich alles ändern könnte, wenn sie offiziell zusammenkämen. Doch so vieles war nicht anders.

Hope betrachtete den Professor mit einem Lächeln. „Er sieht wirklich glücklich aus", sagte sie. Er stimmte ihr zu. „Ich glaube, dass du in sein Leben wieder das Licht gebracht hast. Genau so wie damals in meines. Es sieht aus, als würde er seine Passion leben." Er gab Hope einen Kuss auf ihren Handrücken. Der Professor winkte ihnen zu. Er sah, wie sie Hand und Hand dastanden und wie glücklich die beiden aussahen. Ein warmes Gefühl überkam ihm. Fast als wäre ihr Glück auf ihn übergesprungen. „Bitte entschuldigen sie mich kurz", unterbrach er seine Präsentation und öffnete ihnen die Tür. „Ihr seid früh dran. Wollt ihr reinkommen?", fragte er leise. Die beiden sahen sich an und nickten. Leise schlichen sie herein. Benjamin entschuldigte sich für die Unterbrechung und setzte seine Präsentation fort. Sie nahmen an der Seite Platz. Lauschten aufmerksam seiner Präsentation und bekamen die direkte Interaktion mit seinen Studenten mit, als er nach ihrer Meinung über eine Buchstelle fragte. Elliot betrachtete mit klopfendem Herzen Hope dabei, wie sie mit leuchtenden Augen, gespannt den Worten des Mannes folgte. „Sie bringt wirklich das Licht. Auch in die dunkelsten Herzen hinein", schoss es dem Jungen durch den Kopf. „Hope", flüsterte er. Sie sah ihn an. „Du bist mein Licht und meine Hoffnung." formte er geräuschlos mit den Lippen. Sie lächelte und wollte ihm einen Kuss geben, doch das Klatschen der Studenten unterbrach dies. Sie kicherten und stiegen in den Applaus ein. Der Professor hatte es mitbekommen und zwinkerte den beiden mit einem verschmitzten Grinsen zu. Beide wurden etwas rot.

Nach der Vorlesung setzten sie sich zusammen. Aufgeregt erzählte der Mann, er habe seine Ex-Frau kontaktiert und von ihr ein paar Informationen erhalten. Er teilte mit ihnen die Informationen, die seine Ex-Frau ihm erzählt hatte. „Das klingt doch gut", beglückwünschten die beiden ihn. Er wirkte glücklich und erleichtert. Es war ein erster Schritt. „Ich habe begonnen einen Roman zu schreiben", erzählte er. Interessiert fragten sie, worüber der Roman ging. Benjamin lachte und sah Hope an. Sie war die Inspiration für sein Buch. Das wollte er ihr aber noch nicht sagen. Sie sollte es eines Tages selbst lesen, wenn das Manuskript fertig war. „Dann verraten Sie uns wenigstens den Titel", bohrte das Mädchen nach. „Bunt", sprach er. „So wie du es bist", dachte er sich den zweiten Teil. Der Titel gefiel ihnen. Eine Weile noch unterhielten sie sich im leeren Hörsaal. Sie beide erzählten ihm von ihren näheren Plänen über ihre Ausreise und den vielen Dokumenten, die es gerade galt, auszufüllen. Der Professor lachte. Sie beide werden eine wunderbare Zukunft zusammen erleben, dem war es sich sicher. Denn sie beide, können zusammen jede Hürde nehmen.

Später saß er allein in seinem Büro. Die Sonne schien durch die großen Fenster hinein. Auf seinem Schreibtisch stand nun ein Bild mehr. Es war ein Bild von Hopes Zeugnisverleihung, wo sie mit ihm, Mona und Elliot abgebildet war. Seine Feder glitt über das raue Papier seines Notizbuches: *„Ich sehe zurück und lächle. Meine grauen Tage liegen nun hinter mir. Dieses Mädchen kam in mein Leben geschlichen, nahm mich mit ihrem ganzen Sein an der Hand und führte mich in das Licht. Meine kleine beschränkte Welt voller Dämonen, die ich mir selbst erschuf, fiel zusammen. Ich habe in meinen Leben so einiges vergeigt, doch ich will dies nutzen, um mit Farbe in meine Zukunft zu blicken. Ihr Name, „Hoffnung" passt perfekt zu ihr. Sie brachte sie mir wieder. Mein Ich von damals ist nur noch ein grauer Schatten, der sich im Wind verweht. Ich will positiv in die Zukunft gehen.*

Wie ich in meinem Buch schrieb: In ihrem Herzen waren Liebe und Licht vereint. Ihre Liebe, ich hoffe, dass sie über alle Grenzen geht und mir den Mut gibt, vielleicht eines Tages auch wieder zu lieben. Ich bin fasziniert, wie in einem Moment, in dem ich es niemals erwartet hätte, ein kleiner, fast banaler Moment, mein Leben verändert hat. An jeden, dessen Augen an Glanz verloren haben, es ist nie zu spät, neu anzufangen. Es ist nie zu spät, mutig zu sein. Niemals! Und ich kann eines sagen, dass ich das Wort gefunden habe, um sie zu beschreiben: BUNT.

Ende

Die Autorin

Marie Lang wurde im Juli 2004 in München geboren und lebte in den letzten Jahren in München, Hamburg und aktuell Berlin. Ihre Faszination fürs Schreiben entdeckte Marie bereits im Grundschulalter. Seitdem ist das Schreiben ihre große Leidenschaft. Im August 2022 machte sie an einer Waldorfschule ihren Abschluss und nutzt die Zeit seitdem zum intensiven Schreiben und Orientieren.

novum VERLAG FÜR NEUAUTOREN

Der Verlag

*„ Wer aufhört
besser zu werden,
hat aufgehört
gut zu sein!*

Basierend auf diesem Motto ist es dem novum Verlag ein Anliegen, neue Manuskripte aufzuspüren, zu veröffentlichen und deren Autoren langfristig zu fördern. Mittlerweile gilt der 1997 gegründete und mehrfach prämierte Verlag als Spezialist für Neuautoren in Deutschland, Österreich und der Schweiz.

Für jedes neue Manuskript wird innerhalb weniger Wochen eine kostenfreie, unverbindliche Lektorats-Prüfung erstellt.

Weitere Informationen zum Verlag und
seinen Büchern finden Sie im Internet unter:
w w w . n o v u m v e r l a g . c o m